KB262513

모피아

모피아

지은이_ 우석훈

1판 1쇄 발행_ 2012. 11. 27
1판 7쇄 발행_ 2013. 2. 28

발행처_ 김영사
발행인_ 박은주

등록번호_ 제406-2003-036호
등록일자_ 1979. 5. 17.

경기도 파주시 문발동 출판단지 515-1 우편번호 413-756
마케팅부 031) 955-3100, 편집부 031) 955-3250, 팩시밀리 031) 955-3111

값은 뒤표지에 있습니다.
ISBN 978-89-349-6087-4 03810

독자 의견 전화_ 031) 955-3200
홈페이지_ www.gimmyoung.com
이메일_ bestbook@gimmyoung.com

좋은 독자가 좋은 책을 만듭니다.
김영사는 독자 여러분의 의견에 항상 귀 기울이고 있습니다.

모피아

MOFIA

돈과 마음의 전쟁

우석훈 장편소설

김영사

"

나는 섬에서 전 세계에서 온 사기꾼들이
해안의 외딴 별장들에 숨어 음모를 꾸미는 광경을 떠올렸다.
사기적인 거간꾼들과 금품에 매수된 자들과
검은 돈을 세탁하는 자들이 모여 꾸미는 음모를 말이다.

"

《세상의 바보들에게 웃으면서 화내는 방법》,
〈미래의 카이만 제도를 구경하는 방법〉 中,
움베르토 에코

1.

영화 〈인사이드 잡Inside Job〉은 2008년 글로벌 금융위기를 파헤친 다큐멘터리 영화이다. 아카데미 다큐멘터리 작품상을 수상했고, 칸 영화제에도 출품되었다. 이 영화는 소니가 제작했는데, 전주영화제 직전에 몇 명만 모여서 배급사가 마련한 시사회 전용 극장에서 보았다. 이 영화의 한국 관람객 수는 공식적으로 5,741명이다. 이 숫자는 경제 전문가들에게 오랫동안 기준처럼 사용되고 있다. 아카데미 다큐멘터리 작품상을 수상하고 칸에서 특별 상영될 정도로 경제 영화를 잘 만들면 5,000명 남짓이 보게 된다는 의미를 가지는 것이다. 〈인사이드 잡〉의 내레이션은 맷 데이먼이 맡았다. 전 세계적으로 80억 원 정도의 매출을 올린 성공한 이 다큐멘터리 영화도 한국에서는 전혀 힘을 못 썼다. 객관적인 수치로, 〈인사이드 잡〉급의 다큐멘터리나 상업영화를 만들어도 5,000명이

겨우 볼 수 있는 상황이 한국에서 경제를 이야기하고 싶은 사람이 넘어서야 하는 벽인 것이다. 그리고 지난 2년 동안 수많은 다큐멘터리나 상업영화를 기획하면서 우리가 넘어설 수 없는 벽이기도 하다.

또 다른 희망적인 수치가 몇 가지 있다. 가장 의미 있는 수치는, 300만에서 400만 사이로 추정되는 팟캐스트 방송 〈나는 꼼사리다〉의 청취자이다. 참고로 〈나는 꼼수다〉 청취객의 최대 추정치는 1,000만 명 정도 된다. 5,000과 400만, 이 엄청난 수치의 차이에서 객관적인 추정을 한다는 것 자체가 불가능할 정도이다. 최소치와 최대치의 차이가 거의 1,000배에 이른다. 모피아에 대한 이야기는 〈인사이드 잡〉과 유사한 형태의 경제 다큐멘터리로도 디자인되었고, 영화 시나리오 형태로도 만들어졌었다. 그리고 TV용 시사방송 시놉시스로도 만들어졌었다. 결국 최종적으로 대중들에게 배달하는 형식으로 결정한 것이 지금 독자 여러분이 보시게 될 소설이다. 2012년 봄에 시나리오 형식으로 한 번 시도를 하였고, 2012년 여름에 다큐멘터리 형식으로 제작해서 부산영화제에 출품하려는 시도가 한 번 있었다. 그러나 여러 가지 현실적인 제약 조건에 의해 영상으로 만들지는 못했고, 지금의 텍스트 버전의 소설 형식이 되었다. 그러면서 소설이 얼마나 장점이 많고 우수한 매체인지, 다시 한 번 깨닫게 되었다.

2.

　원래의 시나리오는 제작비 20억 원 미만의 저예산 영화로 디자인되었고, 스탠리 큐브릭의 〈닥터 스트레인지러브〉의 느낌과 비슷하게 공간적인 제약을 많이 두고, 수많은 대사로 긴박감을 만드는 방식으로 만들어졌다. 처음 작업을 시작할 때에는 '론스타 포'라는 가제로 외환은행 매각을 둘러싼 공무원들의 이야기에서 출발했었다. 그러나 지나치게 법정 드라마 형태나 리얼 다큐멘터리 형식으로 가게 될 위험이 있어서, 결국은 판타지 장르를 선택해 일종의 가상소설 형태가 되었다.

　그 과정에서 장점이 많이 생겨났다. 일단은 예산 제약이 없기 때문에 공간을 넓게 설정할 수 있어, 맨 처음 이 주제를 생각하면서 구상했던 이야기를 마음껏 풀어낼 수 있었다. 이 과정에서 시나리오 작업과 소설 작업이 갖는 근본적인 차이를 몇 가지 이해하게 되었는데, 어쨌든 상상력에 제약을 받을 필요가 없다는 것이 영화 작업과의 차이점이었다. 장면으로 구현할 때의 예산이나 촬영 방식에 대해 고민할 필요가 없다는 것이 가장 큰 장점이었다. 그리고 지문을 통해 작가가 하고 싶은 말들을 적당한 선에서 직접 이야기할 수 있다는 것은, 그야말로 소설만이 가질 수 있는 매력이었다. 어쨌든 독자와 상상을 나누는 것, 이것은 소설이라는 오래된 매체가 가지고 있는 가장 큰 장점이라고 할 수 있다. 상상할 수 있다는 것, 그것이 정말 큰 매력으로 다가왔다. 지금의 이야기는 제작비 50억 원 미만으로는 만들기 어렵다. 하지만 무슨 상관인가! 소설이라는 형식에는 아무런 제약이 없는데 말이다.

3.

이명박 정부 출범 당시 환율은 900원대였다. 중간에 우여곡절이 많았지만, 어쨌든 노무현 정부는 900원대 환율을 다음 정부에게 넘겨주었다. 하지만 환율은 순식간에 1,200원대로 치솟았다. 이 과정에서 누가 이익을 보았겠는가? 한 해에만 재벌들이 70조 원 이상의 이익을 보았다는 추정치가 있다. 반대로, 같은 수치의 돈이 개인들의 주머니에서 나왔다. 환율만 이런 게 아니다. 멀쩡한 외환은행을 외국에 매각하고, 매우 이상한 방식으로 대통령의 친구가 있는 회사에 넘겨주는 일들이 우리 눈앞에서 벌어졌다. 그리고 신문이나 방송은 이게 한국 경제를 살리는 최선이라고 늘 이야기했다. 그럴 리가 있겠는가!

DJ, 노무현, 우리는 두 번이나 민주정부를 가졌지만, 경제에는 제대로 된 개혁이 한 번도 없었다. 흔히 뭉뚱그려서 '관료들의 덫'이라고 표현하지만, 그 안에서도 분야별로 작동 방식이 다르다. 그리고 유일한 하나의 원칙이 있다고 한다면, 고위 관료들과 퇴임 관료들이 각자 저마다 자신들만의 성을 차려놓고, 영주 노릇을 한다는 것이다. 그들에게 머리를 숙이면 개인의 삶은 편안하지만, 그런 방식으로는 절대로 이 나라가 좋아질 리 없지 않은가?

지금 독자 여러분에게 공개하는 이 이야기는 최초에 3부작으로 디자인되었다. 1부가 모피아에 대한 이야기, 2부가 교육 모피아에 대한 이야기 그리고 3부가 토건족에 관한 이야기이다. 물론 제약이나 의료, 과학기술 등 각 분야를 파고들면 그 안에도 크고 작은 영주들이 등장하고, 그들이 한국의 통치를 장악하고 있다. 민주세력은 집권에는 성공했지만, 한 번도 제대로 통치한 적이 없다. 그 실패를 언제까지나 반복할 것인가, 그런 질문을 해보고 싶었다.

이제껏 보고들은 바에 의하면, 한국 관료 특히 고위직 관료들은 심하게 부패했고, 국가가 아니라 자신을 위해서 살아간다. 그들의 성은 견고하고, 그들의 외부 조직은 전문가 집단에 의해 거대한 성과 같이 이루어져 있다. 그 집단에 균열을 내려고 했던 사람들은 쫓겨나거나 추방되었고, 결국은 고립되어 무너졌다. 그게 1998년 이후의 한국 역사이다. 앞으로도 이런 실패를 반복해서는 안 되는 것 아닌가? 이러한 상황에 대해 더 많은 사람들이 안다면, 문제가 커지는 것을 줄일 수 있다는 게 나의 믿음이다.

4대강 사업이 너무 이상하다고 생각하지 않았는가? 이걸 경제 회복 정책으로 디자인한 사람들은 토목학자나 토건 공무원들이 아니다. 그 사람들이 바로 모피아들이다. 이들 중 가장 시급한 문제는 경제 공무원 정도로 이해할 수 있는 모피아 사건이라고 할 수 있다. 나는 민주주의를 믿고, 한국 경제도 믿는다. 그러나 우리가 너무 빨리 덩치를 키우고 달려오는 동안, 시스템 내에 기형적인 집단이 생겨난 것이 사실이다. 미국, 일본, 이렇게 제대로 정돈되지 않은 자본주의를 운용하는 나라들은 모두 이렇게 내부에 기괴한 적을 형성했다. 그리고 그중에서도 가장 심각한 나라는 단연

한국이다. 우리는 너무 빨리 왔고, 우리를 돌아볼 시간이 너무 없
었다. 프랑스나 독일은 관료 문제를 나름대로의 방식으로 상당히
해소했다. 스웨덴이나 노르웨이 혹은 스위스 같이 1인당 국민소
득이 6만 달러를 넘어선 나라들은 거의 이상적이라고 할 수 있을
정도로 내부 관료의 문제들을 잘 제어하는 나라이다. 과연 이 시
스템을 어떻게 운용할 것인가, 우리도 그런 질문을 던질 순간이
된 것이다.

4.

　지난 수 년 동안 통치 의지라는 단어에 대해 곰곰이 생각해보았
다. 지금까지 야당에서 대통령 후보로 내세웠던 사람들 혹은 그들
을 지지하는 소그룹에 분명 집권 의지가 있었다. 집권 의지만큼은
아주 강렬했던 것 같다. 그러나 통치 의지도 그만큼 강렬했는지,
그건 잘 모르겠다. 잘 통치하기 위해 집권하고 싶은 것이 당연한
데, 내 눈에 비친 현실은 별로 그렇지 않았다. 그에 비하면, 이명
박이나 혹은 그의 전임자들은 통치 의지라기보다는 '먹튀 정신'
이 매우 강렬했고, 자신들끼리 국가의 모든 재산을 사유화해 한번
해먹자는 '짬짜미 정신'이 극도로 강했던 것 같다. 그 사이에서
줄을 타면서, 공무원들 특히 고위 공무원들이나 고위 공직자들은
어떤 정권이 와도 자신들을 보호하는 장치가 견고해졌다. 그리고
이런 공무원들은 스스로 이데올로그가 되었다. 그러니 대학생들
이 무조건 공무원이 되겠다고 나설 수밖에 없는 것 아닌가. 늙은

사람은 늙어서 그렇다고 쳐도, 젊은 데도 진짜로 자신만을 위해 국민들이 맡겨놓은 권능을 마음대로 쓰는 그런 공무원을 만나게 된다. 결국 국가는 그런 사람들이 이끌고 운용하는 것이다. 그들이 모두 천사가 되거나 애국지사가 되는, 그런 이상적인 나라는 교과서에만 있지, 현실에 존재하지는 않는다. 2012년의 대한민국 공직사회 특히, 경제 공무원들의 세계는 정말로 많은 문제점을 안고 있다. 그걸 어떤 식으로든 드라마로 형상화해서 사람들에게 보여주고 싶었다. 우리 시야가 미치지 않는 어느 한구석에서, 지금 이 순간에도 정말로 황당한 일들이 벌어지고 있다.

작년 여름, 국회에서 1998년 5월 18일 청와대 경제수석에서 밀려난 김태동 교수를 만났다. 본인은 아직도 그때 자신이 어떤 경로를 통해 그 자리에서 밀려났는지 모르고 있었다. 하긴 그때의 상황에 대해 누가 알고 있겠는가. 참여정부 시절에 모피아와 청와대 사이의 보이지 않는 알력의 긴장감은 당시 국민경제비서관을 역임했다가 밀려난 정태인 원장을 통해 자세히 들을 수 있었다. 그리고 후보 시절의 노무현 전 대통령 근처에 있던 경제 브레인 내에서 벌어진 일들은 당시 그의 경제특보였던 유종일 교수를 통해 들을 수 있었다. 일부 모피아에 관한 이야기는 총리실에 근무하던 시절, 직접 들었거나 건네 들은 정보를 종합한 것들이다. 할수만 있다면 다큐멘터리 형식으로 지난 일들과 현재 진행 중인 일들을 직접 보여주고 싶었다. 하지만 그럴 형편이 되지 않았다. 그래서 논픽션을 포기하고, 픽션 그것도 경제 판타지의 형태로 사건의 단면을 희미한 실루엣으로나마 보여주는 수밖에 없었다. 그래서 독자 여러분이 지금부터 읽게 될 이 이야기가 진실이라고 말할 수는 없다. 그러나 나의 진심이기는 하다. 진실을 보여줄 수는 없어도 진심을 보여줄 수는 있다. 진실로, 진심만이라도 전달하고 싶었다.

2012년 11월 3일
우석훈

목차

M O F I A

1부

왜 우리는 늘 돈이 없는가?

1
제가 눈 뜨고 있는 한, 절대 안 됩니다

"전 환율 개입에 반대합니다."

회의실에 앉아 있던 남자들의 시선이 순식간에 한 사내에게 쏠렸다. 잠시 숨을 크게 내쉰 사내는 작지만 힘 있는 목소리로 말을 이었다.

"한국은행은 '물가 안정을 도모함으로써 국민 경제의 건전한 발전에 이바지함을 목적으로 한다'. 한국은행법 1조 1항입니다. 전 한국은행 외환운용팀장입니다. 제 이름으로는 팀장 결제 못 합니다. 지금 저에게 한국은행법을 위반하라고……."

그러나 사내는 말을 다 마치지 못했다. 50대 중반으로 보이는 한 남자가 옆에 앉은 노인에게 거듭 머리를 조아리며 사내의 팔을 끌어 억지로 자리에 앉혔기 때문이다.

"죄송합니다, 총재님. 오 팀장이 현장으로 옮긴 후 아직 적응을 못했습니다. 오 팀장, 나가서 이야기하자. 여기서 이러지 말고."

회색 슈트를 말끔하게 차려 입고 회의 테이블 상석에 앉아 있던 노인은 아까부터 낯빛이 편치 않았다. 얼굴이 잔뜩 구겨진 채 이 돌발 사태를 지켜보던 노인의 낯빛에 단호함이 서렸다. 잠시 후, 안정을 되찾은 노인은 지극히 사무적이고 기계적인 말투로 상황을 정리했다.

"오지환 팀장은 한국은행 총재 직권으로 이 시간부로 대기발령합니다. 기획국장, 보직 해임 절차, 처리해주시기 바랍니다. 자, 여러분, 회의 계속 진행합시다."

몇몇 사람이 자리에서 일어나 오지환을 회의장 바깥으로 끌어냈다. 조용히 뒤를 따르던 조사국장 박종태는 오지환을 한국은행 본관 주차장 쪽으로 데리고 갔다.

"너, 왜 이래? 막아주는 것도 한계가 있어. 어지간히 해라, 제발."

박종태는 신경질적으로 주머니에서 담배를 꺼내 피워 물었다.

"저도 하나 주세요, 국장님. 이거 끊어야 되는데……. 어쨌든 외환운용팀장으로서 가만히 있을 수는 없는 거 아닙니까. 제가 눈 뜨고 있는 한, 절대 안 됩니다."

"너 그러다 잘려. 지금은 옛날이랑 달라. 니가 프랑크푸르트로 쫓겨나던 그런 시절이 아냐. 요즘은 어떻게든 달달 볶아서 결국에는 옷 벗게 만든다니까. 저 양반 보기보다 아주 끈적끈적한 인간이야. 너 딸 데리고 혼자서 어쩌려고 그래. 잠시 좀 굽혀라."

"저 굽히고 삽니다. 그냥 어지간하면 빨간펜 하면서 살려고 해요. 그래도 정도껏이지, 이건 해도 해도 너무 하잖아요."

담배 연기를 길게 내뿜은 박종태는 천천히 한국은행 본관 건물을 바라보면서 말했다.

"내가 어떻게든 자리 만들어줄 테니까, 다시 조사국으로 와. 외환팀은 너 같은 놈이 있을 데가 아냐. 빨간펜은 조사국 와서 해."

오지환은 입을 굳게 다문 채 담배만 피워댔다. 박종태는 그런 오지환의 등을 두드리며 말했다.

"며칠 동안 케이맨 제도나 다녀와라. 조사국 업무 차 출장 가는 걸로 처리해 줄 테니까 그냥 딸 데리고 놀다 와. 마침 케이맨 제도 조사 건이 하나 있어. 너 출장 보냈다고 하면 총재 그 인간, 엄청 좋아할 거다. 오지환, 그렇게 하자."

오지환은 한국은행 본관을 빠져나와 천천히 거리의 인파와 섞였다. 오후의 거리를 이렇게 거니는 것은 정말 오랜만이었다. 그는 지금 할 일도 없고, 일할 곳도 없고, 일하기를 바라는 사람도 없다. 명동 거리에서 시청 앞으로 돌아 나온 오지환의 마음은 착잡했다.

2012년 12월, 새로운 정부가 출범했지만 경제적인 측면에서는 변한 것이 전혀 없었다. 무언가 강력하고 큰 변화에 대한 예고는 있었지만, 막상 여소야대 상황에서 실제 입법으로 전환되어 바뀐 것은 거의 없었다. 그 와중에 속칭 모피아라고 불리던 인사가 한국은행의 새로운 총재로 온 것은 오지환이 받아들이기 힘든 사실이었다. 거리를 걷는 그의 눈에 작은 노점상과 편의점들이 들어왔다. 원화가 약해지면 수출 기업들은 순식간에 몇 백억 또는 몇 천억씩 이윤을 남긴다. 그러나 점차적으로 유가油價를 비롯한 물가의 상승이 시작되고, 평범한 사람들의 지갑에 있는 돈들이 대기업계좌로 이체된다. 오지환의 눈에는 거리를 떠돌던 작은 푼돈들이 부서지는 모습이 선명하게 보였다.

대부분의 나라는 선진국이 되면서 자국의 통화가 강해졌다. 전후 일본의 복구 과정과 엔화 가치의 끝없는 상승 국면만 봐도 알 수 있다. 일본 사람들은 외국에서 더 많은 물건을 살 수 있게 되었다. 마르크화 시절 독일이 그랬고, 프랑화 시절 프랑스가 그랬다. 그리고 지금 스위스의 프랑이 그렇다. 국민소득은 늘어났지만, 자국 화폐가 그에 반비례해서 약해진 나라는 한국이 유일하다. 누군가는 손해를 보고 누군가는 이득을 본다. 중앙은행, 그곳은 바로 자국의 돈을 지키는 곳이 아닌가! 어떻게 그곳에서 자국의 화폐 가치를 떨어뜨리는 조치를, 그것도 경기회복이라는 명분으로 할 수 있는가? 그리고 그 오래된 사기극을 새로운 정부에서, 시민의 정부라고 이름 붙인 그곳에서 할 수 있는가? 오지환의 생각은 꼬리에 꼬리를 물고 이어졌다.

오지환의 발걸음이 어느덧 세종로 사거리 너머로 이어졌다. 그의 눈앞에는 빛바랜 청동색 이순신 동상, 촌스런 금박의 세종대왕 동상, 다시 그 뒤로 어색한 현판이 걸린 광화문이 나란히 서 있었다. 그리고 바로 뒤, 역시 어색한 실루엣의 청와대가 서 있었다. 이순신과 청와대 사이에는 아무런 논리적 연결점이 없다. 그러나 공간적으로 그들은 한 개의 선 위에 있다.

2

케이맨 제도의 밤

2014년 9월, 달빛을 머금은 카리브 해의 바다는 푸른색을 내뿜고 있었다. 남아메리카 대륙과 중앙아메리카, 서인도 제도에 둘러싸인 대서양의 내해를 카리브 해라고 부른다. 그 한가운데, 세 개의 섬으로 구성된 케이맨 제도가 있다.

오지환은 딸의 손을 잡고 세븐마일비치 모래사장 위를 걸었다. 세븐마일비치는 그랜드케이맨 섬에서 제일 큰 도시인 조지타운의 서쪽 해안에 펼쳐진 바닷가이다. 오지환의 딸은 아까부터 영화 〈캐리비안의 해적〉에 나오는 잭 스패로우 이야기를 하느라 잠시도 입을 멈추지 않았다. 섬 여기저기 관광용으로 붙어 있는 해적 유물 사진과 상품들에 딸은 푹 빠져 있었다.

"그러니까, 아빠. 잭 스패로우가 정말로 이 앞으로 지나갔단 말이지?"

"글쎄, 그건 잘 모르겠는데. 영국 해적인 블랙비어드가 이곳에서 활동했다고는 하는데…… 잭 스패로우 얘기는 안 나와 있네."

"그러니까, 그 잭 스패로우가 왔다는 거야, 아냐?"

딸의 집요한 질문에 결국 오지환은 말문이 막혔다. 사실 그는 바다나 해적에 대해 잘 알지 못했다. 우스꽝스러운 해적들의 이야기가 크게 와 닿지도 않았다. 하지만 이게 얼마 만에 딸과 바닷가를 걷는 것인가? 생각해보니 아내가 죽은 이후 딸과 여행을 떠난 적이 한 번도 없었다.

세븐마일비치는 북태평양이나 카리브 해의 다른 해변에 비해서 그다지 특별한 것은 없었다. 그렇지만 오지환은 언젠가 한 번은 꼭 이곳에 와보고 싶었다. 한국이든 외국이든, 수많은 회사가 이곳에 주소를 가지고 있다. 서류상으로는 수천조 원 이상의 금융자산이 이곳에 존재한다. 수치만 놓고 보면 이 작은 해변가 인근의 건물들은 세계에서 가장 많은 돈을 가지고 있는 곳이다. 돈거래를 빈번하게 하는 기업들뿐만 아니라 축구팀 맨체스터 유나이티드도 진짜 주소지는 이곳으로 되어 있다. 구단주인 글레이즈 가문이 편법으로 영국 정부에 내는 세금을 줄이기 위해서 지주회사를 이곳으로 옮겨 놓았기 때문이다. 그뿐인가? 한국의 주요 대기업도 직접 혹은 간접적으로 케이맨 제도나 버진 아일랜드에 페이퍼 컴퍼니를 가지고 있다.

카리브 해의 수많은 무인도 중의 하나, 그야말로 해적섬이라 불리던 케이맨 제도가 특별해진 것은, 이곳에서는 조세를 부과하지 않기 때문이다. 바로 미국 인근의 대표적인 조세회피처가 케이맨 제도이다. 만약 돈을 별에 비유한다면, 그랜드케이맨 섬은 블랙홀이라 할 수 있다. 어두운 돈은 이곳으로 오고, 일단 이곳으로 흘러들어온 돈은 흔적도 없이 사라진다. 너무 중력이 무거워 빛도 탈출할 수 없는 블랙홀처럼, 조지타운도 돈의 세계에서는 검게 보일 것이다. 가끔 사람들은 이런 조세회피처를 세탁기에 비교하기도 한다. 그러나 세탁기는 밖에서 세탁 과정을 전부 볼 수 있지만, 블랙홀은 안에서 벌어지는 광경을 전혀 볼 수 없다.

'결국 오바마도 이곳은 손을 못 댔지.'

미국 최초의 흑인 대통령 버락 오바마는 당선 다음 해인 2009년, 케이맨 제도에서 미국 기업들이 세금을 탈루하는 것을 막으려는 조치를 시도했다. 성공만 한다면 10년간 200조 원 이상의 세금을 추가로 걷을 수 있고, 미국 경제의 고질적인 문제인 의료보험 개혁 등 복지 문제에 대한 재정적인 정책 마련을 한꺼번에 해결할 수도 있었다.

'하지만 결국 집권당인 민주당의 반대로 좌절됐잖아. 여기나 거기나, 변화가 힘든 건 마찬가지야.'

오바마의 조세회피처 개혁은 민주당의 상원 재무위원장인 맥스 보커스의 반대에 부딪혀 무산되었다. 그는 한국에 미국산 쇠고기 개방을 실력實力으로 밀어붙였던 바로 그 인간이다. 도대체 그런 사람이 왜 민주당원인지 알 수 없다고 생각하던 오지환은 우리의 현실을 생각하며 고개를 끄덕일 수밖에 없었다. 보커스는 만약 조세회피처를 묵인하지 않으면 미국 내 기업들이 전부 외국으로 떠나버릴 것이라고 협박했다. 증명하기 어려운 주장이지만, 결국 오바마는 패배를 인정할 수밖에 없었다.

케이맨 제도는 겉으로 보기에 흔하디흔한 카리브 해의 여느 관광지와 다를 바 없어 보인다. 그러나 인구 5만이 약간 넘는 영국령의 이 섬들에는 280여 개의 은행, 780여 개의 보험회사, 560여 개의 자산운용사 등 총 8만여 개의 기업이 등록되어 있다. 인구수보다 기업의 숫자가 더 많은, 지구상에서 가장 기이한 곳 중 하나가 바로 이곳 케이맨 제도이다. 케이맨 제도의 주지사는 영국 여왕이 직접 임명한다.

케이맨 제도 주지사의 업무 중 가장 중요한 임무는 매년 10월에 벌어지는 해적 축제 때 바닷가로 쳐들어 온 해적에게 직접 납치되는 일이다. 그 외에는 그가 직접 결정하는 일은 거의 없다. 그리고 그를 임명한 영국 여왕도 자신이 통치하는 이 땅에서 무슨 일이 벌어지는지 전혀 알지 못한다. 케이맨 제도가 블랙홀이라면, 투자은행 같은 큰 회사들은 그 자체로 하나의 항성이다. 대기업들도 오히려 이런 항성을 쫓아가는 행성에 불과하다.

"현주야, 우리 저기 보이는 호텔에 가서 주스나 마실까? 아빠 목마르다."

"난 밀크셰이크."

부녀는 해변에서 올라와 멀리 보이는 호텔을 향해 걸었다. 지극히 평범해 보이는 이 섬에는 전혀 어울리지 않는 5성급 호텔이었다. 리츠칼튼 호텔. 케이맨 제도가 돈들의 블랙홀이라면, 그 블랙홀의 중심은 바로 리츠칼튼 호텔이다. 돈을 따라 정보가 흐르고, 그 정보를 만들어 내는 사람들은 이곳에 모인다. 보통 인구 50만 이하의 도시에는 백화점도 잘 들어서지 않는다. 그런데 겨우 5만 명 남짓한 이곳에 이런 5성급 호텔이 있다니…….

"나중에 돈 많이 벌면 우리 현주 데리고 이 호텔에 올게."

"됐네요, 빨리 결혼이나 하세요. 친구들이 홀아비 모시고 산다고 효녀 심청이라 놀려. 지겹다, 지겨워."

"심청이? 아빠 봉사가 아닌데."

"봉사가 아니라고? 아빠 방 좀 봐봐. 그렇게 더러운데도 전혀 보질 못하잖아. 양말도 툭하면 짝짝이로 신고 출근하잖아. 아주 누가 볼까 봐, 창피해 죽겠다구."

"대신 세탁기는 내가 돌리잖아."

"세탁기를 돌려? 색깔 빨래는 따로 돌려야 한다고 도대체 몇 번이나 말했어? 싸구려 추리닝 같이 넣고 돌리는 바람에 전부 물들었잖아. 이거 봐, 이거. 이게 그때 흔적 아냐."

현주는 자신이 입고 있는 흰색 티셔츠에 묻은 보일 듯 말 듯한 얼룩을 가리키며 말했다.

"야, 인간 오현주. 요즘 세상에 나처럼 일찍 일찍 집에 와서 따님 저녁 밥상 차려주는 아빠 없다."

오지환은 딸과 티격태격하면서 점점 목소리를 높였다. 바쁜 업무에 치이면서도 현주를 위해 최선을 다하고 있지만, 딸이 열 살이 되면서 그런 자신을 슬슬 귀찮아하고, 사소한 일로 말다툼하는 순간이 늘어 갈수록 서운한 감정을 숨기지 못했다. 반면 이미 자신이 다 컸다고 생각하는 현주는 아빠가 자신을 위해서 희생한다고 말하는 것이 내심 못마땅했다.

부녀가 서로 지지 않겠다고 으르렁거리며 걸어가고 있는 동안 호텔 안 깊은 곳에서는 빠른 속도로 심각한 이야기들이 오가고 있었다.

"한전 계열사 채권은 다 매집되었습니까?"

"한국수력원자력은 끝났고, 나머지도 곧 마무리하겠습니다."

"채권 발행 주관사였던 골드만삭스 쪽은 불만 없지요?"

"네. 저희는 그런대로, 의장님."

"이번엔 월가와 펜타곤 자금 조율이 핵심입니다. 처음 해보는 대형 프로젝트니, 서로 신경들 써주기 바랍니다."

호텔 로비의 컨퍼런스룸 중 하나인, 커크 볼룸. 커크는 케이맨의 전설적인 범선, 커크선에서 따온 이름이다. 〈스타 트렉〉의 선장 이름 역시 제임스 커크이다. 창문이 없는 회의장에서는 한참 막바지 조율이 진행되고 있었다. 스무 명 남짓한 사람이 심각한 표정으로 대화를 하고 있었다. 대부분 서양인이고, 동양인도 몇 명 끼어 있었다.

"아빠, 이 수영장 참 근사하다. 수영장 가본 지 꽤 됐네."

호텔 입구에는 길게 늘어선 야자수 사이로 야외 수영장이 모습을 드러냈다.

"여긴, 호텔에 묵는 사람들이 쓰는 곳이야. 내일 또 재밌는 거

하자. 사방이 바다고 해변인데, 뭐하러 이런 좁은 수영장에서 놀아? 내일은 더 신나는 거 하자."

오지환이 현주와 함께 호텔 로비로 들어서자, 안쪽에 있는 커크 볼룸 회의실에서 사람들이 쏟아져 나왔다. 관광지임에도 불구하고 불편할 정도로 몸에 딱 맞는 슈트를 입고 있는 서양인들 사이에 몇 명의 동양인이 같이 섞여 있었다. 관광지에 어울리지 않는 정장 차림의 사람들, 눈이 먼저 가지 않는 게 이상할 정도였다. 그 중 아주 나이가 많아 보이는 노인의 얼굴을 쳐다보던 오지환의 입에서 낮은 탄성이 튀어나왔다.

'이현도!'

케이맨 제도와 전 경제부총리. 이 조합은 어울릴 듯하면서 또한 전혀 어울리지 않았다. 형식적으로는 대통령 경제자문회의 의장이지만 현업에서는 완전히 물러난 상태이고, 스스로도 국민들에게 반복해서 일선에서 물러나겠다는 입장을 피력했다. 박종태는 이 모든 상황을 알고 오지환을 이곳으로 보낸 것일까? 갑자기 자신의 눈앞에서 벌어진 일 때문에 잠시 머뭇거리던 그는 이현도가 먼저 알아보는 것보다는 덜 어색할 것이라는 판단에 일행 앞으로 걸어갔다.

"부총리님. 저 오지환입니다, 한국은행 팀장. 지난번 국정감사 때는 감사했습니다."

"아, 오 팀장. 이런 우연이 다 있나?"

이현도는 오지환이 예상했던 것보다 훨씬 반갑게 그를 맞았다. 행동의 미니멀리즘이라고 할까. 노인은 평소 절제된 말만큼이나 절제된 행동을 한다는 소문치고는 오지환을 대하는 태도가 유난히 살가웠다.

"딸이랑 잠시 휴가 차 놀러왔습니다."

오지환은 이현도에게 자신이 왜 이곳에 오게 되었는지와 같은 복잡한 이야기를 할 이유를 전혀 느끼지 못했다. 어색함을 피하고자 먼저 인사한 것뿐인데, 지나친 환대에 오히려 불편함을 느꼈다.

"아, 이야기는 다 들었네. 금융계 소문, 빠르잖은가. 총재랑 한판 하시고 외환운용팀장직 던져버리셨다며. 그래그래, 대단해. 한국은행 팀장이면 그 정도는 해야지. 하여간 이거, 보통 인연이 아니네."

오지환은 고개를 푹 숙였다.

'젠장, 벌써 여기까지 소문이 퍼졌단 말이야?'

순간, 오지환의 머리를 스치고 간 것이 있었다. 바로 한국은행 총재와 이현도의 관계였다. 총재가 직접 이야기를 하지 않았으면 저렇게 빨리 알았을 리가 없다. 오지환은 머리끝이 쭈뼛했다.

"저도 인사 좀 드리겠습니다. 한준건이라고 합니다. 롱골드에서 기획본부장을 맡고 있습니다."

갸름하면서도 마른 체형의 50대 남자, 엘리트, 강인한 인상. 그게 오지환이 본 한준건의 첫인상이었다. 오지환은 이들과 앞으로 어떤 운명으로 마주하게 될지 전혀 예측하지 못했다.

"오 팀장. 자네 시간 있으면 같이 가지. 우리는 회의도 다 마쳤고, 나는 내일 돌아가네. 잠깐 위스키라도 한잔하려고 하는데, 어떤가?"

고위 공무원 특유의 어투가 배어 있는 이현도의 말은 호들갑스러워 보이지만, 어딘가 모르게 거부하기 힘든 끈적끈적함이 담겨 있었다.

"그러고 싶지만, 지금은 딸이랑 휴가 중이라서요. 다음에 서울에서 제가 따로 한번 모시겠습니다."

"그래? 거참 아쉽네. 오 팀장, 언제 재밌는 일 좀 같이 해보자고. 서울 가면 연락함세. 옆의 분이 따님이신가? 귀엽네, 귀여워. 이름이 뭐예요?"

"현주요, 오현주."

이현도는 현주의 머리를 쓰다듬으며 말했다.

"아빠가 말이야, 한국에서 제일 똑똑한 사람이야. 현주도 크면 아빠처럼 똑똑한 사람이 돼서 나라를 위해 큰일을 해야지. 아빠는 공부도 잘하고, 엄청나게 용감한 사람이야. 현주도 그렇게 되길 바라요."

"아빠, 하나도 안 똑똑해요. 거북이도 보고 싶고 해적선도 타고 싶은데, 어디에 있는지 전혀 모른대요. 그래서 계속 걷기만 하느라 다리 아파 죽겠어요."

옆에 서 있던 현주는 아빠의 심정을 아는지 모르는지, 엉뚱한 이야기를 했다. 이현도는 큰 소리로 껄껄 웃으며 고개를 돌려 옆에 서 있는 여성에게 말했다.

"하하하, 아빠가 이 섬에 처음 와봐서 그래. 김 변호사, 내일 시간 좀 내서 이 아가씨 해적선 좀 태워주지그래. 여기는 자네 동네 아닌가."

갑작스런 이현도의 제안에 잠시 머뭇거리던 여성은 순간 묘한 미소를 지으며 오지환에게 자신을 소개했다.

"김수진이라고 합니다. 내일 오후 1시에 조지타운 항구 남쪽 부두에서 뵙죠. 그냥 택시 타고 가자고 하면 돼요. 현주라고 했니? 띨빵한 아빠 잘 모시고 와요."

"아줌마, 내일 봐요."

현주는 오지환의 손을 잡아채며 바닷가 쪽으로 걸어갔다. 현주의 얼굴이 왠지 그리 밝아 보이지 않았다. 현주에게 끌려가던 오지환은 가까스로 고개를 돌려 김수진을 보았다. 아무도 모르는 케이맨 제도에서 딸과 관광 아닌 관광을 하던 와중에 반가운 제안이라는 생각이 들었다. 오지환을 잡아끄는 현주의 손에 힘이 들어가 있었다.

"저, 그럼 내일 점심 때 뵙겠습니다."

총총히 멀어져가는 부녀의 뒷모습을 쳐다보던 이현도는 곁에 서 있는 사람들을 향해 과거를 회상하듯 말했다.

"저 친구, 정말 재밌지? 팔딱팔딱 뛰는 도미 같아. 꼭, 젊은 시절 나를 보는 것 같단 말이야. 내가 처음 청와대에 들어가서 경제비서실 근무할 때가, 서른 살이었어. 장관한테 대들고 나서 막막할 때, 그때랑 너무 똑같아."

3

해적 깃발, 그대의 이름은 졸리 로저

"우와!"

해적선 위에서 해적 분장을 한 승무원들의 칼싸움 쇼를 보면서 현주는 완전히 넋이 나간 듯했다. 그 옆에 오지환과 김수진이 약간 어색한 듯 나란히 서 있었다.

그들이 타고 있는 배는 '졸리 로저'라는 이름의 갈레온선이었다. 졸리 로저는 해골 머리에 대퇴골 두 개를 겹쳐 놓은, 우리가 흔히 알고 있는 해적기의 실제 이름이다. 졸리 로저 호는 1503년, 파나마로 가는 네 번째 항해에서 길을 잃고 우연히 그랜드케이맨 섬을 발견한 콜럼버스가 타고 있던 배 '니나 호'를 3분의 2 크기로 축소한 복제선이었다. 4층 갑판의 돛 세 개를 달고 있는 전형적인 갈레온선의 모습이지만, 실제 규모는 조금 작았다. 겉은 나무색 그대로이지만, 아이들을 위해 노란색 선을 둘러놓았다. 그리고 갑판은 붉은색으로 도색되어 있었다. 조지타운 항구를 출발한

졸리 로저 호는 해적들은 전혀 하지 않았을 것 같은 갑판 청소 같
은 것들을 아이들에게 직접 하도록 하는, 일종의 어린이를 위한
해적 체험 프로그램을 운영하고 있었다. 실제로 대포를 쏠 때만
해도 그렇게까지 흥분하지 않던 현주는 해적들의 칼싸움 쇼를 보
면서 넋을 잃을 정도로 빠져들었다.

"스노클 같은 건 안 가져오셨겠죠, 당연히?"

"네?"

"아뇨, 됐어요. 미리 말하지 않은 제 실수죠, 뭐. 바다거북 관광
은 제 배에서 해요. 현주야, 거북이는 조금 있다가 보자."

스노클을 착용한 아이들은 배가 조지타운 항구가 보이는 해상
에 정박하자, 바다거북으로 유명한 케이맨 제도의 바다에 뛰어들
어 스노클링을 즐겼다. 현주는 그 모습을 부러운 듯 바라보고 있
었다. 처음 이곳을 발견한 콜럼부스의 눈에 띈 것은 유난히 많은
바다거북이었다. 그는 그곳을 거북이 즉, '라스 토루가스Las
Torugas'라고 불렀다.

"아니, 난 이런 건 못 한다니까요."

측면에 'Aggressor'라는 이름이 새겨져 있는 3층짜리 요트의
흰색 갑판 위에 서 있던 오지환은 아주 난감한 표정을 지었다. 졸
리 로저 호에서 내리자마자, 김수진은 두 사람을 데리고 멀지 않
은 곳에 정박되어 있는 요트 위로 안내했다. 엉겁결에 딸과 함께
요트에 올라선 오지환은 배를 직접 운전하는 김수진을 바라보며
혼란스러운 마음을 감추지 못했다.

이현도와 같은 일행이었다는 것 외에는 아는 게 거의 없는 여인의 개인 보트 위에서, 오지환은 자신이 이제껏 경험해보지 못한 또 다른 미지의 세계에 대한 두려움과 이질감이 엄습하는 것에 어떠한 저항도 할 수 없었다. 1,800마력의 쌍발엔진을 단 20미터 정도의 크기로, 잘 관리한 선실 안에 주방과 침실이 따로 있었다. 영화에나 나오는 호화 요트는 아니지만, 오지환이 가지고 있는 상식 체계를 한 번에 흔들기에는 충분했다.

"정말 안 해보시겠어요?"

"아빠, 정말 이렇게 촌티 내기야? 어차피 여기 오면 바다거북 스킨다이빙은 한번 한다고 그랬잖아."

한참 손사래를 치던 오지환은 결국 딸의 손에 이끌려 생전 처음 스노클과 물갈퀴를 차고 바다에 뛰어들 준비를 했다. 먼저 바다에 뛰어든 현주는 처음인데도 제법 익숙하게 카리브 해의 물살을 가르고 있었다. 그러나 오지환은 이런 종류의 일에 익숙하지 않았다. 몸에 힘이 너무 많이 들어가 스노클로 물이 잔뜩 들어갔고, 이내 컥컥 물을 토해내며 허우적거렸다.

딸과 김수진은 익숙하게 바다거북을 구경하면서 유연하게 물위를 헤엄쳤다. 아까부터 잔뜩 위축되어 있던 오지환이었지만, 수영 자체가 거북하거나 바다가 두려운 것은 아니었다. 그도 점점 익숙해지기 시작했고, 스노클로 숨 쉬는 법이 몸에 익어갔다.

'아, 정말 거북이 많다.'

카리브 해의 오후 햇살이 그대로 내려 비치는 바닷속에서 바다거북을 보면서, 오지환은 전혀 색다른 세계를 만난 듯한 생각이 들었다. 얼마나 거북이 많았으면 콜럼부스가 이곳을 '토르가스'라고 불렀을까. 약간 먼 곳에서 가오리가 보였고, 열대 바닷가를 그릴 때 빠지지 않고 등장하는 서전피시surgeonfish도 시야에 가득했다. 개복치의 일종이라고 하나? 어쨌든 애니메이션 〈니모〉에 등장하면서 더욱 유명해진 물고기이다.

엉겁결에 김수진의 요트에서 바다거북과 헤엄을 치게 된 오지환은 어울리지 않은 옷을 입은 듯한 불편함에 가슴이 답답했다. 사실 어제부터 마음이 편치 않았다. 조세회피처에서 이현도를 만난 것은 뜻밖이지만, 반가운 우연이 아니라는 것은 너무 당연했다. 그럼에도 불구하고 그가 당황하는 기색이 전혀 없을뿐더러, 그의 수하인 것이 분명한 어느 여인의 요트에서 딸과 함께 누리게 된 이 값비싼 유희는 넉넉하지 않은 정부기관 월급쟁이로 살아가는 오지환의 촉각 한구석을 강하게 건드렸다. 아내가 폐암으로 떠나간 지 이제 3년이 된다. 아내의 간병을 하면서 적지 않은 돈을 썼고, 때문에 여전히 궁색한 삶을 벗어나지 못했다. 혹시 돈이 있더라도, 오지환은 1년에 겨우 몇 번 타지 않을 요트를 위해 거액을 지불하지는 않았을 것이다. 그는 순간 블랙홀로 빨려 들어가 다른 차원으로 향하는 웜홀worm hole을 통해 전혀 다른 별로 튕겨져 나온 것 같은 기묘한 환상에 사로잡혔다.

오지환은 갑판 한구석에 기대 담배를 한 가치 피워 물며 핸드폰을 집어 들었다. 핸드폰 화면에는 수신불가 표시가 떠 있었다.

"전화 쓰시게요? 제 걸 빌려드릴까요?"

수영복 차림의 김수진이 눈치 빠르게 자신의 핸드폰을 내민다. 안 그래도 위축된 상황에서 오지환은 그 핸드폰을 선뜻 받아들지 못했다. 한국의 자기 팀원들에게 케이맨 제도에서 움직이는 자금 흐름을 파악하라는 지시를 할 생각이었다. 그러나 조사하고 싶은 대상의 전화를 빌려 쓸 정도로 둔한 사람은 아니었다. 선글라스에 반사된 태양 광선이 오지환의 눈 속으로 뜨겁게 파고들었다. 수영복에 가려진 김수진의 몸매는 평상복 위로 느꼈던 인상과는 전혀 다른 모습이었다. 이두박근은 물론이고 삼두박근도, 거의 남자에 가까울 정도로 강인한 인상이었다. 잘 발달된 남자의 복근에는 못 미치지만, 제법 단단한 체구의 소유자였다. 일반적인 여성들의 몸매 관리와는 전혀 다른, 그야말로 특수 훈련을 받은 여인의 몸매라고 해도 과언이 아니었다.

"왜요. 지금 한국은행에 자금 흐름 조사를 지시하시게요? 아니면 국세청? 도대체 이 여자 소득세는 제대로 내고 있나, 민원이라도 넣으시게요?"

웃으면서 하는 말이지만, 김수진의 한마디 한마디는 오지환의 가슴 구석구석을 파고들었다. 도대체 이 여자는 누구일까? 연애의 기억도 아스라하고, 여자의 마음 같은 건 전혀 알 수 없는 오지환의 머릿속은 정지된 듯했다. 한국은행 조사국에서 잔뼈가 굵은 그는 걸어 다니는 경제 데이터베이스와 비견될 만한 사람이었지만, 그건 어디까지나 한국 내의, 그리고 공식적인 자료에 관한 것이었다. 이런 종류의 데이터는 입력된 것이 없었고, 이런 유형에 대한 정보도 없었다.

"아줌마, 문어 선장 알아요?"

방금 전 해적선에서 사 가지고 온 삼각형의 해적 선장 모자와 검은 안대를 두르고, 해적 칼을 옆에 찬 현주가 김수진에게 물었다.

"얘가, 아까부터 자꾸 아줌마, 아줌마 하네. 날 아줌마라고 부르는 사람은 너 말고 없어."

"아니, 그런 뜻은 아니구요. 이모, 고모…… 그런 건 아니잖아요?"

순간 당황한 현주는 말을 잇지 못하고 끝은 흐렸다.

"됐어. 그냥 아줌마라고 부르세요, 작은 아가씨 나리. 그나저나 문어 선장? 그거 플라잉 더치맨의 데비 존스? 〈캐리비안 해적〉에 나오는?"

"아줌마, 꼭 그 문어 선장 같아요. 멋있어요. 잭 스패로우도 문어 선장한테 절대로 못 이기잖아요. 피아노도 정말 잘 치고……. 게다가 아줌마는 진짜 선장이잖아요. 나도 이런 배 있으면 진짜 해적이 되고 싶은데……."

"얘가, 진짜로 놀리는 거네. 데비 존스는 배에 묶여 있는 거잖아. 그건 강한 게 아니라 불쌍한 거지. 너는 조니 뎁 할 테니까, 아줌마는 문어 선장이나 해라, 그 얘기네. 이런."

해적 선장 모자를 쓴 현주와 김수진이 플라스틱 칼을 맞부딪치며 장난을 치는 걸 보면서 오지환은 정말로 자신 안에 있는 무엇인가가 떨어져나가는 느낌을 받았다.

'젠장, 저 여자는 도대체 뭘까?'

그렇지만 딸이 저렇게 신나게 웃고 뛰어노는 것은 정말로 오랜만이었다. 바닷가에는 어느새 노을이 깔리고, 현주와 김수진이 칼싸움하는 모습을 바라보면서 오지환은 오랫동안 눌려 있던 자신의 속마음이 카리브 해 위쪽에서 부드럽게 녹아내리는 느낌을 받았다.

얕은 바다 위로 떠다니는 바다거북의 등껍데기에 노을이 비쳤다. 물살에 덮인 오각형의 껍데기 위로 노을이 부서지면서 바다는 마치 금화가 뿌려진 것처럼 빛나고 있었다. 그 위로 세 사람의 웃음소리가 커다랗게 떠다녔다.

4

이게 다 국민 덕분이지요

"어차피 한국에 가야 할 거면, 하루 더 놀고 저랑 같이 가는 게 더 빠를 거예요. 바보 같은 남자 하나랑 해적 지망생 아가씨 한 명 더 탄다고 기름이 더 드는 것도 아니니까."

김수진을 따라 그랜드케이맨 섬의 오언 로버츠 공항에 도착했을 때, 그들을 기다리고 있는 것은 프랑스에서 제조한 '팰컨 900'이라는 비즈니스 제트기였다. 부자들 혹은 전문직종에 종사한 사람들의 삶에 대해서는 어느 정도 꿰뚫고 있다고 생각했던 오지환의 자신감은 리츠칼튼 호텔 앞에서 이미 사라졌다. 20인승 비즈니스 제트기의 플랫폼에 올라서는 순간, 오지환은 이걸 타도 되는 건지 잠시 갈등했다. 고급스러운 모로코제 베이지색 가죽을 덮어쓰고 있는 넓은 시트는 다시 한 번 오지환의 가슴을 내리 눌렀다.

'혹시 이게 지옥으로 가는 특급열차가 아닐까?'

비행기가 이륙을 시작하자 창밖으로 펼쳐진 인구 5만도 안 되는 케이맨 제도의 모습이 더욱 환상적으로 보였다. 그는 이렇게 돈의 블랙홀에서 탈출하는 것인가, 아니면 튕겨져 나오는 것인가? 아니면 더 큰, 진짜 블랙홀로 들어가는 것일까?

"저, 이것도 혹시 본인 소유인가요?"

"비행기는 제 건데, 관리는 군인들이 해줘요. 형식적으로는 미국 국방부 소속으로 되어 있어요. 일종의 군용기죠. 영화 〈레드〉를 보니까 CIA 요원들이 이걸 타고 다니면서 사무를 보더라구요. 저거 괜찮겠다 싶어 샀지요. 저도 군바리들 딱지 단 비행기 타는 게 맘 편한 일은 아니지만, 뭐. 전 공짜는 절대 안 쓰는 주의거든요. 하긴, 따지고 보면 이게 다 국민 세금이기는 해요. 정말로, 다 대한민국 국민 덕이지요."

"네? 세금이요?"

"아, 제가 설명 안 했나요? 저, 미국인이에요. 전 남편이 미국 사람이었지요."

"아, 그러시구나. 그럼 남편께서는?"

창밖을 내다보던 김수진은 낮은 목소리로 대답했다.

"그 바보는, 지만 혼자 잘난 줄 알고 까불고 다니다, 중국 공안이 보낸 킬러한테 머리에 구멍이 나 죽었어요. 지만 가면 되지, 딸도 데리고 가서……. 엄청 멋있는 사람인 줄 알았는데, 결국은 모자란 녀석이었어요. 돈 잘 벌면 뭐해요. 그렇게 허무하게 죽어 놓고……."

너무나 천연덕스럽게 남편과 딸의 죽음에 대해 이야기하는 김수진을 보면서, 오지환은 그녀의 화법이 경제인이나 금융인과는 많이 다르다고 생각했다. 그녀는 돌려서 말하지 않고, 직접 전달하고 싶은 지점으로 바로 간다. 그렇게 생각해보니, 갑자기 그녀에게서 변호사보다는 군인의 체취가 느껴지는 듯했다.

"그거 알아요? 정부 공안당국에서 공식적으로 킬러를 운용하지 않는 건 한국밖에 없다는 거. 병신들이죠. 자기 거 다 뺏겨도, 뺏기는 줄도 모르고……. 만약 중국 국민들이 한국 국민들처럼 당하고 있었으면, 벌써 여러 사람 뒤통수에 구멍이 났을 거예요. 그러니 요즘 글로벌 호구라는 농담이 유행하는 거 아니겠어요? 중국과 한국의 차이는 딱 하나예요. 중국은 당하면 당하는 줄 아는데, 한국은 당해도 당하는 줄 모르죠. 위험한 은퇴자? 지랄하고 자빠진 거죠. 위험하긴 뭐가 위험해요, 비겁한 거지."

그 이야기를 들으면서 오지환은 왠지 모를 반발심이 들었다.

'킬러? 아니, 이 여자가 지금 제정신이야? 자기가 지금 무슨 말을 하는지 알고나 있는 걸까? 혹시 과대망상증 환자 아냐?'

블랙홀에 갇혀 있던 그의 육체가 빠져나오듯, 그의 자존심과 함께 상식적인 판단들이 다시 머릿속에서 빠르게 움직이기 시작했다.

유능하다면 유능하고, 잘났다면 잘났다고 할 수 있는 오지환이다. 그는 공식적인 경제 세계에서는 현장 지휘관이나 다름없었다. 바로 한국은행이라는, 물가와 환율을 관리하는 곳이 그가 뛰노는 현장이었다. 그러나 오지환이 만지는 돈은 서류 안 숫자에 불과했다. 오지환의 돈은 행정 조치와 만날 때에만 비로소 수조 혹은 수십조 원의 돈들을 꼼짝 못 하게 할 수 있다. 하지만 그건 서류에만 있는 돈이다. 현실의 세계로 돌아오면 그는 여전히 아내의 병수발로 남게 된 부채를 감당하고 살아가는 월급쟁이, 마이너스 인생일 뿐이다. 국가는 적자경영을 해도, 개인의 삶만은 흑자경영이 되어야 한다는, 그래서 절대로 부채를 지지 않겠다는 작은 삶의 모토를 가지고 있다. 그러나 현실 앞에서는 무의미하고 아무 힘도 없는 결심이었다. 비행기 창밖으로는 태평양이 펼쳐지고 있었다.

"부총리는 무슨 일로 케이맨 제도에 왔던 건가요?"

오지환은 정말로 떨어지지 않는 입을 열었다. 왠지 그 정도는 자신도 척하면 알고 있어야 할 것 같은 느낌이지만, 전혀 감을 잡지 못했다. 모범생들이 가지고 있는, 정답을 모른다고 생각하면 머리가 하얗게 되고 숨이 가빠지는, 그런 강박을 느꼈다.

"어머, 그게 궁금했어요? 난 또 알고 계시는 줄 알았는데……. 혹시 이거 떠보는 거예요? 한국은행 쪽이 약하다 약하다 해도 그 정도는 알고 있을 줄 알았는데……. 그 영감쟁이가 다시 실권을 잡으려는 거예요. 뭐, 한두 번 있었던 일도 아니니 놀랄 일은 아니지만……. 그 나이쯤 되면 이젠 떠날 날을 생각하면서 살아온 날들에 대한 반성이나 하며 지내면 얼마나 아름답겠어요. 영감, 아름다움이 뭔지를 영 몰라요. 그거야 그 영감 일이고, 난 오 팀장에게 투자할까 말까, 지금 간 보는 중이구요."

"네? 실권을? 지금도 모피아의 대부……."

　오지환은 말을 꺼내려다가 황급히 입을 막았다. 공공연한 소문이지만, 아직 공식적으로 실체가 외부에 알려진 적은 없는 이야기를 공개적으로 하는 것은 편치 않았다.

　"대부? 푸훗. 대부 놀이겠죠. 그 영감, 간은 클지 몰라도 실력은 없어요. 한국이니까 그렇게 허세를 부리고 다니지, 다른 나라 같았으면 벌써 길에서 칼 맞고 어느 쓰레기통에서 시체로 발견됐을 거예요. 나 같으면 그런 영감한테는 절대로 투자 안 해요. 그래도 어떻게 될지 모르니까…… 포트폴리오의 일환이죠. 일종의 양다리 걸치기?"

　김수진은 말을 빙빙 돌리지 않고 바로바로 대답했다. 하지만 그러한 화법이 오지환을 더욱 혼란스럽게 했다. 만약 자신이 무슨 일을 꾸미고 있다면, 자기편인지 아닌지 확실치 않은 사람에게 이렇게 많은 정보를 주지는 않을 것이며, 절대 자신의 생각을 드러내지 않으려고 노력했을 것이다. 공직자로서, 그는 그렇게 배웠다. 그러나 김수진은 달랐다.

　'함정인가? 아니면 회유? 아니면 협박?'

　비즈니스 제트기 안은 쾌적했지만, 어쩐지 끈끈한 공기가 흐르는 것 같았다. 지금으로서 오지환은 더 이상 꺼낼 패도 없고, 묵묵히 얘기를 듣고 있는 것 외에는 달리 물어볼 질문도 생각나지 않았다. 그에게는 지금 정보가 너무 없었다. 그러나 그의 머리는 이 암흑 같은 퍼즐의 한가운데를 뚫기 위해 혼신의 힘을 다해 수많은 논리를 모색하는 중이었다. 그러나 여전히 작은 실마리 하나 움켜

쥐지 못했다. 그는 살짝 심술이 났다.

"여기 밥은 줍니까? 슬슬 배가 고프네요. 전 비행기나 기차를 타면 기내식을 꼭 챙겨 먹는 게 가장 큰 즐거움인데요."

"아, 밥. 드려야지요."

김수진이 벨을 누르자 조종석에서 승무원 정복을 입은 여인이 한 명 나와 기내식 서빙을 시작했다.

"입맛에 맞으실지 모르겠네요, 군용식이라서. 현주야, 일어나서 밥 먹어야지."

그냥 조리기에 돌린 스파게티와 지나치게 달고 성의 없게 만든 소스, 전혀 싱싱해 보이지 않는 샐러드 그리고 미국산 쇠고기로 만들었을 것이 분명해 보이는 스테이크까지. 무척 어설퍼 보이는 음식이었다.

내심 비즈니스 제트기에서 뭔가 호사스러운 식사를 기대했던 오지환은 갑자기 김이 팍 새는 듯한 느낌을 받았다. 돈과 군대의 어색한 조합. 오지환은 여전히 여행의 악몽이 끝나지 않은 듯한 기분이 들었다. 전 세계에 주둔해 있는 모든 미군 부대가 같은 음식을 먹는다는 이야기를 얼핏 들은 적이 있었는데, 이런 비즈니스 제트기에서도 군용식이라니……

'팰콘 900'은 인천을 거치지 않고 곧장 서울로 날아들었다. 잠실에 있는 롯데의 초고층 건물로 인하여 충돌 위험이 있다고 한층 논란이 되었던 바로 그 서울공항이었다. 활주로에 비행기가 착륙하자, 오지환과 현주는 김수진을 따라 건물 한쪽에 간단하게 마련된 입국 심사대를 통과했다. 비행기가 내려선 지 5분도 안 돼 공항 건물을 빠져나오면서 힘이라는 것이 과연 어떤 것인지 오지환은 뼈저리게 느꼈다.

"자, 우린 여기서 그만 헤어져야겠네. 다음에 또 봐요, 해적 아가씨."

"너무너무 재밌었어요. 다음에 배 또 태워주세요, 아줌마."

서울 세곡동 사거리. 9월 중순의 공기는 아직 차지 않았다. 그러나 카리브 해의 적도 기후대에 있다가 갑자기 기온이 내려간 날씨를 접한 오지환은 왠지 모를 강한 추위를 느꼈다.

5

경제전선, 이상 없다

"혹시라도 뭐 좀 이상한 거 있으면 즉시 연락주시고, 특히 케이맨 제도에서 이상한 돈이나 거래 오간 정황 포착되나 신경 좀 잘 써주세요. 다음에 서울 오시면 제가 거하게 한턱 낼게요."

프랑크푸르트 지사를 마지막으로 한국은행 전 세계 지사에 전화를 마친 오지환은 한숨을 푹 내쉬었다. 한국은행 조사팀에 소속된 조사역이 그의 새로운 자리였다. 아니 새로울 것은 없을지도 모르겠다. 다만 이전과 차이가 있다면, 이제 그에게는 팀원 즉, 부하직원이 없다는 사실이다. 보직 없는 간부, 나이가 많아서 다른 사람 귀찮게 하지 말고 혼자 놀라고 주어지는 자리가 조사역이다. 그는 지금 한국은행의 조사역이다!

한국은행은 은행 중의 은행이다. 한국에서 발행되는 모든 돈은 한국은행에서 출발해 다시 원점으로 돌아온다. 유가증권 중 발행처로 다시 돌아와 순환되는 것은 돈밖에 없다. 돈이란 정말 기묘한 것이다. 바닷가 모래 위에 있는 조개껍질은 죽은 조개의 시체, 그냥 쓰레기에 불과하다. 그러나 힘센 존재, 예를 들면 아주 강력한 국왕이 나서서 함부로 조개를 주워가면 목을 친다고 하는 순간, 아무것도 아닌 조개껍질이 돈의 역할을 하게 된다. 소금도 마찬가지이다. 아무나 소금을 채취하지 못하게 하면, 소금 역시 돈이 된다. 국가와 화폐는 불가분의 관계를 갖는다. 그리고 이때의 국가가 바로, 한국은행이다. 돈이 순환하듯이, 경제에 대한 정보 역시 돈을 따라 중앙은행으로 돌아와야 한다. 만약 그럴 수 없다면, 당연히 중앙은행은 그렇게 될 수 있도록 해야 한다.

한국은행이 내보낸 돈은 건설사를 축으로 하는 재벌들에게 흘러간다. 그 돈의 극히 일부가 국민들의 일상생활로 들어간다. 그러나 그보다 더 심각한 것은 정보이다. 정부기관들 사이로 정보가 돌지 않고, 롱골드 같은 로펌이나 컨설팅 회사로 흘러 들어간다. 몇 년 전부터 그런 일들이 점점 잦아지더니, 지난 정권부터는 정부에서 만드는 금융과 관련된 기초 문건조차 그런 로펌에서 직접 만들기 시작했다. 이제 금융 쪽 공무원들은 스스로 문서를 만들지 못한다. 가을에 국정감사가 벌어지면 공무원과 경제연구소 등 산하기관에서 밤을 샜는데, 이제는 로펌의 변호사들이 대신 밤을 샌다.

전화를 다 마친 오지환은 조사국장실로 들어갔다.

"어이, 오 팀장. 그냥 놀라니까 왜 그렇게 바쁘게 움직여. 조사역은 그냥 출근만 제때 하면 돼, 감사실에 안 걸릴 만큼만. 너 조사역 자리, 억지로 내가 만든 거 알잖아. 티나게 움직이지 마, 제발 부탁이다."

박종태 조사국장은 오지환이 믿을 수 있는 몇 되지 않는 상사 중 하나이다.

"케이맨에서 이현도를 만났습니다. 뭔가 펀드를 만들고 있는 것 같은데, 이상하잖아요."

"이상해? 물론 이상하지. 근데 이현도는 맨날 이상했어. 펀드는 옛날에도 만들었잖아. 결국 날려 먹었지만. 옛날에 실패한 거, 한 번 더 해보겠다는 정도로는 이상하다고 하기가 어려워. 증거를 잡으려면 확실하게 잡아야 해. 어설프게 움직였다가는 뼈도 못 추려. 그렇게 날아간 놈들만 수억이야, 수억."

"너무 조용한 게 좀 이상해요. 뭔가 있는 듯싶기는 한데, 아직 너무 조용해요. 금감원 쪽에서도 아무 일 없다는데, 그쪽 말만 믿고 편하게 있기도 좀 그렇구요. 이럴 때는 국정원과 업무 협조라도 하면 좋겠는데……."

박종태가 갑자기 목소리를 낮추며 나지막하게 말했다.

"국정원? 총재가 결제해주면 가능하지만, 그 얌생이가 해주겠어? 모피아들이 요즘 부쩍 회동이 늘었다는 첩보가 있어. 그런데 너무 조용하잖아. 방방 뛰고 다 엎어버리겠다고 해도 성이 안 찰 양반들이 말야. 경제부총리 신설하자고는 떠들어 대는데, 그거 가지고 성이 차겠어? 한국 디폴트 소문은 파다하게 퍼져 있는데, 우리가 지금 할 수 있는 게 뭐가 있어? 우리가 조사권이 있어, 행정권이 있어? 위에서 박아놓은 금통위원들이 알아서들 하시겠지."

오지환은 박종태의 이야기를 들으면서 피가 거꾸로 솟는 느낌을 받았다. 있다, 분명히 뭔가가 있다. 그러나 아직 아무 일도 벌어지지 않고 있다. 한국은행 조사국에서도 모른다면 도대체 누가 알겠는가?

"의심 가는 게 좀 있는데, 아직은 움직임이 없어서 지켜보고 있을 뿐입니다. 경제전쟁에서 지표가 움직이기 시작하면 이미 게임 끝나는 거 아니에요? 아직 게임 시작도 안 했는데 이게 누구랑 싸우는지, 뭘 갖고 싸우는지 전혀 모르는 게 답답할 뿐이지요."

"이거 원래 본인에게 얘기해주면 안 되는데……. 청와대에서 니 앞으로 신원확인 요청이 와 있는 게 있어. 조만간 전출이나 파견 명령이 나올지도 몰라. 알고나 있으라고."

그때였다. 오지환의 핸드폰이 요란한 소리를 내며 울렸다.

"오 팀장님, 저 이상대 대리입니다. 자세하게 얘기하기는 어렵지만, 한국 공기업 채권에 대한 소문이 여기서 장난 아닙니다. 어떻게 개인 보고서라도 만들어볼까요?"

"뉴욕 지사의 이상대 대리입니다. 뭔가 낌새가 있나 봅니다. 일단 튀어오라고 할까요?"

오지환의 눈이 반짝였다. 그는 핸드폰을 한 손에 쥔 채 승부사다운 눈빛을 보이며 말했다.

"튀어와? 야, 이 미친놈아. 걔가 지금 니 팀원이냐, 오라 가라 니 맘대로 하게. 넌 지금 권한 없는 조사역이야. 전화 바꿔봐."

박종태는 오지환에게 핸드폰을 넘겨받았다.

"야, 이 대리. 나다 박종태. 일단 월가 얘기 조금 더 조사해두고 특히 케이맨 관련 거래도 다음 주에 와서 보고할 수 있게 정리해. 너희 팀장, 이젠 조사역이야."

국장실을 나오는 오지환의 머릿속에는 어린 시절에 읽었던 《서부전선 이상 없다》라는 소설의 제목이 계속해서 맴돌고 있었다.

온 전선이 쥐 죽은 듯 조용하고 평온하던 1918년 어느 날, 우리의 파울 보이머는 전사하고 말았다. 그러나 사령부 보고서에는 이날 '서부전선 이상 없음'이라고만 적혀 있을 따름이었다.

*

한쪽 창문으로 청와대가 내려다보이는 오피스텔. 이현도에게 무언가를 이야기하고 싶은 사람들이 주로 이 방을 찾는다.

"총재, 왜 시키지도 않은 짓을 하고 그래."

한국은행 총재는 잔뜩 주눅이 든 채 떨리는 목소리로 대답했다.

"전경련이나 기업체 쪽에서 요즘 수출이 어렵다고 난리들입니다. 환율 조정이라도 해주지 않으면 진짜 경제 어렵습니다."

이현도는 대답 대신 총재의 얼굴을 매섭게 쳐다보았다.

"자네, 요즘도 회사 돈 받나?"

쉽게 대답을 하지 못하는 총재의 얼굴이 붉어졌다.

"총재, 당신은 국가를 대표하는 사람이야. 상인들 돈 받고 민원이나 처리해주는 사람이 아냐. 가서 전해. 한 번만 더 이렇게 총재를 들쑤시고 다니면 아예 문 닫게 해주겠다고. 아니, 지금 생각난 김에 아예 못을 박아두는 게 좋겠어."

이현도는 당황하는 기색의 총재는 아랑곳하지 않고 바로 전화기를 들었다.

"박 회장, 나 이현도요. 미리 말해두는데, 한국은행 총재 뒤에서 들쑤시는 짓 좀 하지 마시오. 이 친구 순진해서 부탁하면 정말 부탁하는 대로 막 하거든. 큰일 날 일이오. 내가 알아서 다 조정해줄 테니 좀 기다리란 말이오."

수화기 너머에서 들려오는 목소리를 경청하던 이현도는 묘한 웃음을 지으며 말을 이었다.

"다행이오, 박 회장이 말귀를 잘 알아먹으니. 그러니 전경련 회장을 하고 계시지. 다른 데도 좀 전해주시오. 업자면 얌전하게 영업이나 잘하지, 지금 같은 긴급 상황에 여기저기 들쑤시고 다니면 확 털어버리는 수가 있다고. 알아듣겠소?"

낮지만 위협적인 이현도의 목소리는 그야말로 늦가을의 찬 서리, 추상秋霜과도 같았다. 하얗게 질린 총재는 얼굴을 제대로 들지도 못했다. 전화를 끊은 이현도가 총재를 향해 입을 열었다.

"그리고 거기, 오지환 팀장이라고 있지? 지난번에 당신이 말했던 그 친구."

"네, 있습니다만."

"청와대로 보낼 생각이니 한국은행에서 뒷얘기 나오지 않게 잘 좀 처리하시게."

　그때였다. 집무실 문이 열리면서 30대 후반 혹은 40대 초반으로 보이는 한 여인이 들어왔다. 법률녀 남진경. 케이맨 제도에서 이현도와 같이 있던 세 명의 동양 여자 중 하나이다. 남진경은 박정희 정권 시절, 이현도의 상관이었던 남태령 총리의 딸이다. 이현도의 힘의 기반은 남태령에서 출발했지만, 꼭 그 이유가 아니더라도 이현도가 딸처럼 각별히 생각하는 인물이었다. 남진경이 경제학을 전공하지 않은 이유는 이현도가 그의 롤모델이기 때문이었다. 그녀는 고위 경제 관료가 되기 위해 굳이 경제학을 전공할 필요가 없다고 생각했다. 그 말의 반은 사실이었다. 20년이 지난 지금, 변호사의 세계보다는 경제학자의 세계가 훨씬 더 여성에게 불리한 영역이었다.

　"그럼 전 나가보겠습니다."

　"그러시게."

　총재는 자신의 뒤로 따라 들어온 남진경을 의심 많고 끈적끈적한 눈으로 쳐다봤다. 남진경은 그 시선이 불쾌했다. 그러나 이제는 제법 익숙한 일이었다. 중늙은이든 늙은이든, 경제계에서 힘 좀 쓴다는 사람들이 자신을 끈적끈적한 눈으로 훑어보는 데에는 이미 익숙했다. 그러나 불쾌감은 쉽게 익숙해지지 않았다. 이현도에게는 그런 불편함이 없었다. 매력은 없을지 몰라도, 건조한 삶에서 오는 은은한 편안함 같은 것이 있었다.

　"회장님, 이번에 청와대 특보 신설 건, 그 자리 제가 해보면 안 될까요? 이젠 저도 밝은 곳에서 일해보고 싶습니다."

이현도는 대답 대신 일어나 등을 돌리고 창밖 너머의 청와대를 바라봤다. 그의 시선에는 안타까움과 애잔함이 듬뿍 묻어 있었다.

"왜요, 제가 여자라서요? 왜 저는 매번 뒤에서 남 뒤치다꺼리나 하고, 작전이나 짜고 있어야 하나요. 저도 당당하게 제 사람들을 이끌면서 일을 해보고 싶습니다."

"그만하자. 돌아가서 네 일이나 하고 있거라. 진경이, 네 일은 따로 있다. 아직은 때가 아니다."

조용히 참고 있던 남진경이 빠른 속도로 말을 퍼부었다.

"3년만 하라고 해서 꾹 참고 했어요. 그리고 또 3년, 또 3년…… 이게 벌써 20년 가까이 돼가요. 언제까지 참으라는 거죠?"

창밖만을 응시하던 이현도가 몸을 돌리면서 천천히 말했다.

"저 자리는 진경이 네 자리가 아니야. 저긴 죽는 자리야. 오지환 그가 살 수 있을지, 없을지는 자기 몫인 거고. 네 자리는 다음 총선에 생긴다. 기다리거라."

6

아우가 총리 한번 하시게

'한국의 돈은 어디에서 와서 어디로 가는가?'

한국의 수많은 경제학자가 학부에서 처음 경제학 수업을 들을 때 갖게 되는 질문이다. 그렇지만 대부분의 경제학도는 대학원에 진학하거나 현장으로 들어가면서 이 질문을 잊는다. 돈이 어디에서 와서 어디로 가는지 대신 누가 자기에게 월급을 주는지, 그리고 아무런 통제가 없어 눈먼 돈과 마찬가지로 취급되는 '쿠폰 프로젝트'나 '평가 수당' 같은 사이드 머니에 더 많은 관심을 가지게 된다. 이런 게 망해가는 국가의 특징이다. 한 사회의 엘리트들이 자신들의 삶과 권력을 지탱해주는 대다수 구성원에 대한 고민을 잃어버릴 때, 그 사회는 내부로부터 붕괴하게 된다. 그리고 경제학자들이 그 나라의 경제 현상에 대한 관심을 버리고, 오로지 자신의 경제적 삶의 가치만 추구하려 할 때, 부패는 필연적이다.

물은 높은 곳에서 낮은 곳으로 흐른다. 그러나 권력은 낮은 곳에서 높은 곳으로 향한다. 그렇다면 돈은? 더러운 곳에서 더 더러운 곳으로 향한다. 그리고 없는 사람들의 작은 돈이 모여 강한 사람들의 큰돈이 된다. 가장 더러운 사람은 감옥에 가는 것이 맞겠지만, 그런 일은 벌어지지 않는다. 2008년, 글로벌 금융위기가 벌어진 후, 누구 한 명 잘못했다고 나섰던 사람이 있고, 누구 한 명 감옥에 간 사람이 있는가? 1997년, 한국에서 외환위기가 터진 후, 감옥에 간 사람은 물론이고, 사과한 사람이 한 명이라도 있었던가? 돈이 관여된 전쟁에서는 자기 돈이 어디로 가게 되는지 그리고 최종적으로 어디로 가는지는 물론이고, 자신들이 왜 죽는지도 모르고 죽게 된다. 글로벌 금융위기나 IMF 사태 때, 실업으로 자신의 경제적 삶이 붕괴된 사람들이 도대체 무슨 이유로 자기가 그렇게 거리로 내몰리게 되었는지 알 수 있었을까? 착하디착한 대한민국 국민들은 실제로 그 상황을 만든 사람들이나 자신들을 그렇게 방치한 사람 대신, 자신을 원망하면서 오늘도 힘겨운 삶을 버텨낸다.

　국회의원 장인표는 전용차량에 올라타면서 가슴이 답답해지는 느낌을 받았다. 머리 좋은 법대생이라는 이야기를 듣던 그가 사법고시가 아니라 행정고시를 선택하면서 동기들과는 다른 길을 걷게 되었다고 해서 그가 이렇게까지 동기들의 삶과 달라질 줄은 미처 몰랐다. 그는 원래 돈에 속한 사람이 아니었기에 동기들처럼 살았다면 지금쯤은 대법관 혹은 대법원장의 길을 걸었을 것이다. 그에게 민주화는 일종의 기회이면서 동시에 고난이기도 했다. 그가 권력의 윗길로 들어서게 된 시기는 민주 정부가 들어선 이후였다. 또한 한국의 관료 중에서는 대기업의 신임이 가장 튼튼한 사람이기도 하다. 첫 국회의원 출마에서 지금까지, 대기업 집단에게 음으로 양으로 많은 도움을 받기도 했다. 영화 〈무간도〉에는 자신의 신분을 숨기고 삼합회에서 경찰로 간 스파이와, 반대로 삼합회로 침투한 경찰에 관한 이야기가 나온다. 두 사람 모두 자신의 정체성과 함께 삶의 욕구 속에서 심한 정신적 고통을 받는다. 그가 발 딛고 있는 몇 개의 분기점은 서로 정체성의 충돌을 만들고 있었다. 그러나 그는 매국노가 아니다. 설령 그가 하는 일이 매국이라는 결과를 만들지라도, 그는 애국자이고 싶어 했고, 민주주의의 수호자가 되고 싶었다. 어떻게 보면 그는 모피아가 민주당에 파견한 스파이일 수도 있다. 하지만 그 과정에서 그는 스스로 민주 세력이 되고 싶었다. 이상과 현실의 괴리, 그건 운동권 출신만이 겪는 심리적 갈등이 아니다. 크면 큰 대로, 작으면 작은 대로 우리는 누구나 하고 싶은 것과 하고 있는 것 사이에서 갈등한다.

여의도에서 출발한 차가 더 높은 곳으로 향하는 길은 두 갈래이다. 서강대교나 마포대교를 넘어 북쪽으로 올라가면 권력의 심장, 청와대로 향하게 된다. 그리고 올림픽대로를 타고 강남으로 가면 돈의 중심으로 향하게 된다. 돈을 가진 사람들이 강남으로 모이면서, 돈과 관련된 중요한 결정들이 그곳에서 내려지기 시작했다. 누구도 독단적으로 무언가를 결정하지는 않지만, 상인들이 장사가 잘되는 옆 가게를 훔쳐보면서 하나씩 모방하는 것처럼, 돈이 움직이는 방식을 결정하는 곳은 강남이다. 70~80년대에는 졸부라고 불렀고, 90년대에는 메인 스트림이라고 불렀으며, 지금 2000년대에는 대놓고 강남 스타일이라고 부르는 이 방식은 집단 모방과 집단창작에 가깝다. 그리고 그곳은 현재 보수정당의 마지막 서울 방어선이기도 하다.

"이보게, 자네는 내가 어떤 사람으로 국민들에게 기억되면 좋을 것 같나?"

달리는 차 안에서 올림픽대로 위 건물들을 쳐다보던 장인표가 정장 차림의 운전사에게 물었다. 10년 넘게 그와 함께한 운전사에게 장인표는 문득 오랫동안 참아왔던 질문을 던졌다. 갑작스런 질문에 당황한 운전사는 곧 평정을 되찾고 표준어와 경상도 방언이 섞인 말투로 또박또박 대답했다.

"마, 지는 개인적으로, 대통령 함 하시면 좋을 것 같습니다만, 솔직히 그건 좀 어렵다 안 카요. 죄송합니다만, 그리 보입니다. 워낙 흉악한 놈들이 많아서요. 마, 그치만 당대표나 총리 정도는 충분히 가능치 않나, 그리 봅니다. 경제 불황을 이겨내신 경제 지도자, 그리 기억되면 모셨던 저로서는 정말 영광스럽겠습니다."

"그런가? 대통령은 아무래도 무리겠지?"

"하모요. 흉악한 놈들이 워낙 많아, 우리 의원님같이 착한 분 그냥 내삐 두질 않습니다."

의외로 시원한 대답을 들은 장인표는 마음이 편해지는 것 같았다. 운전사 김씨는 워낙 입이 무거운 사람이지만 곧잘 입바른 소리도 하고, 또 사람들이 하는 이야기를 가감 없이 전달했다. 생각해보니 벌써 10년 이상 같이 지내왔고, 내 사람이다 싶은 사람은 세상에 운전사 한 명밖에 없는 거 아닌가 하는 생각이 문득 들었다. 물론 장인표에게는 오랫동안 생사고락을 같이 한 수많은 보좌관이 있지만, 그들 또한 자신들의 승부수와 노림수가 있었다.

"지금 대통령이 무슨 경제 민주화칸다면서, 이것저것 쑤셔대 쌌지만, 다 햇소리인기라요. 외환은행 국정조사에 의원님 내세우고 재벌개혁도 한다 카지만, 아니 그 양반 뜻을 따르는 국회의원이 4분의 1도 안 되는데, 문 수로 합니까? 청와대 참모들, 의원님만큼 갱제 아는 분 있나요? 다 그냥 하는 말인기고, 정치 공세일 뿐인기라요. 의원님 심성이 원래 차카가, 흉악한 넘들이 흔드는 기라요. 지는 기케 봅니다."

운전사의 넋두리 아닌 넋두리를 들으면서, 장인표는 오히려 마음이 편안해졌다. 창밖으로 보이는 눈부신 야경이 차가 강남 대로로 접어들었음을 알리고 있었다. 뱅뱅사거리 옆에 있는 요정이 오늘의 행선지였다. 서울에 아직도 요정이 있다는 게 진짜 요지경 같은 이야기이지만, 요정은 여전히 살아 있었다. 종로를 중심으로 80년대까지 활황이었던 요정들은 IMF를 기점으로 하나둘 강남으로 넘어오거나 새롭게 터를 닦았다. 지금의 20대들이 나중에 국가를 통치할 때가 되면 요정이 사라질지도 모르지만, 늙은이들이 권력을 가지고 있는 한은 계속될 것이다.

저녁 식사와 술을 한 자리에서 해결할 수 있는 요정은 노인들에게 여러모로 편리하다. 저녁 식사와 술을 각기 다른 곳에서 하면

중간에 이동을 해야 하는데, 이동 자체를 즐기는 사람들에게는 상
관이 없겠지만, 나이를 먹으면 그게 불편해진다. 무엇보다 2차로
자리를 옮기면서 일반인들과 접촉하게 되고, 그 과정에서 언론인
이라도 만나면 정말로 곤란한 일이 벌어진다. 결국 한 자리에서
모든 걸 처리할 수 있는 한정식집과 요정 같은 곳에서 노인들은
중요한 일을 결정했다.

　이현도가 간만에 사람들을 불러 모았다. '청실'이라는 이름을
가지고 있는 요정은 지하에 자리를 잡고 있었다. 주로 현 정부에
대한 불만들이 오갔고, '빨갱이 정권'이라는 말이 여기저기서 터
져 나왔다. 내려 앉혀야 한다, 하야시켜야 한다, 그런 격한 말들이
위스키 잔이 오가면서 자연스럽게 커졌다. 경제성장률이 마이너
스로 떨어진 것을 이전 정권에서 만든 여러 가지 경제 실책이 집
중된 결과였지만 사람들은 그렇게 생각해주지 않았다.

　장인표는 건너편 사람들의 잔을 받느라 정신이 없는 금융감독
원장 권선진을 슬쩍 바라봤다. 권선진은 TK 출신이라는 배경을
가지고 있어서인지, 장인표에 비해 모든 일을 너무 수월하게 풀어
나갔다. 민주당 쪽으로 진출한 자신과는 달리, 그는 다음 총선에
새누리당 소속으로 출마할 거라는 소문이 파다했다.

　"그나저나, 외환은행 국정조사 열리면 금감원장, 금융위원장,
장인표, 심지어는 의장님까지 줄줄이 다 감옥 가는 거 아냐? 새누
리당 이 새끼들도 웃기는 놈들이지. 지들이 하라고 해서 한 건데,
이제 와서 경제 민주화한다고 오리발이야."

"그러게, 정권 잡을 생각은 안 하고……. 대통령이 경제를 아나, 참모진이 경제를 아나. 그냥 공무원들 다 때려잡고 재벌들 다 잡아 족치면 경제가 되는 줄 아는 놈들 아냐. 이때 경제 하겠다고 그러면 힘 붙을 텐데, 무식한 놈들이 너무 몰아붙이잖아. 따지고 보면 외환은행 그거 다 지들 정권 때 한 거 아냐? 론스타? 자기들도 그때 돈 받아먹었잖아."

"디폴트 나서 모라토리엄 걸리면, 어차피 하야하거나 탄핵될 거 아닌가? IMF 때, YS가 이미 식물대통령인 상황 아니었으면 바로 하야했을 거야. 지금 딱 디폴트 날 분위기잖아."

한복을 입은 젊은 여성을 무릎 위에 앉히고 유달리 요란스럽게 허벅다리를 만지고 있던 노인의 언성이 높아졌다. 그도 외환은행 국정감사의 소환 대상자 중 하나였다. 요정 안은 수많은 소리로 사이키델릭psychedelic한 기괴함을 자아내고 있었다. 지금 이 방에 있는 한 사람 한 사람은 일주일 내로 1조 원 이상씩을 동원할 수 있는 거물들이다. 그러나 지금 그들의 목소리가 만드는 소리는 하모니라기보다, 퇴행적인 미분음들로 인하여 오히려 프로그레시브progressive 하다고 느껴질 정도의 분위기를 만들어내고 있었다.

'그로테스크grotesque' 라는 단어가 정말로 잘 어울리는 순간이었다. 정장을 입은 여덟 명 정도의 노인과 중년 남성, 그리고 그들 사이에 앉아 있는 한복 입은 젊은 여성. 전혀 여자에는 관심이 없는 몇몇과 그녀들의 치마 밑에만 관심이 있는 또 몇몇. 이런 어수선한 분위기에서 술잔이 오가며 자신이 하고 싶은 말만 하고 있을 뿐, 다른 사람의 이야기는 전혀 안중에도 없었다.

한참 동안 그 어수선한 상황을 지켜보고 있던 이현도는 눈을 질끈 감았다. 그러고는 장인표에게 잔을 채워주며 말했다.

"아우가 총리 한번 하시게."

순간 요정 안이 식은 듯이 조용해졌다. 노인들의 촉각이 이현도의 목소리에 집중됐다. 우주가 정지하는 듯한 느낌이었다. 길을 잃은 돈들이 이곳저곳을 헤매다가 마치 어둠 속에서 빛 한 줄기를 잡은 것과 같았다.

'이게 무슨 얘기야, 나보고 총리를 하라니……'

장인표는 이현도가 던진 말의 의미를 바로 알아채지 못했다.

"아, 네. 총리 좋지요. 저도 총리 한번 해보고 싶기는 합니다만, 형님도 아직 안 해보신 총리를 제가……"

장인표의 말은 두서가 없었다. 아무렇지도 않게 그냥 입에서 나오는 단어들의 나열에 불과했다.

이현도는 장인표의 손을 꽉 잡았다.

"아우님이 총리 한번 하시기로 한 거네. 자네가 한국 경제를 살렸네, 살렸어."

"미리 축하드립니다, 제 술 한 잔 받으시죠."

아직 얼굴 표정을 정하지 못한 노인들 사이로 먼저 축하한다는 인사를 하는 사내가 있었다. 한준건이었다. 철강 전문가로 꼽히던 그가 롱골드로 옮긴 사연에 대해서는 여러 이야기가 있지만, 어쨌든 그는 지금 로펌에서 얼굴 없는 경제 기획가로 경제계에서는 실세 중의 실세로 통했다. 그가 무슨 일을 하는지는 알려진 것이 별로 없지만, 중요한 일들이 대부분 그의 책상 위에서 결정되고 있는 것만은 분명했다. 장인표가 알고 있는 사실은 외환은행 매각 건에서 한국 측 실무를 실제로 담당한 사람이라는 사실이었다.

엉겁결에 한준건에게 잔을 건네받으면서 장인표는 이게 어떤 의미인지 조금 감을 잡았다. 외환은행을 하나은행에 넘기고 일을 정리하자는 이야기를 할 때도 이현도는 이렇게 말을 시작했고, 그 자리에도 한준건이 있었다.

'지금 이현도의 말은 총리를 하라는 것이다. 그렇다면 대통령의 재가는? 이미 받은 것인가, 아니면 받겠다는 것인가? 지금 총리는?'

장인표는 기쁨보다는 놀라움이 더 컸고, 머릿속은 혼돈 그 자체가 되어버렸다.

7

경제특보

김수진에게 전화가 걸려온 건 출장에서 돌아온 지 며칠 후였다. 케이맨 제도에서의 일은 오지환에게 충격적인 사건의 연속이었다. 오지환은 신경을 잔뜩 곤두세우고 돈의 흐름을 찾는 중이었다.

"제가 한국은행 앞으로 갈 테니, 차나 한잔 사시죠."

저녁 시간이 가까워질 무렵, 오지환과 김수진은 한국은행 근처 카페에서 만났다.

"원래는 그냥 전화로 말씀드려도 됩니다만……. 오지환 팀장이 한국에서는 어떤 모습이신가 궁금하기도 해서 직접 왔어요."

전혀 중요하지 않다는 무심한 말투로 김수진은 이야기를 시작했다. 하지만 오지환은 김수진의 옷매무새 같은 것에 더 관심이 있었고, 돈에 관한 정보를 캐내듯이 조금이라도 더 많은 정보를 얻고 싶어 했다. 그러나 오지환이 알 수 있는 것은 김수진이 입고 있는 옷이 비싸 보인다는 사실 외에는 없었다.

"청와대 경제특보로 오 팀장이 추천되었대요. 며칠 내로 콜 사인이 나올 거예요. 축하해요."

오지환은 들고 있던 커피 잔을 엎을 뻔했다. 청와대 경제특보라는 자리가 있다는 것도 처음 들어본 이야기이고, 그 자리에 왜 자기가 가야 하는지에 대해서도 생각해본 적이 없었다. 그리고 그 소식을 왜 이 여자에게 들어야 하는지 짚이는 바가 전혀 없었다.

"영감님 생각이에요. 젊은 사람에게 큰일을 해볼 기회를 줘야 이 나라에 미래가 있다나 뭐라나. 진짜 고집불통 같은 양반이에요. 아, 물론 저도 추천을 했구요."

"청와대에 경제수석은 있어도 경제특보라는 자리는 못 들어봤는데…… . 그런 게 있었나요?"

바보 같은 질문이라는 생각이 들었지만, 오지환은 꼼꼼하게 하나씩 짚어보기로 마음을 먹었다.

"아, 물론 없었죠. 어제부로 만들어졌어요. 그거야 뭐 형식적인 거고. 거기 워낙 바보들만 앉아 있으니, 대통령에게 경제를 설명해줄 사람이 하나 필요하다, 뭐 그런 거죠, 그 영감 생각이."

짧고 사무적인 김수진의 이야기가 진행되는 동안, 오지환은 머릿속에 그림을 그려보고 있었다. 그러나 흩어진 퍼즐들이 전혀 맞춰지지 않았다. 단 한 번도 자신이 바보 같다는 느낌을 받아본 적이 없었던 오지환에게 지금까지 알고 있던 일의 루틴이나 과정과는 너무 다른 일들이 전개되고 있었다.

"제가 이걸 거부할 수 있습니까? 뭐 이유가 어떻든, 제가 하고 싶지 않을 수도 있잖습니까?"

오지환의 대답을 들은 김수진은 짧지만 한 톤 낮은 목소리로 말했다.

"그냥 하세요. 영감이 대통령에게 차리는 마지막 예의 같은 거예요. 이제 곧 공격이 시작될 텐데, 방어할 수 있는 여지는 남겨주고 싶다는 거예요. 그 양반이 오 팀장 나이에 청와대에 갔었잖아요, 그래서 후계자 같은 걸 만들고 싶다는 생각이 강해요. 은근히 애국자예요."

"그래도 제가 싫다고 하면요?"

"푸하하, 그럼 킬러를 보내야겠죠."

오지환은 순간 등골이 오싹했다. 내릴 수 없는 배에 탔다는 생각이 들기 시작했다.

"농담이에요, 농담."

오지환이 정색하는 모습을 보이자, 김수진은 적당한 웃음으로 상황을 얼버무렸다.

"그렇게 무섭게 얘기하시니 가기는 가겠습니다만, 저는 이제 조직생활에서는 끝났군요. 실무팀에서 손 떼고 그냥 공중비행을 하게 생겼으니 말입니다."

"아니, 왜 그렇게 생각하세요? 어차피 결정권자가 아니면, 다 실무자예요. 뭐, 대통령 하실 생각 있으세요? 어차피 대통령 말고는 다 실무자 아닌가요? 왜요, 아내와 사별한 사람은 대통령 못

한다는 법이 있나요?"

계속해서 김수진의 말이 이어졌다.

"중요한 건 실무냐 아니냐, 그런 게 아니에요. 어차피 한국, 좁은 땅이에요. 여기서 실무니 아니니, 힘이 있니 없니, 그런 건 아무짝에도 쓸모없어요. 불법, 합법, 그것도 다 웃기는 기준이구요. 자기가 스스로의 삶을 결정하느냐, 아니냐, 그게 제일 중요한 거 아녜요?"

오지환은 김수진의 말에 더 이상 반박할 수 없었다. 결국 모든 것을 체념한 듯 위축된 목소리로 말했다.

"그래도 전 실무가 더 좋습니다. 대통령 경제특보라고 거들먹거리는 거, 제 체질 아닙니다."

"햐, 이 아저씨 전혀 말 안 통하네. 내 말에 이렇게 안 넘어온 사람은 10년 만에 처음인 것 같네. 나갑시다, 나가서 소주나 한잔해요. 당신 그 자리에 가게 하는 데 노력해준 사람이 좀 있어요. 어쨌든 고맙다는 얘기는 하셔야죠."

오지환은 김수진을 따라 허름해 보이는 곱창집으로 들어섰다. 그곳에는 낯익은 여인이 전작이 있는 듯 이미 벌겋게 달아오른 얼굴로 술잔을 기울이고 있었다.

"지난번에 그랜드케이맨 섬에서 봤을 땐 제대로 인사도 못 했죠? 허세연이라고 해요. 전공은 돈세탁, 머니 런드링이에요."

"아, 농담하지 마시구요. 경제학에 그런 전공이 있을 리가 없잖아요?"

허세연이 인사를 겸한 자기소개를 하자, 오지환이 소주잔을 건네면서 말했다.

"쟤, 진짜로 돈세탁이 전공이에요. 쟤 아버지가 돈세탁으로 오너 잘못 뒤집어쓰고 대신 감옥 간 분이죠. 진짜 완벽한 돈세탁, 업계 전설이죠. 몸으로 때우는 돈세탁, 그게 말은 쉬운데 하기가 어려워요. 그걸 하신 분이죠."

"언니는 무슨 그런 얘기까지 해. 누가 들으면 엄청난 범죄자인 줄 알겠네. 카, 쓰다 써."

허세연은 오지환이 따라준 소주를 바로 비웠다. 그리고 다시 잔을 넘기면서 말했다.

"돈세탁이 진짜 전공이고, 논문은 지하경제 가지고 썼어요. 금주법 시대 알코올로 돈 벌던 마피아들이 마약 거래에서 포르노 산업으로 들어가는 얘기 같은 거였어요. 블랙마켓 전공으로 미국에서 바로 교수 임용 됐는데, 그거 영 따분한 일이잖아요. 난 돈세탁이 딱 체질이에요. 100억 불쯤 한 번에 숨기는 거, 그거 섹스보다 100배는 짜릿하거든요."

"100억 불이요? 그게 얼마인지나 알아요?"

오지환은 머릿속으로 암산을 하다가 피식 웃고는 앞에 놓은 소주잔을 비웠다.

"100억 불, 이게 애 한계예요. 200억 불이나, 500억 불, 돈이 조금만 커지면 금방 간이 쪼그라들어요. 하긴, 그래서 애가 귀엽죠. 우리 눈으로 보면 참 쉬운 걸, 아주 어렵게 해요."

옆에서 말없이 곱창을 뒤집고 있던 김수진이 소주잔을 비우면서 말했다.

"오 팀장, 그래도 애한테 고맙다고 해야 할 걸요. 경제특보 추천하는 데 애도 한몫했어요. 웬걸, 자기 공격 막아내면 애인하겠다고 극찬에 극찬을 했다니까요. 뭐, 뭐라고 했더라. 오 팀장 말고는 대한민국에 자기 공격 낌새도 챌 사람 없다고. 저 싸가지 입에서 그 정도면 극찬이죠."

"공격한다면 막아드리겠습니다."

명동의 밤길은 B급 정서가 표출할 수 있는 최대의 화려함을 가지고 있다. 일제 때 총독부에 모여든 자본이 한참 명동을 멋들어지게 꾸몄다. 동경의 멋쟁이들에게는 경성 혼마치에 가본 경험이 모던 보이를 가르는 기준이기도 했다. 지금은 동경의 오래된 바들이 19세기에서 20세기로 넘어오는 맛깔스러움을 보존하고 있지만, 30년대에는 혼마치의 바들이 동경보다 더 세련되고 모던한 상징으로 여겨졌다. 당시 동경은 이미 정치의 도시를 넘어 군인들의 도시였지만, 패배한 나라에서 명동을 꾸몄던 것은 순전히 상인들 그리고 돈의 힘이었다. 군인들은 상인들의 문화적 세련됨을 따라오기가 쉽지 않다. 그러나 상인들은 정말로 문화를 만들어내는 문화생산자들의 기획력을 따라오지 못한다. 토건 시절에 되는대로 지어 올린 건물들과, 용도를 잃어버린 쇼핑몰들을 B급 호텔로 바꾼 그 기괴함이 명동의 어중간한 B급 정서를 만들어내는 주체이다.

"대통령 경제특보, 앞으로 맹활약 기대해요."

"네, 저두요."

김수진과 허세연이 한마디씩 하면서 오지환의 양쪽으로 팔짱을 꼈다. 뭔지 모르지만, 그녀들은 기분이 좋아보였다. 그러나 명동의 밤거리를 복잡한 마음으로 걸어가는 오지환은 태양이 작열하는 사막 한가운데 내던져진 느낌이었다. 그는 이런 유능한 사람들을 데리고 일할 수 있는 이현도의 힘에 대해 잠시 생각을 했다. 일과 삶, 돈과 힘, 그런 것들이 지금 오지환의 육체와 영혼 한가운데를 내달리고 있었다. 선택? 어쩌면 그는 한 번도 진정한 선택을 하지 않고 지금까지 살아온 것인지도 모른다. 명동의 밤거리, 10월, 두 여인의 팔 사이에 끼어져 있는 팔, 이미 쌀쌀해진 밤공기에 오지환은 따뜻함을 느끼고 있었다. 어쩌면 그가 내린 유일한 삶의 중요한 판단은 혼자서라도 딸을 잘 키워보겠다고 결심했던 일밖에 없었던 것인지도 모른다.

오지환은 앞으로 이 두 여인과 어떤 식으로 운명의 갈림길에서 마주치게 될지, 아직 정확하게는 모른다. 그러나 자신에게 개인적으로 선전포고를 한 이상, 이 싸움을 피할 필요가 없다고 생각했다. 자신이 직접 하면, 전혀 다른 식으로 풀 수 있을 것이라는 자신감이 오지환의 핏속을 달리고 있었다.

8

양키 본드와 사무라이 본드 그리고 퍼펙트 스톰

오지환이 응시하고 있는 모니터 안에서는 수치들이 빠르게 자리를 바꾸며 나타났다 사라졌다를 반복하고 있었다. 며칠째 오지환은 앞의 숫자와 뒤의 숫자 사이에 아무런 연관 없이 케이어스 운동을 하고 있는 듯한 수치를 보고 있었다. 금융공학이라는 학문에서는 이렇게 랜덤으로 보이는 숫자들 사이에서 수학적인 연관성을 찾아낸다. 그러나 구조가 크게 바뀌는 순간, 전부 무용지물이 된다. 그 어떤 경제학자도 IMF 경제위기를 정확하게 예측하지 못했고, 수학적 알고리즘도 밝혀낼 수 없었다. 2008년, 글로벌 금융위기 때도 마찬가지였다. 2014년 11월, 한국 경제의 지표들은 작은 눈으로 보면 안정적 하향화, 큰 눈으로 보면 무질서한 케이어스 운동 같은 패턴을 보여주고 있었다.

"오 특보, 커피나 한잔해."

본관 뒤쪽 후미진 곳에서 담배를 피우고 있는 오지환에게 양손에 커피를 든 대통령 비서실장이 다가왔다.

"고맙습니다."

"아니 뭐, 내가 더 고맙지. 어쨌든 명색이 당신도 대통령 특보인데 요즘은 비서실장 특보처럼 내 일을 더 많이 도와주고 있잖아. 이거 경제, 생각보다 만만치 않아. 내가 정치도 좀 알겠고 시민운동도 좀 알겠는데, 경제는 도통 못 알아듣겠어."

잠시 담배 한 모금을 빨아들인 비서실장이 말을 이었다.

"솔직히 말하면 한국은행이 뭐 하는 곳인지, 난 그런 건 잘 모르겠어. 그런데 당신이 설명을 해주면 무슨 말인지는 알겠더라고. 경제수석이나 정책실장, 경제 쪽 비서관들도 그렇고, 하여간 사람의 말이 아냐. 진짜 외계어 같은 말만 하는데, 오 특보 설명 들으면 아, 이 얘기구나 하는 감은 좀 와. 당신 참 재주도 좋아. 오 특보 없었으면 망신 제대로 당할 뻔했어."

비서실장의 말에 오지환은 대꾸를 하지 못했다. 그가 며칠 동안 경험해본 청와대는 농담이 없는 곳이었다. 이곳에서 경제통으로 근무하는 사람들은 대개 안면이 있지만, 유머는커녕 최소한의 농담도 잊어버린 사람들 같았다. 물론 세상 사는 삶이 늘 그렇듯이 그들 중 일부는 인격적으로 훌륭하고, 나머지 일부는 사람들이 뭐라 하든 외형과 출세 외에는 관심이 없는 사람들이었다. 그런 것에 대해 오지환이 놀랄 이유는 없었다. 그리고 어느 날 갑자기 외부에서 날아와 꽂힌 오지환에게 갖는 본능적인 반감에 대해서도 이해할 수 있었다. 스스로도 대통령을 위해 일해야 하는지, 아니면 자신을 추천한 이현도를 위해 일해야 하는지 가끔은 그 본질적 관계가 헷갈리는 순간도 없지 않다. 어쨌든 대통령도 이현도도 아직까지 자신에게 그 어떤 지시도 내리지 않았다. 한국은행에 처음 입사한 이후로, 그리고 국내 대학에서 석사과정과 박사과정을 마칠 때까지, 이렇게 다른 사람들의 시선의 공백 상태에 들어간 적은 아직 없었다. 그게 화려한 자리이든 아니면 조용히 대학원에 입학하던 순간이든, 그는 아랫사람은 물론이고 상사나 지도교수에게 존재의 흔적 같은 것을 남기는 종류의 사람이었다. 그렇지만 지금은 견제나 갈등, 그런 고급스런 단어와는 아주 거리가 먼, 무시라는 긴 터널을 지나고 있었다. 인간의 말로 표현하자면, 그는 지금 청와대에서 왕따다. 그러나 가장 이해할 수 없는 것은 청와대 주변의 경제학자들이 지나치게 레토릭 즉, 수사 가득한 언어를 사용하고 있다는 사실이었다. 그럴 필요까지 있나 하고 스스로 반문할 만큼 그들의 말은 너무 어렵고 권위적이었다. 수치가 어렵고, 수치에 대한 해석이 어려운 것은 이해할 수 있지만, 말 자체를 일반인들이 전혀 알아들을 수 없게 하는 것은 쉽게 수긍하기 어려웠다. 전문가로서의 권위를 위해 일반인들에게 장벽을 치는 것은 그렇다 치더라도, 자신들과 같이 일을 하고 있는 대통령이나 비서실장에게도 그럴 필요가 있는가?

*

운명의 순간이라는 것이 있다. '요단강 건너다'와 같은 표현을 통해 우리는 이제 다시는 뒤로 돌아오지 못하는 시점을 이야기한다. 어떤 사건이 일정 시점이 지나면 다시는 뒤로 돌아오지 못한다. 경제학에서는 그것을 '비복원성'이라고도 부른다. 한번 원자력 발전소의 원자로가 폭발하면 원상태로 회복될 수 없거나, 회복되는 데 너무 오랜 시간이 걸린다. 그 순간, 그들은 요단강을 건넌 것이다. 그러나 많은 경우, 실제로 어떤 사건이 회복될 수 없게 된 순간과 우리가 그걸 인지하는 순간이 일치하지 않는 경우가 종종 생긴다.

오지환은 금감원으로부터 입수한 주요 100대 기업의 자금 데이터를 입력한 후 추세선을 몇 가지 형태로 그려보았다. 그러자 이상한 선들이 발견되었다. 최근 세계 경제가 불황을 타고 있기 때문에 당연히 수출 중심인 한국 경제도 좋지 않았다. 청와대로 들어오는 경제 부처의 보고는 '문제없음'이지만, 단지 어제보다는 엄청나게 나쁘지 않다는 의미에 불과했다. 물이 새서 천천히 옆으로 기울고 있는 배가 급격히 기울어지지 않는다고 해서 괜찮은 것은 아니다. 어느 때가 되면 결국 배는 뒤집히게 된다. 오지환은 그들의 보고가 허위라는 것을 알고 있지만 이러한 유형의 통계적 거짓말이 어제오늘 일은 아니기 때문에 그냥 못 본 척하고 있었다. 자신이 당장 해결할 수 있는 일이 아니기 때문이기도 했다.

오지환의 컴퓨터 모니터에 뜬 파란 선들은 위로 올라가거나 자신의 위치를 유지하고 있는 선들이었다. 그리고 빨간 선들은, 간단히 말하면 어제보다 오늘, 아주 조금이라도 나빠지고 있는 선들이다. 엔터 키를 누르면서 몇 페이지에 걸쳐 빨간 선이 가득한 화면을 보고 있던 오지환의 눈에 순간 몇 개의 파란 선이 나타났다. 평상시 같으면 당연할 일이었다. 정상적인 경제지표 작업을 하면 파란 선들이 화면을 뒤덮고, 빨간 선은 아주 가끔 나타난다. 그리고 그 빨간 선의 의미가 무엇인지, 배경은 무엇인지를 찾아내는 게 한국은행 조사팀장 시절 오지환이 하던 일이었다. 그는 그 일을 매우 잘했다. 좋은 일들이 일상일 때에는 나쁜 일들이 특수한 법이지만, 나쁜 일들이 일상일 때에는 좋은 일들이 특수한 법이다. 그는 파란 선들을 골라 하나씩 마우스로 클릭했다.

미국장, 산업은행지주 회사채, 3년물

일본장, 한국전력 회사채, 5년물

미국장, 남동발전 회사채, 3년물

일본장, 한국수력원자력 회사채, 5년물

미국장, 가스공사 회사채, 5년물

파란 선을 클릭하던 오지환은 머리끝이 쭈뼛해졌다. 이 해외 발행 채권들의 가격을 나타내는 가산금리는 지극히 좋은 신호를 보여주었다. 한마디로 문제없거나 안전하다는 말이다. 채권에서는 이자가 낮으면 좋은 상품이고, 이자가 높으면 나쁜 상품이다. 더 많은 돈을 이자로 보상받지 않으면 가지고 싶지 않은 상품, 그건 나쁜 상품이다. 극단적으로 이자율이 높은 채권은 쓰레기 즉,

'정크 본드'라고 부른다. 김일성이 발행한 북한 채권이 전형적인 정크 본드이다. 그러나 일부 공기업의 '사무라이 본드'나 '양키 본드'를 제외한 다른 채권들 즉, 국민경제 펀더멘탈Fundamental을 나타내는 정부 발행 채권인 국채나 외환 안정기금인 외평채 혹은 원화의 가치를 나타내는 금리 등은 전부 빨간색으로 표시되어 있었다.

무언가를 직감한 오지환은 곧장 전화기를 들었다.

"상대야, 나다. 지금 당장 청와대로 뛰어와라. 국장한테는 긴급 상황이라고 말해. 급하다, 급해."

미국 지사에 근무하던 이상대는 며칠 전부터 한국은행 조사국으로 자리를 옮겼다. 오지환은 순차적으로 파란색, 아무 문제도 없다고 나타난 공기업 사장실에 전화를 걸었다.

"한전 사장이시죠. 대통령 경제특보 오지환입니다. 긴급 상황입니다. 기획실장, 지금 당장 청와대로 들어오라고 하세요."

다급한 오지환의 전화는 계속됐다.

"없다구요? 그 밑에 누구라도 있을 것 아녜요. 자금 책임자급, 아무나 일단 오라고 하세요."

"울산이라서 멀다구요? 여보세요, 당장 비행기 타고 날아오세요. 국정원 직원들 보내 공항까지 에스코트해드릴까요?"

오지환은 문제의 진원은 얼핏 파악했지만, 아직 규모조차 모르고 있었다. 벌써 오후가 깊어갔다. 외환시장을 비롯해 국제 금융거래는 전 세계가 순차적으로 진행되기 때문에 24시간 내내 돌아간다. 유럽장을 막는다고 하더라도, 바로 미국장이 열리고, 그다음에는 동경, 홍콩 등 아시아 시장이 돌아간다. 인간은 24시간 내내 움직일 수 없지만 국제 금융시장은 쉬지 않고 돌아간다. 오지환은 상대의 작전은 간파했지만, 문제는 규모였다. 일단 공격 규모를 알아야 그에 따른 방어 규모도 산출할 수 있었다. 금융위원회나 금융감독원에서 한국의 공기업들이 해외에서 발행한 채권의 규모와 현황에 대한 자료를 받는 게 규모를 파악하는 가장 빠른 길이라는 사실은 오지환도 알고 있었다. 그러나 그곳들은 이현도의 왕국이다. 청와대에서 아무리 급하다고 해도 이런저런 핑계를 대며 시간을 끌 것이고, 자료가 도착했다 하더라도 진위 여부조차 알 수 없었다. 요 근래 대통령에게 오는 자료들은 신문에도 게재되는 대통령 국정지지율을 제외하면 이상한 자료이거나 너무 늦게 오는 쓰레기뿐이었다. 금융이든 실물이든, 지금 대통령의 눈과 귀는 완벽하게 가려져 있었다.

청와대에 제일 먼저 도착한 사람은 이상대였다.

"무슨 일이세요, 팀장님. 아니 특보님?"

"상대야. 양키 본드, 사무라이 본드, 외화표시 공기업 채권들이 이상해."

"제가 그럴 거라고 했잖아요. 이미 월가에 소문이 파다하더라구요. 투기자금들이 따라갈지, 대기할지, 심지어는 저에게도 물어보는 전화가 오더라구요."

"공기업 채권에 작전이 걸린 거 같아. 하여간 해외에서 회사채 발행한 곳들 기획실장이나 자금 담당들 다 불렀으니까 니가 좀 종합해봐라. 자기네 상황은 알고 있을 거야. 국장한테 얘기해서 조사국 팀원들 비상 대기 시켜놨어. 규모만이라도 좀 잡아봐."

"옛 썰, 특보님."

"난 지금 대통령께 보고하러 가야 해. 믿는다, 이상대."

말을 마치자마자 오지환은 건너편 건물인 청와대 본관 2층의 대통령 집무실로 뛰어갔다.

"무슨 일인가, 오 특보."

"비상 상황입니다, 각하."

오지환은 숨을 헐떡이면서 말했다.

"무슨?"

"금융 비상입니다. 아직 조사 중이기는 하지만, 뭔가 급하게 돌아가는 것 같습니다."

청와대 본회의실로 대통령을 비롯한 관계 부처 사람들을 전부 소집한 오지환은 자신의 컴퓨터 모니터에 프레젠테이션 자료를 띄워놓고 설명을 시작했다.

"지금 다른 지표들은 다 내려가는데, 유독 내려가지 않거나 좋은 신호를 보이는 파란색 선이 보이시지요."

"아니, 그러면 좋은 거 아닌가요? 뭐가 문제요?"

연락을 받고 급히 뛰어온 경제수석이 대수롭지 않다는 듯 퉁명스럽게 말했다.

"이 파란색 선들을 보인 회사들은 공통된 특징이 있습니다."

"어, 공기업들이네? 산업은행 지주회사, 한국전력……."

비서실장이 놀란 표정으로 말했다.

"맞습니다. 미국 채권시장 흔히 양키 본드라고 부르는 것, 일본 채권시장 사무라이 본드, 여기에 중국 시장인 판다 본드까지 외국에서 발행한 공기업 회사채들의 성적이 유독 좋습니다."

"아, 그러니까 그게 좋은 거 아니냐고요. 바쁜 사람들 불러놓고 한국 공기업들 지금 잘 나가고 있다, 그런 얘기 하려는 거요?"

영역이 묘하게 겹치게 된 청와대 경제수석의 퉁명스러운 질문들이 계속됐다. 사실 정상적이라면, 그가 바로 지금 오지환이 앉은 자리에서 사람들을 불러 모으고 프레젠테이션을 하고 있어야 했다.

"음……."

잠시 망설이면서 침을 한 번 꿀꺽 삼킨 오지환이 계속해서 설명을 이어나갔다.

"제가 보기엔 이건 작전입니다. 누군가가 공기업 사무라이 본드나 양키 본드를 매집하고 있다는 신호입니다. 모아놓고 있다가 한 번에 터뜨릴 때 이런 지표 현상이 나타납니다. 정부, 민간기업 다 어렵고 지표가 나쁜데 유독 한국 공기업만 잘 나간다, 그건 좀 이상하죠. 한전 같은 데, 요즘 기업 성적 나쁘잖아요. 전기값 못 올린다고 맨날 우는 소리 하는데……."

그때였다. 불 꺼진 회의실 뒷문으로 이상대가 뛰어들어 왔다. 회의실 안으로 들어선 그는 숨을 죽이며 천천히 걸어와 오지환에게 들고 있던 메모지를 건넸다. 메모지를 확인한 오지환이 말을 이었다.

"일단, 한국은행 직원들이 파악한 규모로는 20조 원이 약간 넘는 것 같습니다."

잠자코 있던 경제수석이 의자를 박차고 일어나 소리쳤다.

"그래, 오 특보 말이 맞다고 쳐. 지금 한국 경제에서 20조 원이 뭐가 문제야? 투매한다고 쳐. 그냥 사들이거나, 그것도 힘들면 연기금 쓰면 되잖아? 한국은행에도 돈 많을 거 아냐? 안 되면 찍어내든가."

오지환은 한숨을 푹 내쉬며 경제수석의 말을 받았다.

"공기업 달러표시 회사채를 한국 정부가 직접 매입한다는 소문이 퍼지는 순간……."

앞에서 아무 말 없이 지켜보던 대통령이 더 이상 못 참겠다는 듯 말했다.

"순간?"

"네. 그 순간, 다른 민간 회사 회사채 투매가 시작되고, 순간적으로 원화도 투매가 시작됩니다. 공기업 회사채는 한국 정부의 공식 채권인 국채 다음으로 가장 안전한 상품입니다. 지자체가 발행하는 지방채와 비교도 안 되게 좋은 조건이고, 튼튼한 상품입니다. 그런데 그게 위험하다고 하면, 한국이라는 상품 자체가 위험하다는 신호가 됩니다."

"원화 투매? 지금 우리 달러 좀 가지고 있지 않나?"

대통령의 얼굴이 조금씩 심각해지기 시작했다. 목소리에도 조금씩 긴박함이 담겼다.

"원화 투매 시작되면……."

오지환이 상기된 목소리로 말을 이었다.

"짧으면 3일, 길어도 일주일 못 가 외환보유고는 결국 제로가 됩니다."

"제로?"

비서실장이 눈을 크게 뜨며 말했다.

"네. 조지 소로스의 퀀텀 펀드가 파운드화를 공격할 때, 그걸 옆에서 지원하던 프랑스의 달러보유액이 제로 가까이 떨어지는 데 4일 정도 걸렸습니다. 지금은 그때보다 파생상품이 더 많아졌고, 손해 보는 시장에서도 풋 옵션으로 돈을 벌 수 있게 되었습니다. 최대한 작전 걸면서 버텨도 일주일 이상 못 갑니다."

실제 유가증권 시장에서 일정한 가격에 살 수 있는 풋 옵션put option 같은 파생상품은 통화나 증권의 가치 자체가 아니라, 가치의 변동에 의해 이익을 발생시킬 수 있게 해주는 기법이다. 떨어지는 쪽을 선택할 수 있는 풋 옵션을 걸면, 가치가 하락하면 오히려 대규모 단기 차익을 발생시킬 수 있다. 현대 금융 기법은 유가증권이 비싸냐, 싸냐 하는 절대가치가 아니라 올라갔냐, 내려갔냐 하는 상대가치의 변동을 보고 더 많은 돈이 들어올 수 있게 해놓았다. 그래서 일단 투기 장세가 벌어지면 상승할 것이라고 생각하는 극적 반전이 일어나기 전까지는 필요 이상으로 더 떨어지게 된다. 전형적인 투기이기는 하지만, 단기 거래에서 투기와 투자를 구분하는 것은 사실상 불가능하다.

"다음 화면 보겠습니다. 지금 올라가고 있는 회사채 가격과 똑같은 선들이 보이시지요? 이 선들은 며칠 후, 뚝 떨어집니다. 이건 당시 한보철강 회사채, 이건 그때 같이 부도 직전까지 간 다른 회사들입니다. 지금 공기업들의 외환표시 채권과 패턴이 정확히 같습니다. 그 패턴대로라면 3, 4일 정도 더 소폭 상승하다가 폭탄이 터지는 순간, IMF 때처럼 국가부도로 몰릴 위험이 있습니다."

IMF 경제위기라는 단어가 나오는 순간, 대통령은 침을 꿀떡 삼켰다. 회의실에는 팽팽한 긴장감이 흐르고 있었다.

"자, 그리고 마지막 화면은 98년과 지금의 차이점입니다. 위쪽은 98년, 세계 경기와 지역별 경기를 보여주는 선입니다. 그리고 그 아래 쪽 빨간 선이 현재 데이터입니다. 98년에는 세계 경제가 호황을 이룰 때였습니다. 클린턴 시절, 나중에는 버블경제라는 비판을 받았지만, 어쨌든 임기 내내 미국 경제가 좋았습니다. 동구권 붕괴의 충격을 극복한 유럽도 이때는 좋았구요. 하지만 지금은…… 미국도 어렵고, 유럽은 더 어렵습니다. 중국도 성장세가 계속 떨어지는 중이구요. 미국의 루비니 교수가 쓴 용어를 그대로 인용하자면, 이건 '퍼펙트 스톰'입니다. 완벽한 폭풍, IMF가 문제가 아닙니다."

"IMF가 문제가 아니라고?"

오지환의 설명을 들은 비서실장이 짧게 탄식하듯 물었다.

"IMF를 극복할 수 있게 해준 해외 요인들이 지금은 없습니다. 순전히 우리 힘으로 극복해야 하는데, 국내 사정도 나쁘긴 마찬가 집니다. 고용 상황도 그렇구요. 비정규직 비율은 그때와 비교도 안 됩니다."

그때였다. 대통령의 핸드폰이 요란한 소리를 내며 울렸다. 발신 자 표시에 '이현도'라는 이름이 또렷하게 새겨져 있었다.

"아 안녕하세요, 의장님. 아, 네, 네……."

대통령은 한동안 아무 말 없이 전화기에서 흘러나오는 얘기를 듣고만 있었다.

"잘 알겠습니다, 의장님. 나중에 다시 연락드리지요."

통화를 마친 대통령의 표정이 굳어졌다. 회의실에 모여 있는 사 람들의 시선이 순간적으로 대통령의 입으로 모였다.

"22조 원 펀드로 공격하겠다는군. 20조 원 넘는다는 얘기가 맞 구면. 5일 준다는데……. 막을 수 있으면 막아 보라는군, 이 인간 얘기가."

"다, 잡아들이면 되는 거 아닙니까, 각하. 저한테 맡겨 주십시 오."

순식간에 벌어진 상황에 얼떨떨해하던 비서실장이 특유의 다혈 질적인 목소리로 말했다.

"뉴욕, 북경, 이런 데서 벌어지는 일을 여기서 무슨 수로 잡아들 이나? 비서실장, 잠시 가만히 좀 있어. 자, 오 특보 문제는 알았 네. 자네 같으면 어떻게 해결하겠나? 설마 대책도 없이 이렇게 사람들을 불러 모은 건 아니겠지?"

오지환의 마음은 답답했다. 그런 말은 안 들었으면 했다. 해법이 없으면 말하지도 마라. 그가 민주당 쪽 사람들에게 수없이 들은 이야기였다. 그는 해법이 없었고, 그래서 입을 다물었다. 지금도 그에게 복안은 없다. 그러나 문제가 있다는 것은 알려야 한다고 생각했다. 이미 함정 안으로, 너무 깊이 들어와 버렸다. 조금씩 회사채를 사들일 때 같이 움직였으면 간단한 일이었겠지만, 그 작은 거래들이 모여 22조 원이라는 뭉칫돈이 되어버린 이상 시장이 눈치채지 않게 해결할 수 있는 방법은 없었다. 5,000원, 1만 원, 5만 원, 이런 돈들은 그 자체로는 아무것도 아니다. 그러나 그 돈이 모여 22조 원이 되어버린 상황, 게다가 이 돈들은 오직 한 사람의 명령만을 받으며, 세계 곳곳에 흩어져 숨어 있는 상황이다. 어디서 어떻게 튀어나올지 예측할 방법이 없었다.

"오 특보, 정말로 답이 없나?"

답답함을 가득 담은 비서실장의 목소리가 튀어나왔다.

"돈을, 꾸는 수밖에 없습니다. 유럽, 미국, 중국, 이런 데서 나눠서 돈을 꿔서 투매로 나온 회사채들을 우리도 몰래 매수해 시장이 충격이나 변화를 느끼지 못하게 하는 방법밖에는 없습니다."

"돈을 꿔? 몇 조 원씩? 그것도 몰래? 외국 은행들이 무슨 천사야? 엔젤이냐고?"

경제수석이 얼굴을 일그러트리면서 말했다. 그의 말이 옳았다. 정말로 옳은 말이다. 그러나 그는 이 이야기를 한 달 전, 아니 최소한 일주일 전에 했어야 했다.

"아, 그 얘긴 됐고."

대통령이 경제수석의 말을 중간에 자르면서 질문을 던졌다.

"이현도가 말야, 일주일 준다는 얘기가 뭐야? 뭘 원하는 거야? 그냥 내다 팔고, 자기들 떼돈 벌면 그만인 거 아냐? 도대체 전화는 왜 한 거야? 난, 납득이 잘 안 돼."

이때 뒷자리에 묵묵히 앉아 상황을 지켜보던 이상대가 조용히 일어나면서 큰 목소리로 말했다.

"죄송합니다만, 저도 한 말씀 드려야 할 것 같습니다. 저는 한국은행 조사국 대리 이상대입니다. 얼마 전까지 뉴욕 지사에 근무하고 있었습니다. 규모는 몰라도, 투매가 있을 거라는 소문이 월가에 파다하게 퍼져 있었습니다. 이런 말씀 드리기는 그렇습니다만, 지금 여기서 이렇게 회의하고 있을 때가 아니라 프랑크푸르트든 북경이든 다들 흩어져서 자금 구하러 나가는 게 맞는 거 아닌가 싶습니다. 공격이 22조 원이면, 방어는 10조 원만 있어도 할 수 있습니다."

난데없이 대통령까지 포함된 고위직 공무원들의 비상회의에 대리급 직원, 그것도 공무원도 아닌 한국은행 일개 직원의 돌출적인 등장에 청와대의 회의 분위기는 돌변했다. 한국은행 팀장에 20대 대리까지 나서서 설쳐대는 모습을 보며 청와대 경제수석은 기분이 더러운 것을 넘어 모멸감까지 느꼈다.

"이 대리라고 했나? 그래 이 대리, 못 구하면 어쩔 셈인가? 당신 말대로 한국 경제 자체가 회사채 투매로 디폴트 위기 직전이라는 소문이 뉴욕에 쫙 퍼졌으면, 누가 지금 돈을 빌려주겠나? 그리고 못 빌리면?"

조용히 말을 시작하던 경제수석은 점점 감정이 격해져 자신도 모르게 고함을 지르고 말았다. 이상대는 얼굴이 벌게졌지만, 더는 말을 잇지 못했다.

"오 특보, 당신 잠깐 나 좀 보지."

잠시 뜸을 들이던 대통령은 오지환을 집무실 안으로 데리고 들어가며 말했다.

"그리고 두 시간 후, 청와대 경제 회의합시다. 비서실장, 다들 들어오라고 해요."

대통령 집무실은 밀폐되어 우주와 완전히 단절된 듯 아무런 소리도 들리지 않았다. 소리가 없는 공간은 사람을 매우 편하게 해주거나, 아니면 반대로 신경을 극도로 날카롭게 만든다. 적당한 소음은 영혼이 잠시 쉴 수 있는 공간이기도 하다. 모든 것이 보이는 선명한 공간에서 사람들은 긴장하게 된다. 조용함은 때때로 이겨내기 어려운 부담감이 된다. 일반인들은 조명과 스태프가 빙 둘러서 전부 자신만 쳐다보고 있는 촬영 현장의 투명함을 이겨내기 쉽지 않다. 마찬가지로 아무런 소리도 들리지 않는 공간에서는 상대방의 숨소리는 물론이고, 심장박동의 미묘한 변화마저도 느껴질 듯하다. 대통령과 오지환, 마주 선 두 사내 사이에는 견우와 직녀 사이에 놓였을 법한 은하수만큼의 거리가 존재했다.

"하나만 물어보자. 너, 이거 미리 알고 있었나?"

뒤로 손을 돌리고 뻣뻣하게 서 있던 오지환은 바로 대답했다.

"몰랐습니다."

"몰라? 니가 왜 몰라."

"죄송합니다. 며칠째 이상하다고 생각하기는 했지만…… 정황을 파악한 건 방금 전이었습니다."

"방금 전? 나랑 같이 움직이는 경제학자들이 얼마나 많은 줄 알아? 교수들만 해도 수백 명이야. 정부 내에 박사가 얼마나 많겠어? 다 눈뜬장님이고, 니가 제일 똑똑해? 그렇다고?"

오지환은 아무런 말도 할 수 없었다. 그냥 한국은행에 있었으면 오늘도 딸과 편하게 저녁 식사를 했을 것이다.

"늦게 알아챈 건 죄송합니다. 저로서는 최선을 다한 겁니다."

오지환은 억울하다는 생각이 들었다. 칭찬을 들어야지, 힐책을 받아야 할 이유가 전혀 없었다.

"마지막까지 뛰어보겠습니다. 이현도가 바라는 게 있을 거 아닙니까? 아니면 그냥 터뜨려버리지, 왜 전화를 했겠습니까?"

"그건 나도 알아. 내가 바보야? 내가 궁금한 건 널 믿어야 하느냐 마느냐야!"

"최선을 다하겠습니다, 각하. 저는 지금 대통령 경제특보입니다."

지금 오지환이 할 수 있는 말은 그것밖에 없었다. 이현도는 그에게 그 어떤 지시도 내리지 않았다. 아니 심지어 그랜드케이맨 섬에서 만난 후로 얼굴은커녕 통화도 한 번 한 적이 없었다.

"알았으니까 일단 나가봐."

"네?"

"나도 하는 데까지는 해봐야 할 거 아냐. 당신 말만 믿고 그냥 손 놓고 있을 수는 없잖아. 안 그래? 내가 이래 봬도 대통령이야."

대통령 집무실을 나서는 오지환의 가슴은 답답했다. 현재로서는 그나 대통령이나, 마땅한 해법이 없는 것은 마찬가지였다.

9

모욕당하는 대통령

세종시 정부종합청사로 자리를 옮겨 국무회의를 마친 대통령은 경제 부처 장관들과 작은 간담회를 열었다. 장관들은 모두 머리를 숙인 채 아무런 말이 없었다. 심지어는 대통령과 눈도 마주치지 않으려고 했다. 결국 답답해하던 대통령이 먼저 입을 열었다.

"연기금 같은 거 살짝 쓰면 안 됩니까. 국가 부도 사태인데."

"지금 연기금 등 공적자금 들어가면, 정말로 디폴트 왔을 때 모라토리엄 선언도 못 합니다. 만약 청와대에 통치자금이나 비자금 같은 거 있으면, 지금 푸셔야 할 때입니다."

재경부 장관이 경제의 A, B, C도 모르느냐는 표정을 지으며 비아냥거리듯 말했다.

*

서울로 올라가는 대통령 전용차 앞자리에 동승한 비서실장은 연신 소리를 지르며 전화를 걸어댔다.

"네. 그러면 내일 저녁, 그렇게라도 저녁 약속 잡아주시기 바랍니다. 장소는 저희가 알아서 잡겠습니다."

전화를 내려놓은 비서실장은 손수건으로 이마의 땀을 훔쳐내면서 대통령에게 말했다.

"재계 서열 20위권 내의 총수들은 전부 외유 중입니다. 뭐 이유는 다 제각각인데, 전부 외국에 나가 있고, 다 개인 사정으로 연락이 안 된답니다. 중소 규모의 총수들도 오늘 오후에 심장병 재발로 병원에 긴급 입원했다고 하는 등 아주 난리도 아닙니다. 겨우 한 명이 내일 저녁에나 시간이 된다고 해서 약속을 잡는 중입니다."

창밖을 내다보던 대통령은 지그시 눈을 감았다.

"한국은행으로 갑시다. 총재, 자리에 계시라고 좀 하시구요."

*

한국은행에 도착한 대통령은 총재와 마주 앉아 커피를 마시고 있었다. 억지로 웃음을 지어 보이려고 했지만 잘 되지 않았다.

"대통령께서 한국은행을 어느 정도 이해하고 계시는지 모르지만, 한국은행법에는 한국은행의 자주성은 존중되어야 한다고 되어 있습니다. 4조 2항에는 이런 항목도 있습니다. '한국은행은 통화신용 정책을 수행함에 있어서 시장 기능을 중시해야 한다', 이렇게 되어 있습죠."

"아, 그런 내용도 다 법에 들어가 있군요."

"왜 청와대에 파견된 우리 직원 있지요? 그 친구가 한국은행법을 달달 외우고 있더군요. 저도 그 친구한테 배운 겁니다. 맹랑하기는 하지만 요즘 잘 써먹고 있지요."

"오 특보요? 보내주신 덕분에 저도 도움 많이 받고 있습니다."

"하여간 우리 한국은행에서 보기에는 설령 투매가 있더라도 그건 돈을 벌기 위한 시장의 작동으로 봐야 하고, 우린 시장 기능을 중시해야 하는 의무가 있습니다. 대통령 아니라 대통령 할아버지라도 한국은행이 이런 일에 자체 판단이 아닌 방식으로 개입하면 저는 한국은행법을 위반하는 겁니다."

"아, 네. 당연히 그러시겠죠."

"요즘은 경제라는 것도 다 법이 있어서 전부 법대로 움직입니다. 관치금융 시절에는 대통령 맘대로 하던 때가 있기는 했지만, 지금은 대통령께서도 잘 아시듯이 경제 민주화 시대 아닙니까. 대통령도 맘대로 못하듯이, 총재인 저도 맘대로 못합니다. 오 팀장. 참, 아니죠, 오 특보에게 한번 물어보세요. 그 친구 같은 직원들이 종종 있어서, 여기도 완전히 시스템에 맞춰 움직입니다."

대통령은 문득 시계를 보았다. 이 뻔뻔한 인간들에게 치욕스러운 대접을 받느라 벌써 24시간을 썼다는 생각을 하니 분노가 치밀었다.

"네, 그럼 총재님. 앞으로도 잘 해주실 거라 믿고 전 그만 일어나겠습니다."

한국은행 총재실을 나서면서 대통령은 문 밖에서 기다리고 있던 비서실장에게 조용한 목소리로 물었다.

"저 친구 내가 얼마 전에 임명한 사람 아냐? 난 그렇게 기억하는데. 뭐 믿고 저렇게 느글느글하게 나오나?"

"당에서 추천한 사람이었습니다. 중립적이고 현명하다는 평가였는데 오늘 직접 보니 전혀 그렇지 않군요."

*

다음 날 저녁, 문제가 터지고 48시간이 지나서야 대통령은 재계 서열 24위인 세화건설 박세화 회장과 겨우 만날 수 있었다. 개인적으로는 대통령과 절친한 동창이기도 했다.

"세화야, 나 돈 있으면 1조 원만 빌려줘라."

"각하."

"각하가 뭐냐, 그냥 편하게 말해. 우리 사이에, 뭘."

박세화는 잠시 머뭇거리다가 대통령이 건넨 술잔을 받으며 말했다.

"미안하다. 어렵다."

"뭐가? 있으면 있고, 없으면 없는 거지. 미안할 건 또 뭐 있냐, 친구끼리."

"사실, 돈이 있어도 없어. 우리도 회사채 발행한 게 좀 있는데, 사고 터지면 막아야 하거든. 다른 데도 마찬가지야. 현금 있는 대로 다 틀어쥐고 있어야 하니까, 지금 시중에 현금이 말라버렸어.

우리도 자재 대금이나 수입 결제를 최대한 늦추면서 현금 확보해 놓고 있어. 게다가……."

"게다가 뭐?"

"이게 대통령에게 할 말은 아니지만, 친구한테 하는 거라고 생각하고 그냥 말할게. 지금 잘못 움직이면 세무조사는 물론이고, 엄청나게 불이익 받을 거라는 소문이야."

"세무조사? 내가 그런 걸 시킬 리가 없잖아. 오히려 지금 날 도와주는 기업에 훈장은 못 줄망정……."

"아무튼 소문은 그래. 공무원들이 니 말 안 들을 거라는 얘기야. 우리야 뭐 그냥 납작 엎드려 있는 수밖에 없지. 너랑 만났다는 소문만으로도 우리 회사 문 닫을지 모른다고 이사들이 절대 가지 말라는 걸 내가 그냥 온 거야."

"그 정도야?"

"모피아들은 재계 서열 앞쪽에 있는 기업도 무서워해. 날린다고 맘만 먹으면, 어느 바람에 날아가지는지도 모르고 사라지거든. 더구나 재계 서열 20위 밖에 있는 우리 같은 기업은 파리 목숨이야. 7급 주사보 한 명이 큰 공사 물고 늘어지기만 해도, 캐시 플로우가 엉망이 돼서 무너질 수도 있거든. 우리야 정말 그냥 머리 푹 숙이고, 공무원 하자는 대로 맞춰주는 시늉이라도 해야지."

"내가 그 사람들 임명권자야. 내가 모르는 일은 있을 수 있어도, 내가 막지 못할 일은 없어."

"법이라는 게, 복잡해. 봐준다고 맘먹으면 구멍투성이지만, 법대로 하자고 하면 지킬 방법이 없거든. 그리고 높은 공무원들 너 안 좋아해. 진짜 안 좋아하더라고. 네 친구라고 하면, 내가 사업을 못 해. 요즘은 모르는 사람이라고도 해. 미안해."

대통령은 문득 거대한 벽 앞에 서 있는 자신을 느꼈다. 시계를 보았다. 이현도가 공격을 시작한 후, 48시간이 흘렀다.

10

로자가 살던 동네

스위스 연방은행United Bank of Switzerland인 UBS 본사 건물을 빠져나오는 오지환의 발걸음은 흔들리고 있었다. 10월 초순, 취리히거리의 가을은 깊었고, 유럽 특유의 차가운 바람이 스산하게 불었다. 만약 비라도 내리는 날이면, 뼛속까지 파고드는 악명 높은 유럽의 가을 날씨가 펼쳐질 것이다.

"우리가 움직일 이유가 없잖아요. 안 그래요, 닥터 오?"

UBS 총재의 냉랭한 말을 들으면서 오지환의 가슴은 답답하다 못 해 먹먹해졌다. 오지환은 겨우 몸을 일으켰다. 여기 더 버티고 있는다고 해서 문제가 해결되는 것은 아니었다. 오늘은, 틀렸다. 그가 준비한 형식적 카드가 UBS 총재의 마음을 전혀 움직일 수 없다는 사실은 이미 알고 있었다. UBS 총재에게 그는 수많은 방문자 혹은 면담자 중 하나일 뿐이었다. 얼마나 절박한 사연을 안고 있든 그건 오지환의 문제였다.

거의 같은 시간에 대통령의 특사들은 프랑크푸르트와 북경, 뉴욕, 런던 등 돈을 구하기 위해 급파된 도시의 거리를 방황하고 있었다. 그중에는 정말로 돈을 빌리려고 한 사람도 있었고, 그냥 마지못해 몸을 움직인 사람도 있었다. 어쨌든 헤매고 있는 것은 모두 마찬가지였다. 비밀 방문이라서 의전도 없고, 형식도 없었다. 흔한 식사 대접을 위한 의례적 권유도 없었다. 돈을 빌리려는, 그것도 아주 크고 위험한 돈을 빌리려는 사람에게 밥을 먹자고 할 정신 나간 전주는 없다.

취리히 시내는 매우 작았다. 오지환은 괘도열차인 트람Tram이 다니는 철로를 향해 걸었다. 그는 취리히 호수를 등지고 천천히 시내를 향했다. 이제 무엇을 해야 할지 방향을 가늠하지 못한 그의 머리 위로 천천히 비가 내리기 시작했다. 대통령의 특사들에게는 시간이 없었다. 아니, 시간이 너무 많은 것인지도 몰랐다. 방황하며 걷는 것 외에는 할 수 있는 일이 아예 없었기 때문이다.

1992년 조지 소로스의 퀀텀 펀드가 영국 파운드화 폭락을 주도할 때도 그랬고, 2012년 로스차일드 가문에서 파운드화 폭락을 만들어낼 때도 마찬가지 상황이었다. 중앙은행은 자국의 화폐 가치를 지키기 위해 돈을 투입했지만, 이 돈들은 탐욕스러운 투기 자본의 좋은 먹잇감일 뿐이었다. 일단 투매가 시작되면 멀쩡한 나라의 경제도 삽시간에 무너지고 만다. 2012년 초순, 한국 정부의 신용등급과 공기업의 신용등급을 별도로 평가한다는 이야기가 있을 때, 한국에서는 그 말이 무엇을 뜻하는지 이해한 사람이 거의 없었다. 적자가 늘어나기 시작한 공기업과 중앙정부의 신용을 별도로 평가하고 관리한다는 것은 일견 당연해 보이지만, 그만큼 한국 공기업이 이미 머니게임에 노출되기 시작했다는 것을 의미했다.

오지환이 UBS에 건넬 선물을 준비하지 않은 것은 아니었다. 국내에서의 활동 조건에 대한 파격적인 개선과 함께 한미 FTA를 통해 미국 은행들에게 뒤로 허용한 것보다 높은 수준의 파생상품에 관한 관리권 등, 거의 백지 수표에 가까운 특혜를 준비했었다. 법적 절차를 진행하거나 대통령의 허락을 받은 것은 아니지만, 특사들은 대통령에게 백지수표를 위임받은 것과 마찬가지였다. 그러나 UBS 총재의 입장은 단호했다. 오지환이 생각했던 것보다는 훨씬 더 단호하고 강경했다. 쉽지는 않을 것이라고 생각했지만, 그야말로 일언지하에 거절당한 것은 생각보다 강한 반응이었다. UBS가 한국은행과 친해서 나쁠 건 없다는, 정말로 한국은행 팀장으로 하는 개인적인 이야기마저도 묵살당하면서, 오지환은 이미 이곳에도 누군가의 손길이 닿았다는 것을 직감할 수 있었다.

'설마 김수진? 허세연? 아니면 이현도가 직접?'

오지환에게는 돌아갈 곳도 잠잘 곳도 없었다. UBS 본사 건물을 나와 시내로 향하는 작은 도로에 접어들자 우산을 들고 서 있는 여인이 보였다. 바로 김수진이었다. 오지환은 낯선 거리에서 그녀를 만나자 원망과 반가움이 복합된 기묘한 감정을 느꼈다. 그는 이 느낌이 욕망과는 또 다른 성격의, 익숙한 것에서 느껴지는 안도감 같은 것일지도 모른다고 생각했다.

하얀 모피 모자에 흰색 외투, 그 안으로 얼핏 보이는 흰색 투피스, 그리고 흰색 부츠까지. 얼굴과 붉은 입술을 제외하면 오로지 흰색으로만 보이는 여인. 그녀가 비가 내리기 시작한 취리히의 회색빛 저녁에 나타난 것이다. 흰색은 천사의 색일까, 아니면 악마의 색일까? 천사도 악마도 모두 흰색을 사용한다. 흰색은 모든 색을 물리쳐 아무런 색도 없는 공백의 순간이기도 하고, 다른 모든 색의 등장을 기다리고 있는 상태이기도 하다. 아기의 기저귀, 남녀의 속옷, 그런 것들은 출발점이면서 동시에 도착점을 상징한다. 억지로 형광물질을 써서라도 사람들은 그런 흰색을 만들어내려고 한다. 흰색은 다른 색 속으로 들어갔을 때 비로소 자신이 가지고 있는 도발적이며 공격적인 속성을 보여준다. 그래서 은밀하면서도 가장 공격적인 색이기도 하다. 대부분의 경우, 드라큘라 백작은 검은색과 붉은색으로 묘사된다. 그러나 공포를 느끼게 만드는 것은 도드라진 송곳니의 흰색이다. 그 흰색이 가진 두려움을 가장 잘 사용해서 인생의 전환점을 맞은 사람은 스티븐 스필버그이다. 영화 〈죠스〉는 이빨을 의미하고, 그것이야말로 모든 흰색의 총집합이라고 할 수 있다. 사람들은 그 흰색을 너무 무서워했고, 무의식 속에 있는 흰색의 공포를 끌어내는 데 성공한 사람이 바로 스필버그이다. 〈죠스〉에 나오는 상어의 이빨이 검은색이었다면 관객들은 웃어 넘어갔을 것이다. 빨간색이었다면 너무 이론적이라고 했을 것이고, 노란색이었다면 스크린에 콜라병을 집어던졌을 것이다. 그리고 분홍색이었다면 아무도 극장을 찾지 않았을 것이다. 눈 내리는 취리히 시내의 한 모퉁이에서 흰색으로 온몸을 가리고 있는 김수진을 본 오지환은, 드라큘라 백작의 송곳니에서 죠스의 이빨, 그 사이에 있는 무엇인가를 본 것 같았다.

그는 지금 최선을 다해서 뛰어왔지만 아무도 제대로 안내해주지 않아 전혀 다른 길로 들어선, 그래서 결국은 실격 처리된 마라토너와 같았다. 말도 통하지 않고 아무도 알려주지 않는 거리에서 마라토너들은 앞서 가는 오토바이의 도움 없이는 결승점으로 가는 길을 찾지 못하는 바보들과 마찬가지이다. 그 길거리에, 이정표처럼 지금 화이트 부츠 위에 온통 하얀색을 띄워놓고 있는 여인이 서 있다. 그 흰색의 이정표가 지금 천천히 오지환을 향해 걸어오고 있었다.

"좀 걸을까요. 지금 기분 안 좋죠. 일이 잘 안 되죠?"

김수진은 비를 맞고 있는 오지환에게 우산을 씌워줬다. 오지환이나 이정표나, 취리히 거리에서의 이 만남을 우연으로 생각하거나 놀랄 상황은 아니었다. 오히려 만나지 않았다면 더 이상하게 생각했을 만큼 자연스러운 만남이었다. 너무 빤한 상황에 맞닥뜨린 둘에게 형식적인 인사가 생략되는 것은 지극히 자연스러운 일이었다.

분노와 슬픔이 극단까지 달했던 오지환은 김수진에게 너무 지나친 놀림을 받는 것 같다는 기분이 들었다. 하지만 그가 뭐라고 말하기도 전에 김수진은 오지환의 팔에 자신의 팔짱을 끼었다.

"여기는 로자 룩셈부르크가 자주 걷던 거리래요. 정말 멋진 여자였죠. 사람들은 취리히 얘기만 하면 아인슈타인부터 꺼내는데, 전 로자가 훨씬 좋아요. 불꽃같이 살았고, 죽이고 싶도록 우아했죠."

순간, 오지환의 핸드폰에서 메시지 수신음이 울렸다.

"잠시만요."

오지환의 핸드폰에 '홍콩 실패', '북경 실패' 등 세계 각국에서 보낸 문자들이 차례로 떴다. 오지환은 차마 통화 버튼을 누르지는 못하고, 대통령에게 '취리히 실패'라고 적은 메시지를 보냈다.

"슈납스 한잔할까요?"

"지금 내가 한가하게 술 마시고 있을 형편이 아니잖아요."

"이보세요, 오지환 씨. 댁은 지금 누구랑 싸우는지도 모르고 있잖아요. 아시나요, 상대가 누군지?"

"모르긴 왜 몰라요. 이현도, 장인표 뭐 이런 모피아 나부랭이들하고 싸우는 거 아녜요?"

순간 오지환은 억누르고 있던 울분을 토해내며 취리히의 길거리에서 소리를 지르고 말았다.

'내가 모르긴 뭘 몰라! 니들이 장난하는 걸, 지금 내가 막으려고 하는 거 아냐!'

그러나 돌아온 대답은 싸늘했다.

"이렇게 누구랑 싸우는지, 왜 싸우는지도 모르니까 경제학자들이 맨날 법대 출신 변호사 꽁무니나 쫓아다니는 거 아녜요. 이렇게 아무것도 모르는데, 무슨 대통령 경제 보좌를 한다구. 바보한

테 또 바보를 붙여놨으니 그놈의 집구석이라는 소리나 듣는 거 아
녜요. 이 게임은 벌써 끝났어요. 찾아가려면 이런 은행 뒷문이 아
니라, 워싱턴으로 날아가서 펜타곤을 찾았어야죠. 그러니 당신들
이 이렇게 맨날 뒤통수나 맞고 다니시는 거 아녜요.”

“네, 펜타곤?”

“오지환 씨, 그러게 슈납스나 한잔 마시자고 그러잖아요. 체리
슈납스, 그건 취리히가 정말 최고예요. 짜릿하죠. 값도 싸고.”

오지환은 김수진 앞에 서면 늘 자신이 초라해지고 왜소해지는
느낌을 받았다. 더구나 지금은 거기에 분노까지 더했다. 어느새
두 사람은 취리히 시내로 깊숙이 들어가 있었다. 건물들은 기품이
있었지만, 나지막했다. 편안한 느낌의 실루엣이지만, 오지환에게
는 지금 그런 것들이 눈에 들어오지 않았다.

김수진은 원목으로 장식된 약간 고급스러운 카페에 들어가 앉
자마자 슈납스 두 잔을 주문했다. 김수진의 독일어는 유창하지 않
았지만, 생활에 불편을 느낄 정도는 아니었다. 오지환은 처음으로
김수진보다 잘하는 것을 한 가지 찾은 느낌이었다. 프랑크푸르트
지사에서 근무할 때, 오지환은 독일어가 참 재밌다고 생각했다.
현주를 낳은 곳도 바로 그곳이었다.

슈납스 한 잔을 받자마자 바로 목 위로 넘겨버린 김수진이 두
번째 잔을 주문하면서 말했다.

“정말로 문제를 풀려면, 지금이라도 펜타곤으로 가는 수밖에 없
어요. 그런데 줄 게 없죠, 댁들은. 청와대의 무능한 경제 공무원들

이 미국 군인들에게 뭘 주실 수 있을까?"

오지환의 목으로 독한 슈납스가 넘어갔다. 그제야 머리가 돌아가는 느낌이 들었다. 너무 한 곳에 오랫동안 집중했던 머리가 조금씩 풀렸다. 알코올의 힘이었다. 우습게도 머리가 움직이기 시작했다.

'이러니 사람들이 나를 바보라고 부르지.'

이제야 끊겼던 고리들이 연결되기 시작했다. 동남아든 동북아든 아니면 유럽이든, 한국은행 팀장으로서 그가 전혀 알지 못하는 국제 자금의 움직임은 없었다. 그리고 외국 은행이든 아니면 은행장이든, 그들의 행적도 대충은 파악하고 있다고 생각했다. 그래서 그는 비록 모피아들이 치밀하게 작전을 짰더라도 충분히 뒤집을 수 있을 것이라 여겼다. 하지만 펜타곤, 무기자금 같은 것들은 전혀 생각하지 못했다. 금융자본이 위기에 봉착한 지금의 세계 경제의 위기 속에서는 보다 안정적이고 확실하게 뭉쳐 있는 무기자금의 힘이 더 커질 수밖에 없었다. 생각해보니 당연한 말이었다. 그는 대통령을 지킨다고 하면서 그런 식으로 생각해본 적이 없었다. 경제와 금융의 세계에 살던 오지환은, 신냉전이나 자원 경쟁 혹은 동북아의 역학 관계 같은 것은 그냥 칼럼이나 쓰는 사람들이 하는 먼 나라 이야기처럼만 생각했다. 펜타곤. 오지환에게 그런 단어는 영화 〈스타트렉〉에 나오는 '빔업'과 같았다. 인체의 세포를 재구성해 빛에 실어 공간이동을 한다, 그게 무슨 과학적 의미가 있는가? 그는 펜타곤이나, 무기자본, 금융복합체, 이런 단어들을 빔업과 같은 정도의 상상 속 용어로 생각했었다. 빔업이나 펜타곤이나, 관심 없는 건 마찬가지이다.

"그럼 무기자금들이 이곳으로 들어왔다는 겁니까?"

"이 아저씨가 완전 형광등이네. 이 만한 돈을 그렇게 몰래 움직일 수 있는 세력이 그곳 아니면 또 어디겠어요? 펀드라고 해봐야 규모가 쥐꼬리만 한데, 그것만 가지고 22조 원을 어떻게 동원해요? 딱 규모 보면 누구겠다, 어디겠다, 이런 감이 좀 와야 하는 거 아녜요? 지금이라도 펜타곤에 가고 싶다면 열두 시간 안에 그곳에 앉혀줄 수는 있어요. 그런데 줄 게 없잖아요? 그게 문제죠."

오지환은 그제야 자기가 얼마나 깊은 수렁 속에 들어와 있는지 어렴풋이나마 알게 됐다.

"스타일 구기게 취리히까지 와서 뱅커들에게 머리나 숙이고…… 그게 당신들의 문제예요. 은행에는 돈을 맡기러 와야 대접을 받지, 빌리러 오니 문전박대 아녜요. 돈은 전혀 모르는 사람들이 돈 좀 안다고 잘난 척이나 하니 법대 나온 영감쟁이들한테 경제 좀 안다는 당신들이 이런 꼴이나 당하는 거죠. 그러니 한국 국민들만 맨날 불쌍하죠."

오지환의 머릿속에는 펜타곤이라는 개념은 아예 탑재된 적이 없었다. 그에게는 정말로 안드로메다 같은 세상이었다. 김수진의 입에서 펜타곤이라는 단어가 나오는 순간, 오지환의 머리는 그야말로 옆구리를 찔려 길거리에 쓰러진 사슴과 같은 상태가 되었다.

세상에는 뱅커들이 움직이는 돈이 있고, 무기상들이 움직이는 돈이 있다. 그 돈들이 서로의 영역을 침범하는 일은 잘 벌어지지 않는다. 어차피 움직이는 방식이 다르고, 이해가 다르기 때문이다. 새로 출범한 시민의 정부가 경제 민주화를 맨 앞에 내걸고 뱅커들과 재벌들을 화나게 했다는 것은 누구나 알고 있는 사실이었다. 그러나 펜타곤을 화나게 했다는 것은 생각지도 못했다. 결국 북한과 끊임없이 문제를 일으키고, 그걸 기점으로 새로운 위협을 만들어내는 게 무기가 움직이는 길이고, 그 길을 따라서 돈들이 움직이는 것이다. 시민의 정부에서 청와대는 뱅커들이나 기업들이 움직임을 잘 관찰하고 있었지만, 펜타곤 근처 무기의 돈에 대해서는 생각해본 적이 없었다.

오지환은 핸드폰을 집어 들었다. 그는 이 순간까지도 진다는 생각은 하지 않았다. 돈이라는 게 결국 더 많은가, 적은가의 문제 아닌가? 지금 자신이 적게 가지고 있더라도 단 한 번에 패를 뒤집을 수 있다는 게 오지환의 생각이었다. 그는 이현도 일당의 작전에 두려움을 느낀 적은 없었다. 돈이 적은 것, 그것은 태생의 문제이다. 그러나 태생이 천하다고 매번 지라는 법은 없다. 그가 예상하지 못한 범위의 돈들이 포착된 지금, 그리고 그에 대한 대비책이 전혀 없는 지금, 대통령에게 그 이야기라도 빨리 해줘야 한다고 생각했다. 얼마에 지는지 모르면, 다음 게임은 아예 해볼 수도 없었다.

"각하, 해결 방법이 없습니다. 일단은 시간을 좀 버시는 수밖에 없습니다. 제가 무슨 수를 써서라도 방법을 찾아내겠습니다."

그러자 전화기 너머에서 차가운 목소리가 흘러나왔다.

"오 특보. 애초에 실패하러 간 거 아니었나?"

대통령의 목소리에는 짜증과 피곤함이 짙게 묻어 있었다. 전혀 예상하지 못한 답변에 오지환은 당황했다. 대통령의 말은 틀리지 않았다. 그가 오지환을 무슨 근거로 믿어줄 수 있겠나?

"그냥, 그냥 믿어주십시오. 제가 반드시 답을 찾아내겠습니다."

자신 있는 목소리로 말했지만, 오지환의 머릿속에는 아직 답이 없었다. 전화기 너머의 대통령도 의미 없이 말하는 오지환의 속내를 느꼈다. 이유는 모르지만, 사람들은 다른 사람의 진심을 어느 정도는 느낄 수 있는 직관을 가지고 있다.

"답? 당신도 이제는 답 없는 거 아냐? 아니지, 이렇게 되는 게 원래 당신 답인가?"

전화기 너머로 들려오는 목소리에 오지환은 섭섭한 마음이 들었다. 하지만 오히려 어지럽고 어수선한 목소리 톤이 마음을 편하게 해줬다. 오지환도 절망적이지만, 대통령도 마찬가지였다. 침착함을 잃는 법이 없을 것 같아 보였던 대통령도 지금은 길을 잃고 오지환에게 원망을 쏟아내고 있는 중이었다. 오지환도 대통령을 위해 더는 할 수 있는 것이 없고, 대통령도 그걸 알고 있었다. 절망의 끝에는 오히려 평온함이 기다리고 있다. 사람들이 안달하면서 초조해하는 것은, 아직 그 끝에 도달해보지 못했기 때문이 아닐까?

취리히 거리는 술집으로 가득했다. 건물을 따라 흐르는 물줄기

소리가 오지환의 귀에는 돈줄기 소리로 들렸다. 그는, 아니 한국 정부는 지금 절박하게 돈이 필요했다. 그러나 그 돈들은 지금 대통령에게 등을 돌리고, 이렇게 질서정연하게 다른 곳으로만 흐르고 있다.

오지환의 눈에는 어느새 눈물이 맺혔다. 절망의 눈물이기도 하고, 막막함의 눈물이기도 하고, 분노의 눈물이기도 했다. 그리고 연민의 눈물이기도 했다. 동고동락이라는 말이 있다. 고통도 나누고 즐거움도 나누는 사이를 뜻하는 말이다. 그렇지만 현실은 동고독獨락, 고통은 나누지만 즐거움은 혼자 누리는 일이 더 많다. 고통은 나누어지지만, 즐거움은 나누어지지 않는다. 즐거움을 나눈 사람들의 기억이 더 오래갈 것 같지만, 고통을 나눈 사람들의 연대감이 더 강하다. 오지환과 대통령은 지금 고통을 같이 나누고 있었다. 그리고 동시에 불신과 섭섭함을 나누고 있었다.

김수진의 손이 오지환의 뺨에 닿았다. 눈물은 김수진의 손등을 타고 조용히 흘러내렸다. 그녀는 손등에 뜨거운 느낌을 받았다. 김수진은 손수건을 꺼내 오지환의 눈물을 닦아줬다. 김수진의 전 남편은 울음이 없던 강한 사람이었다. 강한 것, 튼튼한 것, 그것에 정을 주는 사람들이 있다. 미친놈들이다. 자신은 정의롭지 않더라도 정의로운 것 아니, 정의를 위해서 눈물을 흘리는 모습에 애정을 느끼는 것이 바로 인간이다.

"울지 말아요. 처음부터 오지환 씨가 해결할 수 있는 일이 아니었어요."

오지환은 잠시 눈을 들어 바로 코앞에 와 있는 김수진의 얼굴을 보았다. 성냥팔이 소녀가 눈 속에서 죽어가면서 성냥을 켜고 잠시 보았던 어느 평온한 집의 즐거운 저녁 식사 같은 환상이 보였다. 지금 오지환의 눈앞에는 김수진의 얼굴이 그 어느 때보다 가깝게 다가와 있었다. 성냥이 꺼져간다. 그는 마치 환상을 더 보고 싶어 하는 소녀처럼 슈납스 한 잔을 입안으로 털어 넣었다. 과일로 만든 독주의 뜨거움이 오지환의 목을 타고 내려갔다. 다시 환상이 시작됐다. 케이맨 제도 김수진의 요트 위에서 현주와 칼싸움을 하고 있던 김수진의 모습이 보였다. 그는 성급하게 다시 성냥을 켠 소녀처럼 슈납스 한 잔을 급히 따라 다시 목으로 넘겼다. 이번에는 환상이 아니라 악몽이 보였다. 자신의 집무실에 앉아 머리를 쥐어 잡고 있는 대통령의 모습이 보였다. 그는 지금 자신을 원망하고 있다.

"잘하고 싶었어요."

사실 오지환은 엉겁결에 청와대로 가게 됐지만 최선을 다해 일했다. 대통령이 던진 비난은 부당한 것이었다. 그렇지만 그를 믿어주는 사람은 별로 없었다. 오지환의 눈에서는 굵은 눈물방울이 쉴 새 없이 흘러내렸다.

"잘하고 있어요, 이미 잘한 거예요. 그리고…… 더 잘하실 거예요."

"그래도 저는……."

오지환의 입술에 김수진의 입술이 겹쳐졌다. 김수진의 혀가 살

며시 오지환의 입술을 밀치고 들어왔다. 오지환은 따스함을 느꼈다. 혀의 따뜻함은 눈물과는 다른 종류의 안락함을 안겼다. 우리는 많은 경우 세상을 결투나 승부 같은 것으로 여기는 경향이 있다. 경쟁을 너무 칭송하다 보니까, 전쟁의 형태가 아니면 세상을 잘 이해하지 못하게 되었다. 그러나 삶은 그런 전쟁이 다가 아니다. 여자는 승자고, 남자는 패자였다. 적어도 취리히의 이 거리에 서만큼은……. 한 명은 돈이 많았고, 한 명은 돈이 없었다. 그리고 돈이 없어 돈을 구하려고 이곳까지 달려온 사내의 길을 여인은 정면으로 막아서고 있었다. 그러나 인간의 삶은 승자와 패자, 이런 것만으로 단순하게 갈리거나 설명되는 것은 아니다. 그리고 지금 이 순간 역시 그렇다. 김수진의 팔이 오지환의 몸을 감았다.

*

　이른 새벽, 오지환은 침대에서 일어나 호텔 창문 너머로 여전히 비가 내리고 있는 거리 풍경을 바라보고 있었다. 밖은 아직 어둡고 하늘은 검기만 했다. 그러나 세상의 모든 추한 것과 악한 것을 깨끗이 쓸어버릴 듯이 빗줄기는 아직도 강하기만 했다. 그리고 오지환의 옆에는 희고도 흰 육체의 여인이 누워 있었다.
　'도대체 앞으로 어떻게 되는 걸까.'
　오지환은 이 순간, 그의 삶에서 스스로 결정할 수 있는 것이 아무것도 없다는 생각이 들었다.
　그는 시트 위로 드러난 김수진의 하얀 어깨를 부드럽게 어루만

졌다. 그러자 여자의 손이 오지환의 손 위로 포개졌다. 중년의 사랑은 청춘의 사랑과는 다르다. 이미 너무 많은 것을 알고 있거나, 아니면 이미 너무 많은 힘을 소진했거나. 이미 벽에 머리를 세게 부딪혀서 이마가 깨어진 경험이 있는 사람이 벽을 더 두려워하게 될까, 아니면 이미 부딪혀보았다고 덜 두려워하게 될까? 당연히 벽에 대한 트라우마가 생겨 아예 근처에도 가지 않으려고 할 것이다. 중년의 사랑은 마음속에 있는 그 무서운 벽을 향해 정면으로 달려가는 것과 같다. 누구나 그 벽을 넘을 수 있는 것은 아니다. 오지환과 김수진은 지금 벽을 앞에 놓고 조금씩 뜨거워지고 있었다.

20대의 사랑은 아주 빠르거나 늦다. 이유 없이 같이 자거나, 아니면 서로 너무 많은 것을 재면서 익숙해질 때까지 기다린다. 40대 중년이 되면, 서로 불필요하게 견제를 하거나 선물을 기다리며 시간을 보내지는 않는다. 어차피 사랑하지 않을 사람이면, 차 한 잔도 불필요하게 마시지 않는다. 그러나 사랑할 만한 사람이라고 마음을 먹으면, 그다음에는 불필요한 시간들을 익숙해진다는 명목으로 보내지는 않는다. 이제 청춘의 흔적만 남은 사랑, 알만큼 알기도 하지만 그들에게는 남은 시간이 별로 없다. 오지환은 문득 왜 이 여인을 한 번도 여자로 느끼지 못했던가 하는 생각이 들었다. 흰색으로 몸을 감싼 여인, 그건 신부의 상징이 아닌가? 김수진의 팔이 오지환이 어깨를 감쌌다. 그리고 그 팔에 점점 강한 힘이 들어가기 시작했다. 남자와 여자가 사랑을 느끼는 순간은 조금 다르다. 40대의 사랑, 그것은 시간과 속도의 차이를 조금씩 감싸 안아줄 수 있는 관용의 사랑이기도 하다. 그렇게 시작된 사랑은 20대의 사랑만큼 강렬하지는 않지만, 더 폭발적이기도 하고 더욱 오래가기도 한다. 이미 자신의 배우자를 떠나보내고 오랫동안 새로운 사랑을 외면해오던 오지환은 김수진의 육체 아래에서 소년 시절 첫사랑의 순간을 떠올렸다. 아니, 그는 그게 사랑인지도 몰랐다. 중학생 시절, 학교 도서관에서 그가 부탁하지도 않은 책을 찾아다주던 사서 선생님. 상상 속에서 그녀가 영원한 사랑이었던 것을 그는 나이를 아주 많이 먹고서야 알게 되었다. 마흔이 넘으면 사람은 첫 번째 사랑이 아니라 마지막 사랑을 찾아 나서게 된다. 지금 내 옆에 있는 이 사람이 나의 마지막 사랑이라고 말하는 게 중년의 남녀가 사랑하는 이유이다. 설령 사랑이 배신할지라도, 첫사랑이 아니라 마지막 사랑을 찾아 떠나는 것, 인간은 원래 그렇게 만들어진 종족이다.

같은 시간, 대통령은 전화로 이현도에게 최후통첩을 받았다. 외롭게 무엇인가를 결정해야 하는 사람은 오지환만이 아니었다. 혼자서 무엇인가를 결정해야 하는 대통령, 그는 지금 세상에서 가장 외로운 사람이었다. 그의 일을 나누어 판단해주거나, 아니면 위로할 수 있는 사람들은 지금 낯선 타국의 어딘가에서 좌절과 고통 속에 흐느끼고 있었다. 비서실장만이 외롭게 그의 곁을 지키고 있지만, 돈들이 부딪히는 이 전쟁터에서 육체와 정신에 속한 일들에 익숙한 그가 도와줄 수 있는 일은 그리 많지 않았다.

11

3차 경제쿠데타

"안 됩니다, 가시면."

"그냥 내가 가서 해결하고 오겠소, 비서실장."

"만난다고 해도 지들이 와야지, 왜 대통령이 가십니까. 절대 안 됩니다."

"비켜주게. 잠시 맡겨놨다가 찾아오는 거라고 생각하는 편이 나아. 내가 가는 게 덜 구차해. 내 방에서 느끼한 말 하는 걸 보고 싶지는 않아."

대통령은 앞을 막고 서 있는 비서실장을 옆으로 밀쳐내고 기어이 집무실을 나섰다. 앞에 있었던 두 번의 경제쿠데타 때는 그들이 찾아왔었다. 하지만 이번에는 대통령이 직접 그들을 찾아가는 것이다. 대통령도 정확한 이유를 모른 채 선택한 길이었다. 그렇지만 이런 작은 차이가 나중에 결정적 차이가 되는 경우도 많다.

"오 특보, 같이 가지."

대통령은 자신의 경제특보 오지환만을 데리고 국회로 향했다. 그는 자신이 패배하는 순간만큼은 분신과도 같은 비서실장과 함께하고 싶지 않았다. 대통령의 등 뒤로 안 된다고 소리치는 비서실장의 외침이 들렸고, 평소에 표정 없이 자리를 지키던 청와대 직원들도 울음을 터뜨렸다. 크게 우는 사람이 있었고, 작게 우는 사람이 있었다. 속으로 우는 사람도 있었다. 시민의 정부라는 기치를 내걸고 정식으로 출범한 지 1년 반만의 일이었다. 대통령은 자신을 지킬 돈이 없었다. 지난 수 년간의 국민경제 실패로 국가도 돈이 없고, 국민도 돈이 없고, 청와대도 돈이 없었다. 그리고 몰래 모여서 대통령의 목줄을 노리는 돈을 막아낼 숨겨진 돈은 더더군다나 없었다. 대통령 권력의 일부를 내려놓거나, 아니면 온 국민을 모두 죽이고, 결국은 불명예스럽게 하야하게 되거나.

대통령의 차는 청와대를 출발해 당사가 있는 여의도로 향했다.

"당신은 믿기 어려운 사람이라는 걸 내가 이미 알고 있잖아. 그러니 내가 믿을 만한 사람 중에 당신이 제일 못 미더운 사람인 건 확실해. 그러니 얼마나 믿어야 하는지, 그건 내가 알고 있지. 다른 사람들은 그걸 모르겠어. 누굴 믿어야 할지 모를 때, 차라리 가장 못 믿을 사람을 믿는 게 마음만은 편할 것 같아."

오지환은 대통령의 말을 묵묵히 듣고 있었다. 무슨 말을 한다고 해도 대통령의 신뢰를 살 수는 없었다. 그도 자신이 없었다. 그러나 자신이 누구와 싸우고 있는지, 왜 지게 되었는지는 조금 이해한 것 같았다. 차는 세종로 사거리를 돌아 서대문을 향하고 있었다. 평소 익숙하게 다니던 길이었지만, 오늘따라 서글퍼 보였다. 대통령이 탄 차의 앞을 인도하는 오토바이의 사이렌 소리도 서글 프게 느껴졌다.

"제가 반드시 방법을 찾아내겠습니다."

오지환이 할 수 있는 가장 정직한 답변이었다. 말에 진심이 담길 수 있을까? 돈을 마련하지 못해 궁지에 빠진 대통령을 구해내지 못한 그였지만, 말에는 그의 진심을 담고 싶었다.

"그래, 찾아내겠다는 말이라도 들어야지. 고맙네, 그렇게라도 말해주니."

어느덧 차는 마포대교를 넘어 여의도 당사에 도착했다. 이미 기자들이 당사 앞을 가득 메우고 있었다. 경제위기의 전환점을 찾기 위해 대통령과 집권당 대표가 긴급 회합을 갖는 형식이지만, 결국 대통령의 항복 선언과 마찬가지였다. 그 항복의 형식이 어떻게 될 것인가, 그것만이 유일하게 남은 문제였다.

당 대표의 방으로 들어가는 대통령의 발길은 무거웠다. 이 방에 이런 식으로 오게 될 줄은 정말로 몰랐었다.

"이런 위기에 당에서 수습책을 만들어주시니, 어떻게 감사의 말씀을 드려야할지……."

대통령이 먼저 말문을 꺼냈다.

'감사라니.'

대통령 옆에 배석한 오지환은 피가 거꾸로 솟는 듯했다. 당과 대통령 사이에 갈등이 있은 지는 오래됐다. 당은 속도 조절과 같은 이야기를 하면서 시민의 정부에서 경제 민주화 속도를 높이는 것에 불만이 많았다. 인기는 물거품 같은 것이다. 원래에도 경제 성장률 등 경제 지표가 좋지 않았는데, 그걸 급속도로 올리거나 만회시킬 방법은 거의 없었다. 사람들의 체감경기는 최악이었다. 실업을 줄이고 복지를 늘리는 방향의 정책들이 계속해서 만들어지고 있었지만, 국회 통과는 쉽지 않았다. 쉽지 않다기보다, 아예 불가능했다. 대선에서의 패배에도 불구하고 여덟 달 전에 선출된 국회의원들은 그대로 야당 의원이 되었다. 이 상태에서 대통령이 정치력을 발휘한다는 것은 애당초 불가능한 일이었다.

여기에 누적되기 시작한 재정 적자로 경제 운용도 공격적인 방법을 쓰기가 쉽지 않았다. 많은 정책이 청와대와 국회 사이를 표류하는 동안, 당에서는 속도 조절의 목소리가 점점 높아졌다. 그러나 진짜 문제는 여당 쪽에 있었다. 이런저런 핑계를 대면서 법안들을 붙잡고 있는 것은 여당도 마찬가지였다. 국정감사를 통해 외환은행 문제 등 지난 정권에서 자행된 경제 범죄 등에 대한 청산이 추진되었다. 그러나 여기에 연류된 것은 관료와 기업만이 아니라 여당 쪽 사람들도 마찬가지였다. 청와대의 칼날이 점점 더 예리하게 사건의 핵심으로 들어갈수록, 경제위기를 논하는 말들은 점점 더 증폭되었다. 그사이에 공기업 해외 발행 회사채에 대한 루머가 돌기 시작하면서 대통령의 입지가 급속도로 좁아졌다. 더 기다리고 있다가는 정말로 한국 경제가 디폴트에 빠지고 회복할 수 없는 상황에서 힘에 밀려 하야하느냐, 아니면 적당한 핑계를 대고 경제 정책 권한을 내려놓느냐 하는 선택만 남게 될지도 모를 일이었다. 대통령이 이 시점에서 내릴 수 있는 선택은 일단 후퇴였다. 누구라도 그런 선택을 할 수밖에 없는 상황이었다.

"네. 그렇게 이해해주시니 송구할 따름입니다. 우리가 마련한 건, 총리 교체 방안입니다. 아무래도 시장이 신뢰할 수 있는 사람을 얼굴로 내세워 민심을 수습하는 게 좋겠다는 생각입니다."

"아니, 시장이 신뢰하는 사람이라니요! 이게 말이 됩니까?"

오지환은 순간 분을 참지 못하고 버럭 소리를 질렀다.

"오 특보, 나서지 말게."

대통령이 의자를 박차고 일어서려는 오지환을 제지했다. 당에서 대통령에게 제시한 수습 안은, 사실 롱골드에서 만들어진 짧은 문서를 복사한 것에 불과했다. 언제부터인가 정부의 경제 방안을 직접 만드는 것은 공무원이 아니라 로펌들의 몫이 되었다. 금융이 복잡해지고 파생상품들이 도입되면서, 진짜 돈을 다루는 일들이 경제학자들의 손을 떠나게 되었다. 'IB'라고 부르는 투자은행은 일반적인 은행과는 달리 기업들을 대상으로 돈을 만들어주는 역할을 한다. 개별 고객들이 필요 없게 된 투자은행의 시대가 열리면서 상품을 디자인하는 수학자들과 법학자들이 전면에 나서고, 경제학자들은 자문 역할로 물러서게 되었다. 돈이 돈을 부르는 시대의 클라이맥스로 가는 것이다.

대통령은 지금 사면초가이다. 이제 누구와 싸우는지는 조금 윤곽이 잡혔는데, 어떤 돈과 싸우는지는 여전히 오리무중이었다. 대통령의 특사들이 최선을 다해 찾아간 곳들의 문은 모두 닫혀 있었고, 전 세계 어디에서도 한국 대통령을 위해 급전을 빌려줄 곳은 없었다. 이제 IMF와 같이 정부가 급하면 돈을 가져다 쓰라고 만들어놓은 공식적인 기관에 손을 벌릴 수밖에 없었다. 하지만 그것 자체가 파산을 공식화하는 선언이었다. 세상에 공짜 돈은 없다. 모든 돈에는 대가가 따르기 마련이고, 한국에서 국가부도의 정치적 대가는 혹독했다. 모두가 고생을 하는 것 같지만 대통령이 치러야 할 대가가 가장 컸다. 그리고 그 와중에도 돈을 버는 사람들이 있게 마련이다. IMF 경제위기로 돈을 번 사람들을 통칭해서 강남이라고 부른다. 그들이 그 위기 한가운데에서 "이대로!"라고 외치며 건배했다는 사실은 유명하다. 왜곡이나 과장 없이, 정말로 그랬다. 새로운 정권이 경제적으로 숨통을 조여오자 은근히 IMF 같은 경제위기가 한 번 더 와서, 정치적 문제도 풀고 새로운 비즈니스의 기회를 가질 수 있으면 좋겠다고 말하는 기업인이 많았다.

"그럼 대표께서는 혹시 염두에 두고 계신 총리가 있으십니까?"

"여러 곳에서 추천을 받았는데, 장인표 의원이 맨 앞 리스트에 있었습니다. 특히 경제계 쪽에서 신망이 높더군요."

당 대표는 이 자리가 불편했다. 대통령을 꿈꾸는 정치인으로서 언제고 자신도 같은 처지가 될지 모르는 일이었다. 그렇지만 소위 경제인으로 불리는 사람들에게 불편하거나 무기력한 존재로 비추어지고 싶지는 않았다. 그리고 무엇보다, 경제를 잘 관리할 자신도 없었다.

"아니, 장 의원은 지금 국정조사 대상이 아닙니까?"

실제로 외환은행 매각 사건의 국정조사에 대한 여야 합의가 만들어지는 데에는 1년 가까운 시간이 걸렸다. 경제 화합 차원에서 덮고 가자는 의견이 강했지만, 경제수석 등 청와대에서 이 문제만은 꼭 해결하고 싶어 했다. 필요하면 그 배후 세력과 과거 정권의 조력자들까지 모조리 조사할 수도 있다는 카드를 들이대면서 결국 합의를 끌어냈다.

"아, 그렇긴 하지만 그건 저희가 정리할 겁니다. 그 정도는 해야 국민들이 아, 경제위기가 이제 수습이 되겠구나, 그렇게 생각하겠죠. 그리고 경제계에서도, 아, 대통령이 이제야 국민들이 모두 편안할 수 있는 화합 쪽을 선택하셨구나, 그렇게 알게 되는 거구요."

좋은 게 좋다는 말이기도 하고, 네가 이제 이빨 빠진 호랑이인데 누굴 잡아넣겠느냐 그냥 손 떼고 쉬어라, 라는 의미이기도 했다. 대통령의 금융개혁안 핵심은 메가뱅크를 추진하던 쪽의 책임을 물어 외환은행을 다시 원상 복귀시키고, 장기적으로 정부 은행으로 재편하는 것이었다. 그 과정을 통해 금융 공공성을 바로 세우겠다는 게 새로운 정부의 정책 기조 중 하나였다.

"좋습니다, 그렇게 하지요. 뭐, 어차피 별다른 선택도 없는 것 같으니. 자, 그럼 더 할 얘기 없으면 저는 그만 일어나볼까요?"

"사소한 실무적 얘기가 조금 남아 있기는 합니다."

현장정치로 잔뼈가 굵은 당 대표는 느릿느릿 말을 이어나갔다.

"아직 더 남은 얘기가 있나요?"

"어차피 신임 총리가 추진할 일이기는 하지만, 국내 경제 사정으로 대북 경제 지원 추진은 당분간 어려워집니다. 뭐, 이해하시겠습니다만. 각하께서 진짜로 북한과의 협력을 최우선으로 하시는 건 어차피 아니지 않습니까."

'내가 하거나 말거나.'

대통령은 목구멍까지 올라온 말을 겨우 밀어 넣었다. 지금 이야기한다고 해서 상황이 바뀌는 것은 아니었다.

"알았습니다, 대표님. 하긴 지금 내 앞가림도 어려운 처지인데, 누굴 돕겠습니까. 자, 그럼 오 특보. 우리 일어나지."

이제 경제라는 측면에서는 사실상 식물대통령이 되겠다는 것을 받아들인 그로서는, 이 끈적끈적한 공기로 가득 찬 곳에 더 이상 머물고 싶지 않았다.

"사진은 한 장 찍으셔야지요. 좋은 그림으로 부드럽게 나가야 시장이 이제 여당 주도로 위기를 극복해 나가는구나, 그렇게 안심을 하죠."

당 대표가 문을 열자 기자들이 쏟아져 들어왔다.

대통령의 권한을 축소하는 경제쿠데타는 이렇게 20분 만에 마무리되었다. 대통령이 가지고 있는 경제에 관한 권한이 신임 총리에게 넘어가는 데는 그 정도면 충분한 시간이었다. 어차피 밑그림은 로펌에서 마련한 것이고, 누가 악역을 맡을 것이냐는 문제만 남은 상황이라서 형식이나 내용은 전혀 중요하지 않았다.

기자들의 질문이 있었지만, 대통령은 당 대표와의 형식적인 악수를 끝내고 짧게 기자들과 인사를 나누며 방을 나섰다. 비극적인 하야는 피했지만, 사실상 경제적인 면에서는 식물대통령이 된 것과 마찬가지였다. 정권은 교체되었지만, 경제 권력은 다시 과거로 회귀하게 되었다. 사실 이런 일이 처음은 아니었다.

1998년 5월의 어느 날, 청와대 경제수석과 기획수석이 자리를 맞바꾼 일이 있었다. 그게 1차 경제쿠데타였다. 그때는 IMF 자금 철수가 무기였다. 2004년 1월, 노무현 시절에도 유사한 일이 있었는데, 그때는 외평채 가산금리가 무기였다. 2015년 2월, 새로운 정부가 출범한 지 2년이 채 안 된 어느 날, 개혁 대통령의 권한을 대폭 축소하는 3차 경제쿠데타가 감행되었다. 개혁이 움직일 수 있었던 시기가 1년 이상 지속된 적은 없었다. 그리고 이 세 번의 경제쿠데타를 기획한 사람이 바로 이현도였다. 세상 사람들은 그를 모피아의 수장이라고 부르지만, 정작 어떤 일이 벌어졌는지 정확히 알고 있는 사람은 거의 없었다.

그날 밤, 대통령의 안가에서는 대통령과 이현도가 차 한 잔을 사이에 두고 마주 앉았다. 오지환은 안가에는 처음이었다. 안가는 몇 군데에 있고, 가끔씩 옮기기도 한다. 고급 주택 정도의 느낌이라서 경비가 있다는 걸 제외하면 이곳이 안가라는 것을 눈치채고 있는 일반인은 거의 없었다.

대통령은 직접 차를 우렸다. 식히는 과정 중 한 번을 생략해서 찻물이 뜨거웠다. 이현도는 미간을 찌푸렸지만 크게 표정을 바꾸지는 않았다.

"차가 좀 뜨겁군요."

대통령은 돌려가면서 말하는 성격이 아니었다.

"제 마음만큼 뜨겁겠습니까?"

"하하, 딴은 그렇겠군요."

"자, 이제 제가 뭘 해드리면 되겠습니까?"

"특별한 일은 없습니다. 그냥 지금처럼 편안하게 계시면 됩니다. 앞의 두 분 대통령도 제가 편안하게 잘 모셨고, 정치적 위기에서 구해드렸습니다. 이제 모시기로 했으니, 저도 최선을 다할 생각입니다."

모든 상황이 종료된 이현도의 마음은 편안하겠지만, 이제 일이 시작된 대통령의 마음은 편치 않았다. 대통령의 머릿속에 지나온 날들이 주마등처럼 스쳐갔다. 지난 정권에서의 기이한 사건들 그리고 그것을 해결하기 위해 출마를 결심하던 순간, 지루했던 출마와 경선 과정은 대통령에게 절대 잊을 수 없는 순간이었다. 그리고 결국 대통령에 당선되던 순간, 수많은 국민이 이제 모든 문제가 해결될 수 있다고 생각했다. 그런데 이게 뭐란 말인가. 결국 수십 년간 한국 경제를 뒤에서 주무르던 한 줌의 관료들이 아예 공식적이고 공개적으로 경제 권력을 가져가버린 것 아닌가. 게다가 자신은 무기력하게 22조 원 정도의 채권 매수 자금을 만들어내지 못해 비굴하게 뒤로 물러선 것 아닌가.

"앞의 분들을 모셨다는 게, 그때도 지금처럼 뒤에서 외국 자금을 움직였다는 말인가요?"

대통령은 물론이고 대통령 측근들도 대부분 청와대 내부에서 벌어진 예전 일들은 알지 못했다. 정권을 만든 사람들과 정권을 움직인 사람들이 다르고, 실제 일을 했던 사람들은 대부분 뿔뿔이 흩어지거나 입을 다물었다. 누구도 그 안에서 벌어진 일들에 대해 정확히 알고 있지는 못했다.

"제가 한 말씀만 드리겠습니다. IMF 경제위기 때 재계의 반발을 막아내고 구조조정이 가능할 수 있게 도와드린 게 바로 저였습니다. 제가 아니었으면 그분은 중간에 하야하셨을 수도 있지요. 과정이야 어떻든, 우리는 정말로 우정을 나누었습니다."

김 대통령 이야기를 하면서 조금씩 어깨가 흔들리던 이현도의 눈에서 살짝 눈물이 흘렀다. 대통령은 머리가 혼란스러웠다.

'우정이라니! 이 영감쟁이가 지금 나랑 친구로 지내겠다는 건가? 그러나 저 눈물의 의미는 도대체 뭘까?'

대통령은 선한 얼굴로, 그리고 거침없이 궤변을 늘어놓으면서도 전혀 이상하다는 생각을 하지 못하는 이현도를 보면서 어이가 없었다. 조선은 우암 송시열의 나라라는 말이 있었던 것처럼, 한국은 이현도의 나라라는 생각이 들었다. 조선 시대에는 우암을 뒷받침해주는 사림이 있었고, 지금은 이현도를 뒷받침해주는 모피아가 있다.

"세상 일 모든 게 공식적인 기록만으로는 설명이 안 됩니다. 이 나라에 경제위기가 벌써 와도 수십 번은 왔을 겁니다. 막후에서의 조정과 조율 과정이 없었다면요. 새누리당 사람들이 자신들이 산업화 세력이라고 그러잖아요? 웃기는 얘기지요. 그 사람들은 뒷돈 받고 권세 누리는 것 외에는 한 일이 없습니다. 군인들이 경제를 살렸다? 그놈들이 황당한 짓 하지 못하게 뒤에서 경제계획을 세우고 돈이 돌아가게 만든 데에는 배경이 다 있는 겁니다.”

너무 뻔뻔하게 자신들의 실체를 드러내면서 자랑스러워하는 이현도의 배짱 앞에 대통령은 할말을 잃었다. 그러나 지금은 논쟁을 할 때가 아니었다. 이미 적들은 모습을 드러냈고, 지금은 자신들이 성취한 승리를 상대에게 강렬히 각인시키는 자리가 아닌가.

“참. 근데, 저 친구는 왜 저에게 추천한 겁니까? 뭐, 덕분에 도움이 되기는 했지만.”

대통령은 지금껏 자신의 머릿속에서 풀리지 않던 의문 하나를 결국 물었다.

“제가 서른 살 때, 남태령 장관이 저를 똑같은 방식으로 청와대로 불러오셨습니다. 그땐 아무것도 몰랐지만 그 일을 계기로 세상에 눈을 떴습니다. 다음 세대에게 같은 기회를 주고 싶었습니다.”

“아, 그런 일들이 있었군요. 그래 결국 그 친구를 다음 후계자로 삼고 싶으시다? 그래서 너에게 맡겨놓은 거니, 알아서 잘 좀 키워주시라?”

“뭐, 받아들이시기 나름입니다. 남 장관이 저에게 이래라저래라 한 적이 없었던 것처럼, 저도 그럴 생각입니다. 잘 두고 가르치시면 언젠가 우리가 없는 시대가 왔을 때 저런 친구들이 나서서 세상을 이끌어갈 겁니다. 저나 대통령을 위해서가 아니라, 우리가 없는 먼 미래를 위해서죠.”

이현도는 천천히 일어나 응접실의 문을 열고 밖으로 나왔다. 대통령은 안가를 나서려는 이현도에게 차분한 목소리로 말했다.

“헌법상, 최종 결정권은 아직 저에게 있습니다. 제가 가만히 있을 거라고 어떻게 그렇게 자신하시오?”

그러자 이현도가 잔잔한 미소를 지으며 단호한 목소리로 말했다.

“공기업 외환표시 채권들, 아직 제가 쥐고 있습니다. 각하 임기 끝날 때까지 쥐고 있을랍니다.”

12

롱골드의 전사들

"자네들, 진짜 고생 많았네. 멋져, 아주 멋지게 됐어."

한준건은 오랜만에 환하게 웃었다.

"그동안 제대로 쉬지도 못했을 텐데, 총리 청문회 끝날 때까지는 우리도 좀 쉽시다. 인생 뭐 있어, 쉬는 게 남는 거지. 이렇게 다 모이기도 어려운데 몇 가지만 체크해봅시다. 계좌들은 문제없겠죠, 허 박사?"

"네, 문제없이 관리되고 있습니다. 워낙 큰돈이 한 번에 움직인 거라서 아마 크고 작은 리키지가 조금씩 생기기는 하겠지만, 큰 문제는 없어 보입니다. 대기업들도 일단은 한숨 돌리게 되었다고 안도하고 있구요. 적당한 수익률 지급이 문제인데, 그건 제가 조금씩 펀드자금 돌려 요령껏 채워나갈 수 있습니다."

경제녀 허세연이 자신만만한 목소리로 대답했다. 그녀는 대기업 사장의 딸이었지만, 아버지가 감옥에 가는 걸 보면서 인생의 방향이 크게 바뀌었다. 그 후로는 공식적인 것 혹은, 사람들이 겉으로 하는 약속 같은 것은 아예 믿지 않는 버릇이 생겼다. 허세연은 지하자금이 움직이는 루트를 포함해서, 정말로 돈에 밝았다. 오지환이 한국은행을 중심으로 공개적으로 움직이는 돈의 세계에 속한 사람이라면 허세연은 어둠 속에서 움직이는, 그야말로 검은 돈의 세계에 속한 사람이었다.

"자, 후속 인사 조치와 정책 프로그램은 차질 없겠죠?"

"신임 총리가 상당 부분 알아서 할 테니 우리는 큰 골조만 잡으면 됩니다. 외환은행 문제는 자연스럽게 덮고 가구요. 이번에 문제가 된 산업은행은 채권이 20조 원 가까이 있어서, 국회 동의가 쉽지 않을 것 같습니다. 골드만삭스가 관심을 보이기는 하는데, 정부가 지급보증을 해주는 게 큰 문제입니다."

"아, 그거야 공식 입장인 거고. 어차피 민영화하기로 한 건데, 결국은 그들이 가져갈 거 아냐. 그들이 진짜 원하는 게 뭔데? 따로 뭐가 있는 거 아냐?"

"파생상품 관리권을 산업은행하고 묶어서 받기를 원합니다. 그건 좀 너무 간 거다 싶어 일단은 시간을 끌면서 그냥 몇 년 뭉개고 가면 어떨까……."

법률녀라 불리는 남진경은 말꼬리를 내리면서 끝을 애매하게 흐렸다. 그녀는 한국 경제계의 대두 중 하나인 남태령의 딸로, 야심이 많은 여자였다. 그러나 한국은 그녀가 여자라는 이유로 원하는 스케일의 일을 할 수 있도록 충분한 기회를 주지 않았다. 만약 그녀가 한국이 아니라 다른 나라에서 태어났으면, 지금처럼 지하에서 작전을 꾸미며 그림자 정부처럼 움직이기보다는 훨씬 더 공적이고 당당한 자리에 앉아 있었을 것이다.

"뭉갠다……. 뭐, 그것도 방법 중 하나겠지. 너무 권한을 넘겨주면 국내 은행도 반발할 거고, 산업계도 마찬가지겠지. 요즘은 한물갔어도 다들 파생상품을 다루고 싶어 하니까."

이들이 말하는 파생상품은 정확히는 부동산 파생상품으로, 2008년 미국에서 시작된 글로벌 금융위기를 폭발시킨 바로 그 서브프라임 사태와 관련 있는 모기지론을 의미한다. 집을 샀다는 사실만을 가지고 20~30년 동안 대출금을 갚아야 하는 상태에서 그 부채를 거래하게 되는데, 이런 상품들을 서로 섞어버리면 원래의 디자이너 외에는 그 상품의 특징이나 위험을 잘 모르게 된다. 부동산 경기가 좋을 때에는 상관이 없지만, 경기가 나빠지기 시작하면 이렇게 키워진 거품이 그야말로 폭탄처럼 작용한다. 미국에서 더 이상 파생상품의 거래가 힘들어지자, 아직 전격적으로 파생상품을 도입하지 않은 한국 부동산 시장에 외국 은행들이 앞다퉈 진출하고 싶어 하는 상태이다.

"그럼 김변, 당신 쪽은 어때? 제일 중요한 일을 하시는데, 지금."

한준건은 마지막으로 김수진에게 시선을 돌렸다. 코드명은 무기녀. 법률이 전공이기는 하지만 실제로 그녀가 법률과 관련된 검토를 주로 하는 것은 아니고, 미국을 중심으로 무기를 통해 돈이 움직이는 세계에 속한 사람이다. 형식적으로는 한준건 팀의 팀원으로 있지만, 그녀를 끌어들인 것은 이현도였다. 어쩌면 이현도보다 김수진이 더 거물일지도 모르지만, 어쨌든 지금은 한준건 팀에 합류해 있다.

"내가 관심 있는 건 중국이에요. 이번에는 중국 쪽에서 가만히 있었지만, 계속 그럴 거라는 보장은 없죠. 미국이 관심 있는 것도 중국밖에는 없어요. 한국은 그냥 중국으로 넘어가는 다리 아니면 중국을 견제하기 위한 전진기지 같은 거예요. 청와대는 이 흐름을 너무 쉽게 봤지요. 어쨌든 내가 맡고 있는 데서는 문제 생기지 않도록 하겠어요."

"어쨌든 이번에 정리하면서 남북 간의 경제 협력에 제동을 건 거 아니오? 그렇게 하면서 속도 조절을 좀 하게 된 거고. 펜타곤 쪽에서는 그 정도로 충분히 만족할 수 있는 거 아닌가."

"일단은 그렇습니다만. 어쨌든 미국의 무기자금이 결국 중국의 결정을 견제한 거니까, 중국 쪽 불만이 없진 않겠죠. 장기적으로는 중국을 만족시킬 만한 카드가 더 필요해요. 뭐, 롱골드나 의장은 관심도 없고, 할 능력도 없겠죠. 결국은 내 일이에요. 하여간 내가 알아서 하죠, 문제 안 나도록."

"일단은 별 일 없다, 이거죠? 중국에 줄 카드, 오늘내일 해야 할 일은 아닐 테고. 아무튼 수고했어요, 김변. 그리고 정말 고마워요. 김변 아니었으면, 이만큼 스케일을 크게 가져가진 못했을 거예요. 자자, 오늘은 이 정도로 정리합시다. 다 고생하셨어요. 그럼 우리도 잠시 쉬어볼까요?"

청와대가 한눈에 보일 듯한 경복궁 앞 한 건물에서 동북아를 뒤흔들 거대한 흐름이 결정되었다. 하지만 이를 눈치챈 사람은 없을 것이다. 종종 많은 일이 일반인들이 모르는 상황에서 결정된다. 언론? 기자가 모르는 일을 언론이 알 수 있겠는가? 언론이 아는 것은 자신들이 직접 보고 들은 일일 뿐이다. 아니면 누군가 언론을 이용하기 위해 일부러 흘렸거나 혹은 도움을 요청했거나이다. 학자? 한 가지 일에 평생을 바친 사람들은 한 가지를 알 수 있지만, 한 가지만을 가지고 이해할 수 있는 일은 그닥 많지 않다.

대통령 선거가 끝난 2012년 12월 19일 이후 두 명의 사내가 최강의 경제팀을 만들기 위해 움직이기 시작했다. 대통령과 이현도. 그러나 이현도 쪽이 더 능수능란했고, 거침이 없었다. 이 경쟁에서 대통령이 졌고, 최고의 경제팀은 롱골드에 꾸려졌다. 이런 종류의 일에는 많은 사람이 함께할 수가 없다. 무슨 일을 하는지 일반인은 물론이고 다른 경제인들도 몰라야 하는 것은 대통령이나 이현도가 똑같이 가지고 있는 제약이었다. 사람이 많이 움직일수록 소문이 생기고 그렇게 말이 흘러넘쳐서 좋을 것이 없기 때문이다. 작지만 확실한 기획력과 네트워크를 갖춘 사람들로 팀을 꾸려야 한다는 기본 조건으로 볼 때, 원칙에 더 가깝게 움직인 것은 이현도였다. 그 점이 승패를 갈랐다.

민주당이 정권을 잡을 때마다 같은 일이 벌어졌다. 명분이 늘 효율적이라고 보기는 어렵기 때문에 여러 계파의 지분을 맞추고,

적당한 균형을 찾아서 결국 적당히 짜맞춘 경제팀을 만들다보니, 언제나 이현도에게 당할 수밖에 없었다. 그게 오늘 현실적으로 이현도가 경제대통령의 자리에 다시 오르게 된 이유가 아닐까?

그렇다면 보수 쪽이 집권했을 때는? 민주당도 견제하지 못하는 경제 관료들을 그들이 견제할 수 있을 리가 없지 않은가? 그냥, 모피아들의 세상이었다. 그러니까 모피아가 형성된 이후 한국 경제의 역사는, 모피아들이 좀 불편할 때와 행복할 때, 이렇게 두 가지 시기로만 나뉜다. 마치 일본 자민당의 일당 체제가 계속될 때 그 안에서 나름 우파 블록과 좌파 블록으로 분화해 서로 총리 자리를 번갈아했던 것과 같다. 성향이 다른 집단들이 돌아가면서 통치하는 것 같지만, 결국은 자민당 일당 체제였다. 한국 경제에도 경제기획원과 재무부가 서로 갈등하면서 조정하는 것 같았지만, 결국은 경제 관료 내에서의 성향 문제이지, 정말로 통치의 주체가 바뀐 적은 없었다.

"그럼 우리 잠시 몸도 피해 있고 휴식도 할 겸, 카리브 해나 다시 한 번 갈까?"

"거긴 너무 멀어요. 다시 금방 움직여야 할지도 모르니 그냥 일본이나 가요."

허세연이 고개를 흔들며 말했다. 물론 거리 문제와 시간 문제도 있지만, 그건 핑계였다. 카리브 해에서는 김수진의 영향력이 너무 컸다. 얼마 전부터 묘한 주도권 다툼이 생겨서, 허세연이 김수진을 조금씩 견제하기 시작했다. 김수진은 너무 뻔히 보이는 말을 하는 허세연이 오히려 귀엽다고 생각했다. 일본에는 허세연의 아버지가 머물고 있었다.

"그래 허 박사. 일본 좋네, 일본으로 가지. 마침 나도 히로시마에 볼일이 좀 있어."

김수진이 허세연의 의견을 지지하자 더 이상의 논쟁은 불필요해졌다.

"그것도 괜찮겠네. 그럼 길게 얘기할 것 없이 바로 이동합니다."

한준건 팀은 20분 만에 점검회의를 마치고, 엘리베이터를 타고 옥상으로 올라갔다. 옥상에는 6인승 헬리콥터가 그들을 기다리고 있었다. 일행을 태운 헬리콥터는 곧장 이륙을 했고, 청와대와 광화문이 옆으로 내려다보이는 상공으로 올라간 후 곧장 인천으로 향했다. 민간인들에게 이 지역은 비행 금지 구역이지만, 이들에게 그런 건 아무런 의미가 없었다.

"저기서 저렇게 아침부터 밤까지 쭈그리고 앉아 무슨 정책을 짠다고, 쯧쯧."

한준건이 헬리콥터에서 청와대를 내려다보며 한마디 했다.

"그게 공무원 세계예요. 아무 정보도 없는데, 자기들이 모든 정보를 다 가지고 있다고 생각하며 즐거워하는……."

법률녀 남진경이 말을 이었다.

"저 안에 있을 땐 쳇바퀴 돌듯 잡무나 처리하면서 사는 게 그렇게 싫었는데, 지금 보니 힘은 결국 저 안에서 나오더군요. 한국,

앞으로도 그럴 것 같아요. 언젠가는 저도 다시 저 안으로 들어가게 되겠죠. 지금 생각해보면 저기도 묘한 매력이 있어요. 한번 몸을 담그면 나올 수가 없어요. 몸만 나오지, 영혼은 언제나 저곳에 있죠."

한준건이 남진경의 얼굴을 뚫어지게 쳐다봤다. 한참 그녀의 얼굴을 보다가 넉살스러운 목소리로 말했다.

"남변, 아예 이번에 청와대 경제수석 한번 해보는 게 어때. 그렇게 멀리 돌아갈 것 없이 지금 바로 해도 되잖아. 나도 복잡하게 이것저것 그림 그릴 필요 없이, 그냥 남변에게 다 맡겨놓고 낚시나 다니고."

"그게 가능하면 아빠에게 부탁해서라도 벌써 했죠. 내가 왜 경제학과 안 가고 법대 간 줄 아세요? 경제계에서 여자는 안 된다, 이거 한참 안 바뀔 거예요. 변호사 쪽이 훨씬 빠르다고 봤죠."

대답을 하는 남진경의 목소리에 약간의 슬픔이 묻어나왔다.

"왜 그런 약한 소리 하고 그래, 남변답지 않게. 저기 김 여사 봐, 저 나이에 남자들 위에 군림하잖아. 난 남변이 힐러리처럼 강한 카리스마로 결국은 사람들을 다 자기 밑으로 들어오게 할 날이 올 거라고 봐."

웃으면서 하는 말이지만, 한준건의 말에는 진심이 묻어 있었다. 그런 진심이 지금까지 사람들을 데리고 일할 수 있는 리더십의 근본이기도 했다.

"거긴 미국이잖아요. 다른 남자들이 한 팀장님만 같았다면, 한국도 벌써 선진국 됐겠죠. 다른 건 다 바뀌어도 경제는, 하여간 암 것도 없으면서 스스로 엘리트라고 떠들어대는 남자들의 왕국이에요. 완전, 동물의 왕국."

"나야, 다르지. 내가 왜 공돌이라고 불리겠어. 공장에서 여공들과 정말 오래 일을 해봤잖아. 한국에서는 남자로만 구성된 조직은 절대 여자로만 구성된 조직을 못 이겨. 남자만 모아 놓으면 정말로 다양성이 뚝 떨어지거든. 그거 쥐약이야, 쥐약."

"그래도 아직 팀장님은 남자잖아요."

"그래? 남변이 하면 되잖아. 간단한 거 아냐. 지금 일도, 사실 거의 다 남변 머리에서 나오는 거 아냐. 나야 그냥 구색 맞춤으로 있는 거고. 내가 오십견만 없었어도, 남변 도와서 정말로 힐러리 같은 사람 만들어볼 텐데……."

"저에게는…… 일을 안 주잖아요. 다 아시면서 왜 그러시나."

창문을 내려다보던 남진경이 씁쓸한 표정으로 말을 내뱉었다.

"남변. 여자라서가 아니라, 넌 솔직히 너무 거칠어. 니 일처리에는 사람에 대한 배려가 없어. 난 그렇게 봐."

뒷자리에 앉아 묵묵히 대화를 듣고 있던 김수진이 한마디 던졌다.

순간 남진경의 표정이 잠깐 굳어졌지만, 그런 말에 일일이 대꾸하거나 신경을 곤두세울 필요가 없다는 것 정도는 알고 있었다. 무엇보다도 현실적인 힘에서 아직 남진경은 김수진의 상대가 되지 않았다.

"아, 거 아줌마들, 엄청 시끄럽네. 언니들, 남들이 보면 엄청 재수 없을 정도로 잘난 척 중인 거 아세요? 놀러가는 중인데, 하여간 분위기 죽이는 데는 전문가들이셔."

김수진 옆 자리에서 조용히 눈을 감고 있던 허세연이 툭 하고 말을 던졌다. 가볍고 발랄한 말투지만, 허세연은 언제나 정곡을 찌르고 다른 사람들이 그녀의 말을 경청하게 하는 재주가 있었다. 팀 단위로 움직이는 조직이 대개 그러하듯이, 팀원들 사이는 노선도 다르고 생각도 다르다. 다만 군대나 남자만으로 이루어진 조직과는 달리, 한준건 팀은 좀 더 자유롭고 좀 더 도발적으로 서로의 의견들을 조율해나갔다.

헬리콥터는 15분 만에 인천항에 도착해 머니세이버라는 이름의 배에 직접 착륙했다. 그들이 있던 건물에서 걸어서 광화문 교보빌딩까지 가는 시간 정도가 지났을 즈음에 이미 정박해 있던 배에 내린 것이다. 30명의 승무원이 타는 디젤엔진의 배 내부는 호사스럽게 꾸며져 있었다. 무엇보다 이 배에는 전 세계 금융 거래망은 물론 주요 은행과의 비밀 통신망이 갖추어져 있고, 도청을 막는 각종 설비들로 보호된 클린룸을 여러 개 보유하고 있었다. 그러나 이 배의 진짜 힘은, 언제든지 트레이드룸으로 사용할 수 있는 상황실에 있었다.

롱골드의 전사들이 머니세이버 호에 내려서자, 선장이 다가와 경례를 붙였다. 한준건은 짧게 목례를 하며 말했다.

"잠시 신세 좀 지겠습니다. 항로는 지난번에 갔던 일본 연안 코스로 잡아주세요."

"네. 불편하신 거 없도록 잘 모시겠습니다."

한준건과 팀원들은 배의 맨 위층에 있는 센터룸으로 들어갔다. 모니터들이 방 한쪽 벽을 채우고 있었고, 작은 회의실과 오피스 공간으로 꾸며져 있었다. 머니세이버 호는 중요한 금융 거래나 대형 인수합병 작전이 진행될 때 실제 회의실로 사용되는 배이다. 무엇보다 감청 등으로부터 비밀을 보호하기에 바다가 더 유리했고, 작전에 참여한 요원들을 통해 외부로 비밀이 새어나가는 것에 대한 격리 효과도 가지고 있었다. 그리고 때때로 VIP의 접대를 위해서도 사용됐다.

"의장님, 저희는 잠시 머니세이버에 있겠습니다. 일단 숨도 좀 돌리고, 후속 조치들도 점검해보겠습니다."

어느덧 서해 전체에 저녁노을이 붉게 물들기 시작했다. 롱골드의 전사들은 선상에서 물끄러미 노을을 바라보고 있었다. 바다에서 보는 서해의 노을은 다른 나라의 노을과는 달리 목포에서 맛보는 삭힌 홍어의 내음만큼 진득한 맛이 있었다. 그 노을 사이로 한준건은 낚싯대를 드리우고 있었다.

"뭐 좀 잡히나요, 팀장님?"

낚시를 하는 한준건을 물끄러미 바라보던 남진경이 낚시 통을 힐끗 보면서 비꼬는 투로 말했다.

"이 겨울에 인천 앞바다에서 뭐가 잡히겠나, 내 실력에. 그냥 물어주기를 기다리는 게 좋아서 이러고 있는 거지. 예전에 인천에서

일하던 시절에는 낚시 종종 했었는데, 지금은 진짜 늙은 퇴물이
야."

한준건은 정말 마음을 비운 도인처럼 겨울 바다를 비추는 노을
을 가만히 바라보고 있었다. 순간 낚싯대가 크게 흔들리더니 한준
건이 바쁘게 줄을 감았다. 제법 굵은 감성돔 한 마리가 낚싯줄에
매달려 배 위로 올라왔다.

"밑밥도 없는데, 이게 뭔 일이야? 녀석, 너도 너무 급하다. 다들
이렇게 마음이 급해서 문제라니까."

한준건은 감성돔을 바늘에서 떼어내면서 낮은 목소리로 속삭였
다. 겨을 바람이 약간 쌀쌀한 것만 빼면 정말로 휴가철에 바다로
여행을 나온 것 같은 분위기였다.

13

다세대 주택의 대통령

"니가 바쁜 건 알겠는데, 쟤를 언제까지 저렇게 키울 셈이야? 이젠 맘 좀 잡아라. 그리고 집이 이게 뭐냐. 강북 다세대 주택이라니. 내가 창피해서 친구들한테 말도 못 한다. 전세라도 강남 아파트로 이사 와라. 힘들면 내가 좀 보태주마."

"알았으니까, 당분간은 그냥 좀 내버려두세요."

현관문을 닫으면서 오지환은 짜증부터 냈다. 아내가 죽은 후로 혼자 딸을 키우는 게 쉬운 일은 아니었다. 어쨌든 오지환은 매일 출근을 해야 했고, 딸을 돌봐줄 시간 자체가 없었다. 그렇다고 연애를 할 시간은 더더욱 없었다. 전 세대의 경제인들이 그랬던 것처럼 집을 버리고 직장에서만 살고 싶지는 않다. 그러나 지금은 도저히 집에서 더 많은 시간을 보내기가 물리적으로 어려웠다. 어머니와 도우미가 교대로 낮에는 딸을 봐주고 있지만, 이런 생활을 계속 유지하기가 어렵다는 사실은 오지환도 알고 있었다.

"니가 정 이럴 거면, 현주는 당분간 내가 맡아주마. 학원도 보내고, 공부도 좀 시켜야 할 거 아냐? 요즘 이렇게 방치하고 키우는 애들이 어디 있어? 니가 박사 맞아? 이렇게 그냥 막 던져놓고 키우는 집은 정말 이 집구석밖에 본 적이 없다. 아니면 아예 미국으로 유학이라도 보내든가?"

어머니는 작정하고 말을 시작한 듯 그동안 못 했던 이야기들을 쏟아놓았다.

"엄마. 아니, 학원이 무슨 도움이 된다고 그래요. 현주 키우는 건 제가 알아서 할 테니까 학원 얘기나 할 거면 집에도 그만 오세요."

오지환도 밀리지 않고 맞붙었다. 모자가 싸우게 되는 일은 많지만, 문제를 풀지 못하는 지금 같은 상황은 아들이 늘 밀리게 되어 있다. 그러나 오지환은 아직까지 학원 문제에 있어서만큼은 절대 밀리지 않았다. 현주만큼은 학원에 다니지 않으면서 자유로운 사고를 가진 어른이 되게 해주고 싶었다. 그러나 문제는 시간이었다. 그는 엄마가 없는 빈 공간을 채워줄 만큼 넉넉한 시간을 내지 못하는 형편이었다.

"어휴, 시끄러워요. 그렇게 맨날 싸우기만 할 거면, 둘 다 이제 집에 그만 오세요. 저녁은 내가 알아서 해 먹을 테니까요."

방에 있던 현주가 뛰어나오면서 투덜거렸다.

"니가 무슨 밥을 해 먹는다고 그러니."

어머니와 오지환은 현주를 보면서 웃음을 터뜨렸다.

"자자, 우리 따님. 밥은 간만에 아빠가 좀 차려드리죠. 잠시 기
다리세요."

"차리긴 뭘 차려. 해놓았으니, 그냥 먹기만 하면 된다."

어머니는 집을 나서면서 기어이 마음에 담아둔 이야기를 꺼냈다.

"정 이렇게 살 거면, 당분간 집에 들어와라. 한국은행으로 돌아
갈 때까지만이라도."

"알았어, 엄마."

어머니는 한숨을 푹 내쉬며 현관문을 닫고 밖으로 나갔다.

"딸, 니가 공부 열심히 안 해서 아빠 혼나는 거 봤지?"

"내가 무슨 공부를 안 한다고 그래, 할머니가 괜히 그러는 거지.
나 공부 잘해, 엄청 잘해."

저녁 식사가 끝나갈 무렵 초인종 소리가 울렸다.

"저, 상댑니다."

"상대 왔구나. 저녁은?"

"저녁은 됐구요, 소주나 한잔 마시지요."

상대의 손에 들려 있는 편의점 비닐봉지 안에는 소주가 잔뜩 들
어 있었다.

"야, 한국은행 대리가 소주가 뭐냐. 이젠 좋은 것 좀 마셔라."

"팀장님, 뉴욕에 있어 봐요. 소주가 얼마나 먹고 싶은지. 다, 아
시면서 그러셔."

"그래, 그렇긴 하다. 하여간, 집에까지 불러서 미안해. 도통 시
간을 내기가 어려워서."

"또 술이야?"

현주가 방으로 들어가면서 가볍게 쏘아붙였다.

"뭐, 대충 들어서 알고는 있겠지만, 뭐가 어떻게 된 건지……. 한국은행에서는 좀 감을 잡고 있나?"

"본사에서는 별 특별한 일 없구요. 총재랑 위원들이 좀 불안해하는 정도입니다, 생각하신 대루요. 뭐, 팀장님이 배신자라는 얘기도 있지만, 전 그렇게 생각하지는 않습니다. 직원들은 대부분 팀장님을 믿고 있는 분위기이지만, 위원들 생각은……. 뭐, 정치하시는 분들이니까, 머릿속이 복잡하겠지요."

그때였다. 바닥에 놓여 있던 오지환의 핸드폰이 요란한 소리를 내며 울렸다.

"네? 대통령께서요?"

대통령이 탄 차는 북악산의 고갯길을 넘어서고 있었다. 의전도 없고, 일반 차량에 타서 아무도 대통령이 외출 중이라는 사실을 알 수 없었다. 대통령 차 앞뒤로 눈에 띄지 않게 경호 차량만 따라올 뿐이었다. 새로 취임한 대통령이 워낙 여기저기 불쑥 암행하는 것을 좋아해 경호실에서도 의전 프로토콜을 변경했다. 상당한 반대가 있었지만, 그렇다고 대통령의 의지를 꺾기는 어려웠다.

"이 친구, 먼 데 사는 건 아니구먼. 한국은행 팀장이 사는 데 치고는 좀 허름한걸. 요즘 한국은행에서 이렇게밖에 월급을 안 주나?"

"워낙 독특한 친구라, 다른 건 몰라도 청렴 하나만은 믿을 만합니다. 아내랑 사별하고 다세대 주택에서 딸과 단 둘이 삽니다."

비서실장이 말을 거들었다. 강북의 다세대 주택촌은 아파트들 사이에 끼어서 가난의 상징처럼 느껴지는 무거운 분위기가 있었다. 더구나 겨울이라 분위기가 평소보다 더 무거웠다.

"옛날에는 이곳도 달동네 중의 하나였고, 주로 서민들이 살던 곳입니다. 우리 쪽 표가 많이 나오는 곳 중 하나이기도 하구요."

"그런가? 하긴, 아파트 아닌 데 가보는 것도 정말 오랜만이네. 한국은행 팀장이 이런 데서 살고 있다는 게 특이하긴 하구면."

대통령이 갑자기 들이닥친 다세대 주택에서 오지환은 이래저래 좌불안석이었다.

"소주 한잔 마시자고 그냥 쳐들어왔네. 괜찮지? 뭐, 남자 혼자 사는데 안주거리라도 있겠나 싶어 청와대 주방 냉장고에 있는 거 아무거나 좀 꺼내달라고 했네. 족발 같은 것들이 좀 있더라고. 실장, 그거 좀 내려보지. 어, 마침 소주 마시려는 중이었군. 딱 좋네. 아, 이 친구, 이상대라고 했었나?"

순간적으로 벌어진 일에 어찌할 바를 몰라 어정쩡하게 서 있던 이상대는 그때서야 머리를 깊이 숙이면서 인사를 했다.

"네. 한국은행 이상대 대리입니다. 일전에는 죄송했었습니다, 각하."

"죄송은 무슨. 자, 자네도 이리 앉아 술이나 한잔하지."

대통령은 말없이 오지환과 이상대에게 소주를 따랐다.

"현주야, 나와서 인사해. 대통령이시다."

현주는 어리둥절한 표정으로 방에서 나와 꾸벅 인사를 했다.

"어, 반가워요. 아저씨가 잠시 집에서 좀 쉬었다 갈게요, 괜찮지요?"

"네. 저는 오현주라고 합니다. 우리 아빠가 좀 재미없어도 이해해주세요. 그래도 마음은 착한 사람이에요."

딸의 솔직한 말에 오지환은 난감한 표정을 지었지만, 나머지 세 사람은 크게 웃음을 터뜨렸다.

"실장, 자네도 이리 와서 한잔하지. 우리가 언제 또 이렇게 한국은행 팀장님 댁에서 술대접을 받겠나?"

"죄송합니다. 제가 잘못 모셔서……."

오지환은 대통령의 눈을 똑바로 쳐다보기가 어려웠다. 대통령은 소주 한 잔을 입안으로 털어 넣으며 말했다.

"자네 잘못이 아냐. 그리고 그런 얘기하려고 온 거 아니네."

대통령은 빈 잔을 오지환에게 건네주면서 술을 채웠다.

"내 임기가 아직 2년 반이나 남았어. 천천히 풀면 돼."

손에 든 술병을 내려놓은 대통령은 천천히 말을 이어나갔다.

"특보 자리에 '특' 떼어주고, 정식 경제수석으로 자네를 올릴까 싶어. 어차피 지금 내가 쓸 수 있는 카드도 별로 없고……. 지금 있는 사람들도 그냥 데리고 있기 어렵잖아, 자네도 알다시피."

"네에?"

오지환은 순간 숨이 멎는 듯했다. 자신은 패장이고, 이제 청와대 근무는 정리하고 다시 한국은행으로 쫓겨 갈 각오를 하고 있었다. 어차피 잠시 머물렀던 자리이고, 문책성 인사가 뒤따를 거라고 생각했다. 이현도가 추천했던 사람인 자신을 누가 믿어줄 것이며, 문제를 해결하지 못한 자신이 더 그 자리에 눌러앉는 것도 문제였다.

대통령은 다시 술잔을 채우면서 말했다.

"명심하게. 한국 경제에서 정말 내 사람은 이제 당신 한 명뿐이야. 장인표가 경제총리이고, 이현도는 경제대통령이라고 다들 그러는구먼. 이현도가 나한테 조커 한 장을 던져놓고 간 셈인데, 그게 뺑카가 아니라 진짜 에이스면 좋겠네."

"저, 이런 말씀 드리기는 그렇지만 국정원 같은 정보기관을 좀 활용하면 어떻겠습니까, 각하. 제가 팀장님 지시로 월가 여기저기를 좀 뒤져봤는데, 공식 라인만으로는 뒤로 움직이는 돈들 대응하기가 어렵습니다. 꼬리가 잘 안 잡힙니다."

옆에서 묵묵히 앉아 있던 이상대가 불쑥 끼어들었다. 그러자 비서실장이 그 말을 가로막았다.

"민간인 사찰은 안 하겠다는 게 대선 공약이기도 했고, 각하의 굳은 의지이기도 하네. 안 그래도 국정원장이랑 나랑 몇 번이나 제안을 드렸는데 요지부동이시네. 그건 자네들이 좀 이해해주게."

그러자 이상대가 목소리를 높였다.

"군대 문제가 아니라 경제 문제라서 그렇지, 따지고 보면 다 간첩 같은 놈들이고, 이적질하는 놈들입니다. 그런 놈들을 그냥 둘

수 없잖아요. 법으로 다스려야 합니다. 반역자들입니다, 반역자들."

"하하, 말이라도 그렇게 시원스럽게 하니, 참 좋군. 왜 내 주변에 있는 사람들은 당신들 같지 않고 다들 우울한 표정을 짓거나 복잡한 얼굴을 하고 있는지 모르겠어. 자네들은 말을 참 시원시원하게 해. 이거 한국은행 직원들이 맞는지 모르겠어, 하하하."

간만에 대통령은 허심탄회하게 웃었다. 경제에 관한 결정권을 빼앗긴 대통령, 실제로는 식물대통령과 마찬가지가 된 이 순간에 이렇게 편하게 웃을 수 있다니. 대통령도 스스로 이상하다고 생각했다. 왜 자신은 그동안 많은 것을 복잡하게 생각하고, 또 그렇게 결정하려고만 했던가?

"오지환 수석. 그래 오 수석, 지금부터 오 수석이지. 내 하나만 부탁하지."

"네. 뭡니까, 각하?"

"통일부랑 하던 일은 이렇게 내려놓기에 너무 아깝기도 하고, 중요한 일이야. 외교안보수석 밑에 있던 통일비서관이 하던 일인데, 이번에 인사 조정하면서 그 업무를 경제수석에게 이관할 생각이야. 안 될 줄 알면서도 스위스 취리히까지 뛰어갔던 그 심정으로, 꼭 일이라서가 아니라 사명이라는 생각으로 해주면 좋겠네."

옆에서 지켜보고 있던 비서실장에게 대통령이 자신의 잔을 건네면서 말했다.

"비서실장. 난 진다는 생각, 한 번도 안 해봤어. 그래서 국회에 내가 직접 간 거야. 점령군이 내 방에 오는 거, 진짜 싫었거든. 내 임기가 아직 많이 남았어. 우리 같이 한번 이겨보자고. 자, 우리 다시 출발해보세. 난 지는 법이 없거든."

왜 우리는 늘 돈이 없는가? 간단하다. 돈이 잘못 흘러가고 있기 때문이다. 우리의 주머니로 들어올 돈이 엉뚱한 곳으로 돌아가는 과정은 TV나 신문에 나오지 않는다. 물론 그런 걸 바로잡으려고 했던 사람들이 없지는 않지만, 그런 사람들은 늘 좌절하고 쓰러지거나 무기력해졌다. 대통령도 마찬가지였다. 어쩌면 지금까지 한국의 대통령 특히 야당 출신의 대통령과 그 주변 집단은 집권에 대한 의지는 강렬했지만 통치 의지는 약했던 것인지도 모른다. 그것이 옳든 그르든, 모피아들은 강력한 통치 의지를 가지고 있다. 출세하겠다는 개인의 욕망과 집단적 통치 의지가 뒤엉켜서 분리하기가 어려울 정도로, 그들의 의지는 강렬하다. 개인은 실패할 수 있어도 집단은 절대로 실패하지 않는다는 신화를 가지고 있는 모피아! 그러나 그들의 집단적 성공으로 인해 우리는 늘 돈이 없다.

2부

정권이 바뀌어도 왜 세상은 좋아지지 않는가?

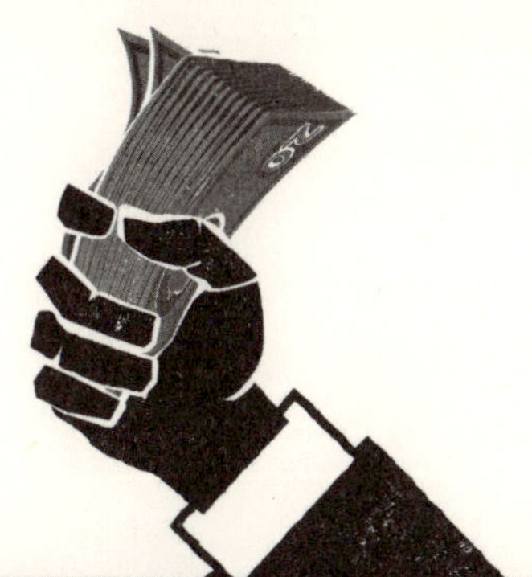

1

버드나무의 도시

사하라 사막 남쪽 아프리카를 여행한 사람들은 보았으리라. 이따금 서 있는, 뿌리와 줄기가 뒤집힌 듯 거꾸로 자라는 이 기이한 나무는 아프리카가 아니면 볼 수 없기 때문에 여행객들의 눈에 강한 인상을 남긴다. 그 나무가 바로 생텍쥐페리의 《어린왕자》에 나왔던 바오밥나무이다. 영화나 다큐멘터리를 통해 아프리카를 만난 사람들은 원시림 등 정글이 울창한 지형을 연상할 것이다. 그러나 아프리카에서 숲이 무성한 정글은 국가가 보호하는 자연공원뿐이다. 아프리카는 거의 사막에 가깝고 가끔 키가 작은 관목들이 서 있는 지역이 대부분이다. 그 속에서 바오밥나무는 아주 가끔씩만 볼 수 있는 나무이다. 이런 관목지대 특히 사막화로 점점 더 관목지대가 넓어지고 있는 상황에서 대형 수종 중 우점종인 나무는 바로 아카시아이다. 아카시아는 강인한 생명력으로 아프리카의 건기에도 능히 버틸 수 있는 나무이다. 인류는 바로 그 바오

밥과 아카시아가 있는 곳에서 첫 출발을 하였다.

그곳에서 출발한 사람들이 유럽 평원을 거쳐 마침내 도착한 곳이 바로 만주 벌판이다. 이곳 역시 인류의 발상지인 아프리카만큼 황량한 지역이다. 이곳에 버티고 있는 또 다른 대형 수종이 바로 버드나무이다. 물만 있으면 어느 곳에서든 살 수 있고, 줄기만 꽂아도 번식할 수 있는 버드나무는 만주에서 한반도 남쪽은 물론 심지어 일본 본토까지, 이 드넓은 땅의 진정한 지배자였다. 평양의 옛 이름 '류경柳京'은 바로 버드나무들의 서울, 버드나무의 도시라는 의미이다. 북한이 김일성 80회 생일 기념으로 1987년부터 공사를 시작한 류경호텔도 버드나무에서 온 이름이다. 2014년 8월, 27년 만에 내부 공사를 마치고 부분 개장을 시작한 이 호텔은 군인의 힘과 전통의 힘이 묘하게 만나서, 그 외관과 분위기만으로도 많은 것을 말해주고 있다.

버드나무, 그것은 남한과 북한의 지도자들이 경제를 어떻게 생각하고 있었는지를 어느 정도 가늠할 수 있게 해주는 상징이다. 박정희는 특히 버드나무를 싫어했다. 그는 이 나무를 어린 시절 고향 마을에서 흔히 보던 가난의 상징으로 여겼다. 박정희는 버드나무 대신에 아프리카에서 아카시아를 들여왔다. 그렇게 해서 대한민국은 결국 아카시아의 나라가 되었다. 한강에 있던 버드나무들은 더 이상 서울과는 아무런 상관이 없는 존재가 되어버렸다. 반면 대동강 강변과 그 상류인 보통강에는 여전히 버드나무가 중요한 존재로 여겨진다. 북한 천연기념물 2호인 옥류능수버들은,

평양냉면 전문 체인점으로 유명해진 옥류관과 옥류교 사이에서 주로 자란다. 버드나무와 아카시아나무가 바로 우리 미래에 대한 질문이 아니겠는가?

이른 겨울바람이 불기 시작한 2014년 11월 초, 평양의 공기는 제법 차가웠다. 차에서 내린 오지환은 건장한 남자들의 안내를 받으며 몇 달 전에 문을 연 류경호텔로 들어갔다. 제3세계의 수도에서 종종 느끼던 사람들의 삶과 괴리된 건물들의 중압감이 느껴졌다. 탄자니아 같은 나라에 있는 고급 호텔들은 입구 초소에 기관총을 든 군인들이 서 있어 정치적으로 불안한 곳이라는 것을 누구든 금방 느낄 수 있다. 류경호텔에는 경비병들이 없었다. 그러나 북한은 도시 전체가 거대한 초소와도 같은 곳이다. 도시 중에는 자본의 힘으로 움직이는 도시가 있고, 문화의 힘으로 움직이는 도시가 있다. 그리고 자체적인 돈이 전혀 없어 순전히 외부에서 유입되는 돈만으로 움직이는 도시가 있다. 지금의 평양이 그렇다. 오지환의 뒤를 따라 호텔로 걸어가는 두 명의 남자는 이상대 금융경제비서관과 이철현 통일부 정책보좌관이었다.

"두 분 다 평양은 처음이시죠, 저도 처음입니다만."

호텔 안으로 들어가던 이철현이 머쓱해하며 입을 열었다.

"통일부 정책보좌관께서 평양이 처음이라구요? 아니, 이래서 통일은 도대체 누가 하냐구요? 그럼 김철용도 처음 만나시는 거겠네요? 이거 밑 작업이 하나도 안 되어 있는 거네요."

이상대는 특유의 과장 섞인 어투로 말했다. 그는 분위기에 기가 죽는 일이 없는 사람이었다.

"제가 통일부 합류한 게 1년 전이라 평양 올 기회가 없었죠. 하지만 김철용은 안면이 좀 있습니다."

이철현은 잠시 과거를 회상하는 듯 뜸을 들이다가 말을 이어나갔다.

"프랑스 유학 시절에 가톨릭 선교회에서 운영하는 기숙사에서 몇 년 같이 살았던 적이 있었죠. 재밌는 친구예요, 재주도 좋고. 평양외대 독문과 출신인데, 불어를 아주 잘하더라구요. 독일어를 전공한 사람이 프랑스로 유학을 온 게 좀 신기했었는데, 금방 배우더라구요. 게다가 경영학을 전공한다고 해서 기억에 오래 남았죠. 그게 벌써 90년대 일인데…… 세상 참 좁아요. 그 친구가 파트너가 될 줄이야."

세 남자는 화려한 샹들리에로 장식된 거대한 로비를 지나 에스컬레이터를 타고 2층에 있는 컨퍼런스룸으로 안내됐다. 룸에는 감색 슈트 차림의 사내 두 명이 기다리고 있었다.

"오랜만이오. 벌써 20년도 넘었네. 이철현 박사, 소식은 간간히 전해 듣고 있었어요."

"정말 오랜만이네요. 너무 궁금했는데, 살아 있으니 이렇게 만나는군요."

이철현과 김철용은 과장스럽게 포옹을 했다.

"자, 시간이 많지 않을 테니, 바로 본론부터 들어갑시다."

김철용은 테이블로 사람들을 안내하면서 말문을 열었다.

한국의 경제쿠데타로 가장 손해를 보게 된 집단 중 하나가 바로 북한이었다. 북한은 새로운 정권과의 경제 협력이 절실하게 필요했지만, 시민의 정부가 집권 초기에 마련한 경제 협력 프로그램들은 전면 중지되었다. 경제 지원 형태로 디자인된 프로그램들은 총리실로 결정권이 넘어가면서 멈춘 것도 아니고 그렇다고 진행되는 것도 아닌 애매한 상황이었다.

새롭게 청와대 경제수석이 된 오지환이 대통령과 마련한 세 가지 카드 중 가장 먼저 꺼내든 것은 남북정상회담 추진이었다. 대통령이 임명했던 장관들은 결국 총리파와 대통령파로 갈라지게 되었다. 경제 안건은 국무회의 대신 경제장관회의에서 결정되었고, 그 회의는 총리가 주재했다. 물론 국무회의에도 경제 관련 안건들이 올라오기는 했지만, 중요한 것은 경제장관회의에서 따로 결정이 되었고, 국무회의 상정은 형식적 절차일 뿐이었다.

공교롭게도 세종시로 이전 중인 정부의 위치가 또 그랬다. 총리실이 제일 먼저 내려갔고, 뒤를 이어 주요 경제 부처들이 따라 내려가는 중이었다. 총리파 부처는 주로 대전에 있었다. 반면 비경제 부처들은 아직 과천과 광화문 즉, 서울에 남아 있는 경우가 많았다. 결국 대한민국에는 서울과 대전에 두 개의 수도가 있고, 두 개의 정부가 서로를 견제하면서 숨통을 노리는 형국이었다. 오지환은 과천과 대전에서 각각 대통령과 함께할 대통령파 부처들을 늘리는 데 사력을 다했다. 한국은행 내에는 이런 오지환을 못마땅하게 여기는 간부들도 있었지만, 한국은행이 실제로 국정에 이렇게 폭넓게 참여하는 것은 처음이라서 직원들에게 오지환의 신망은 절대적이었다.

"이번 지방선거는 여당 성적이 괜찮은 것 같습니다. 이제 대통령께서도 좀 편해지시는 건가요?"

김철용은 간간이 북한말을 섞어가며 부드럽게 말문을 열었다. 그는 지금 북한 정계의 떠오르는 신성이었다. 김철용은 유럽 경제를 직접 경험해본 사람으로서, 평양외국어대학 출신 경제 관료들의 정신적 지주였다. 북한 내에서도 경제 결정과 관련된 흐름의 변화가 몇 차례 있었다. 2009년에 감행된 화폐개혁이 실패하면서 김정일 경제는 물론 정치 체계 자체가 뿌리부터 흔들렸다. 결국 화폐개혁으로 상징되는 강성대국 경제를 주도한 김일성대학 출신들이 실패를 책임지고 대거 숙청되거나 한직으로 밀려났다. 김정은을 중심으로 3대 세습이 이루어진 후, 경제 권력의 공백을 메운 것은 유럽이나 일본에서 유학을 했던 경험이 있는 평양외국어대학 출신 당관료들이었다.

이들도 당 주요 간부의 자식들이라서 출신 성분은 나쁘지 않았다. 평양에서만 온실 속 화초처럼 자라난 고위 간부의 자제들은 서구의 풍요와 만나면 언제든지 뿌리부터 흔들릴 수 있는 불안 요소를 지니고 있었지만, 평양외대 출신의 유학생들은 90년대에서 2000년대, 유럽에 거주하면서 원한다면 어떤 방식으로든 망명을 할 수 있는 상황에서 대부분 고국으로 돌아왔다. 그들 스스로가 원했던 것일 수도 있고, 가족이 인질로 잡혀 있는 현실적 이유 때문이기도 했다. 같은 평양 출신이면서도 김일성대학 등 선대의 주류 세력에 밀려 있던 비주류들이 정권 교체기에 군부의 신임을 받은 것은 그 충성심과 함께 그들이 외국에서 습득한 지적 경험 때문이었다. 김정은으로의 권력 교체는 군부가 적극적으로 선택한 것은 아니지만, 일단 물려받은 권력은 지켜져야만 했다. 그리고 그를 위해서는 어떤 식으로든 대중들의 입에 밥이 들어가게 해야 했다. 대한민국에서도 그랬지만 군벌이 통치 권력을 유지하기 위해서는 대중을 배부르게 하거나, 아니면 배부르게 될 것이라는 착각을 만들어내야만 했다. 굶주림 속의 독재는 결국 우간다의 이디 아민이 탄자니아를 침공했다가 역습으로 실각하게 된 것처럼 외부 돌파구를 찾게 마련이다. 그리고 그런 외부 전략이 늘 성공적인 결과를 가져오지만은 않는다는 것을 북한 군부도 잘 알고 있었다. 통치 체계가 전환되면 경제 권력의 협조가 절대적으로 필요하다. 박정희가 유신을 준비하면서 청와대로 끌어들인 젊은 경제 관료 중 하나가 바로 이현도였다. 그의 나이 서른 살 때의 일이었다. 그는 한국 군부의 생리에 대해 잘 알고 있었고, 북한을 활용해서 국내 경제 정책의 정당성을 만들어내는 데 아주 능숙했다.

김정은 체제로 넘어오면서 북한 군부는 선택을 해야 했다. 전대에서 이야기하던 베트남 모델이나 중국 모델은 이미 너무 많이 국민에게 노출되어 더 이상 희망으로서의 강렬함을 잃어가고 있었다. 너무 많이 소비되어 이미 생동감을 잃어버린 소통이나 참여 혹은 정의와 같은 철학 개념들처럼, 이미 북한에서 개방이라는 단어는 무너져가는 체제를 지켜줄 수가 없었다. 자존심은 상하지만 대한민국 경제 성공의 출발점으로 인식된 박정희 체제를 모델로 삼을 것인가 하는 문제는 북한 군부 내에서 격렬한 논쟁의 대상이 되었다. 그러나 북한은 그 선택을 받아들일 수가 없었다. 자신들의 경쟁자였던 체제 바깥의 존재를 종교적 숭배의 대상으로 올릴 수는 없었다. 닫혀 있는 사회에서 한 번 방향을 정하게 되면, 그 대상은 누가 기획했든 기획하지 않았든, 결국은 종교적 대상이 된다. 북한은 군부 사회이면서 동시에 종교 사회이기도 했다.

"전임 대통령 청문회가 집중적으로 이루어지면서 야당이 상당히 타격을 받았죠. 그렇지만 그게 대통령이 주도한 게 아니라서……."

오지환은 이야기를 하다가 결국 말꼬리를 흐렸다. 대전으로 내려간 총리실의 선택은 경제적으로는 보수에 가까운 느린 속도의 개혁이었지만, 정치적으로는 확실하게 이전 정권의 비리들을 파헤치고 있었다. 작은 과실을 많이 드러나게 해서 큰 문제점을 덮는다는 전략이었지만, 국민들의 인기를 얻는 데 이것만큼 확실한 방법은 없었다. 대선에서 패배한 새누리당 역시 꼬리 자르기가 필요한 상황이었기 때문에 전임 대통령은 모두의 적이 되었다. 게다가 경제 관료들은 굳이 지금의 권력을 내려놓고 지난 정권을 과도하게 옹호하거나 감춰줄 필요가 없었다. 결국 수많은 국정조사와 청문회가 시작되면서 국민들은 복수하는 기분으로 총리실의 각종 조치에 열광하게 되었고, 자연스럽게 총리는 주요 대선 후보의 하나로 언론에서 집중적으로 조명되기 시작했다. 야당이 아직 대선 패배 이후로 전열을 정비하고 있지 못하는 지금, 최소한 언론과 국민이 보기에는 확실한 다음 대선 후보 중 하나였다. 남아 있는 것은 전임 대통령을 형식적인 구속을 거쳐 사면하는 방식을 택할 지, 아니면 망명시킬지, 그야말로 취사선택의 문제만이 남은 시점 이었다. 총리는 꽃놀이패를 쥐고 있었다. 그 어느 쪽이든, 자신을 총리 자리에 올린 사람들을 만족시키고, 복수를 원하는 국민들도 만족시킬 수 있었다. 후임 대통령이 취임 직후 여소야대로 필요한 법안을 통과시키지 못해 머뭇거리고 있던 빈 공간을 경제 관료들 이 사정없이 파고 든 것이었다.

"총리실 얘기라면 저희도 주목해서 보고 있습니다. 뭐, 오해를 피하기 위해 미리 말하면, 그쪽에서도 저희 쪽으로 몇 가지 제안 을 했고, 그중에는 흥미로운 것들도 있었습니다. 하지만 저희는 청와대를 파트너로 선택했습니다. 우리는 좀 더 진실한 쪽을 원했 고, 또 총리실 쪽은 깊은 곳까지는 가고 싶어 하지 않더군요. 임시 방편이지요, 예전에 그랬던 것처럼. 게다가 정상회담을 총리와 할 수는 없지 않습니까, 모양 빠지게. 공화국은 신뢰만큼이나 모양도 중요시합니다."

대통령의 특사들도 상황을 어느 정도는 이해하고 있었지만, 그 들이 생각했던 것은 경제 협력의 형태로 포장되지 않는 정치적 관 계 개선 같은 것이었다. 대한민국이 북한에 직접 대규모 투자를 한다거나 경제 특구에 파트너 형식으로 들어가는 것은, 일단 대통령이 취할 수 있는 옵션이 아니었다. 게다가 그런 경제 협력의 정치적 효과는 물론 경제적 효과도 부분적이었다. 무엇보다 지금 대통령의 국정 지지율이 총리보다 뒤처지기 때문에 아무 정책이나 바로 추진할 수 있는 정치적 동력을 확보하고 있지 못했다.

"그런데 우리를 이렇게 몰래 평양까지 불러들이신 이유가 뭐지요? 남북정상회담에 필요한 실무야 VIP들이 결심만 하면 좀 더 편하게 애기할 수 있었을 텐데요."

말없이 자리에 앉아 아메리카노를 마시던 이상대가 몇 단계 앞서가는 질문을 던졌다.

"좋은 질문이래요. 사실 우리가 귀하들을 공화국으로 이렇게 불러들인 이유는⋯⋯."

김철용은 약간의 평양식 톤이 섞인 표준말로 부드럽게 말을 시작하다가 숨을 크게 한 번 들이마셨다.

"이번 남북정상회담에 통일 방안을 올려보자는 거지요. 준비가 잘되면 아예 이번 정부에서 통일 작업을 마무리했으면 하는 생각이 있어요. 그래, 별 쓸 데도 없는 서류 쪼가리 읽는 것보다는, 통일 선언문 정도는 발표해야 하지 않겠나 싶고⋯⋯. 김정은 장군을 통일 지도자로, 멋지지 않나요?"

순간 방에는 정적이 흘렀다. 이게 얼마나 엄청난 이야기인지, 그 무게의 중압감에 대한민국에서 급파된 세 명 사내는 기가 질렸다.

"연방제 통일 애기는 전에도 나왔던 거기는 하지만, 그럼 어느 쪽에서 국가원수를 맡게 되죠? 사람들이 그거부터 물어볼 텐데."

이철현이 불쑥 끼어들며 말했다.

"기딴 형식적인 얘기는 천천히 합세다. 뭐, 정 안 되면 그냥 2년씩 순번제로 해도 되고……. 오늘은 기런 얘기가 중요한 게 아니지요. 하여간, 동무들 생각은 어떻소?"

잠시 생각에 잠겨 있던 오지환이 결심한 듯 대답했다.

"물론 돌아가서 상의를 해야겠지만, 일단 저는 좋습니다. 안 그래도 뭔가 큰 카드가 필요하다는 게, 솔직한 우리 쪽 심경입니다. 통일, 그 정도는 돼야 우리도 판 위에 올라갈 판돈이 되겠죠."

"중국 쪽과는 미리 상의가 되어 있나요?"

이철현은 오지환보다는 조금 더 신중한 모습을 보였다. 김철용의 제안이 함정이라고 생각되지는 않지만, 그렇다고 하더라도 현실로 가기에는 여러 가지 장애가 많은 것이 사실이었다.

"우린 기딴 거 상의하지 않습니다. 우리가 하겠다면 하는 거지요. 남조선에서는 이런 걸 일일이 미국 허락받고 하나 보지요?"

중국 이야기가 나오자 김철용은 순간 딱딱하고 사무적인 말투로 바뀌었다.

"뭐, 제가 너무 앞서 물어보는 건지는 모르겠지만, 지금까지 우리가 이런 얘기를 테이블에 올리지 못한 이유들이…… 뭐 현실적 장애들이 있었던 거 아닙니까. 정말로 북에서 결심을 한 겁니까?"

"우리는 이 얘기를 선생들에게 처음 한 거예요. 선생들이 좋다고 하면 나머지 공작 절차는 우리가 밟아갈 겁니다. 반응이 이렇게 싸늘하면…… 여기서 접을까요? 우린 또 우리 방식으로 문제를 풀어나갈 수 있습니다."

김철용은 단호한 어투로 세 사람의 결심을 종용했다. 이철현은 순간 코너에 몰린 듯한 느낌이 들었다. 대한민국에 제안을 했지만 통일부의 반대로 틀어졌다고 바로 대남 방송을 할 수도 있는 일이었다. 이철현은 잠시 오지환 쪽을 쳐다봤다. 오지환은 생각을 읽기 어려운 표정으로 창밖을 응시하고 있었다.

"좋습니다. 추후 통일부에서 실무자들을 초청하겠습니다. 그때 실무 조치에 대한 얘기를 계속해서 진행하는 걸로 하고, 통일부는 일단 동의하겠습니다."

묵묵히 창밖을 보던 오지환이 몸을 돌리며 결심한 듯 말했다.

"그럼 선생들, 일단 동의하신 겁네까?"

김철용의 얼굴이 환하게 밝아지면서 손을 내밀었다. 오지환은 김철용의 손을 잡았다. 그는 가슴 속에 뜨거운 바람이 불어오기 시작하는 느낌을 받았다. 대통령이 경제적 결정권을 박탈당한 후, 포위망을 뚫기 위해 몇 달 동안 백방으로 뛰어다닌 끝에 드디어 포위망 일부가 뚫리기 시작한다는 느낌이 들었다.

김철용은 핸드폰을 꺼내 어딘가로 전화를 걸었다.

"여기 얘기는 됐습니다. 모셔도 좋을 것 같습니다. 네, 네. 부탁 좀 드립니다."

통화를 마친 김철용이 핸드폰을 내려놓으며 말했다.

"이거 뭐라고 말씀 드려야 좋을지 모르겠네요. 자주 있는 일은 아닌데, 장군님 내외께서 선생들을 보고 싶어 하십니다. 잠시 기다려주시면 고맙겠습니다. 뭐, 좋은 징조입니다. 우리 일을 위해서는."

"네? 바로 여기로요? 접견은 예정에 없던……. 게다가 접견은 주석궁에서 하시지 않습니까?"

깜짝 놀란 표정을 지으면서 이철현이 말했다.

"아, 이건 공식 접견은 아니고, 장군님께서 그냥 한번 보시고 싶다는 겁니다. 장군님께서 여기 오지환 특보한테 아주 관심이 많으십니다. 좀 사적인 얘기이기는 한데, 오 특보가 스위스에 찾아간 얘기를 너무 재밌게 들으셨습니다. 장군님이 스위스 베른에서 공부하신 적이 있어, 스위스 얘기만 나오면 푹 빠지십니다. 장군님은 독일어도 잘하십니다. 그리고 남조선 경제 전문가들 만나실 기회가 많지 않아서 직접 한번 보고 싶어 하신 겁니다."

북한은 김정은 체제로 넘어오면서 아무도 예상하지 못한 새로운 변화를 겪고 있었다. 김정은이 만든 변화인지 아니면 그의 배우자인 리설주가 만든 변화인지 혹은 그 부부가 만들어낸 변화인지 모르지만, 어쨌든 김정은 체제 이후로 평양에는 전혀 새로운 변화가 생겼다. 사람들의 얼굴에 자신감이 생겨나기 시작했고, 특히 젊은 사람들의 경우에는 더욱 그랬다. 환갑은 가까워야 정부 고위직에 올라가는 게 대한민국 아닌가? 그러나 젊은 지도자의 등장과 함께 북한 간부들의 연령대가 획기적으로 낮아지기 시작했고, 그건 평양의 문화나 심지어 패션의 분위기마저도 바꾸어

놓았다. 젊은 피가 아니라 젊음 그 자체가 되어버린 평양의 변화,
3대 세습이 가지고 온 아무도 분석하지 못했던 결과였다.

　류경호텔 로비는 화려했지만 김정은 부부의 등장은 더 화려했
다. 사람들의 시선을 피하거나 아니면 아예 사람들을 많이 모으는
공식적인 방식으로만 움직이던 선대 지도자들과 달리, 김정은은
아무런 격식 없이 사람들 사이에 나타났다. 화려한 유럽식 패션을
잘 소화하는 리설주는 평양에 없던 새로운 아이콘이었다. 평양의
노인들은 이렇게 경쾌하게 움직이는 리설주에 대해 불만이 있었
지만, 북한 청년들은 달랐다. 폐쇄된 북한 경제에 전혀 의도하지
않은 젊은 간부의 대거 약진에 그들은 환호했다. 오지환 일행을
만나기 위해 김정은 부부가 호텔 로비를 통과하는 순간 사람들이
리설주에게 보인 반응은 아이돌 가수에 열광하는 팬들의 시선과
다를 바가 없었다. 공포가 아닌 이러한 동경 혹은 워너비 현상이
패셔니스트 리설주가 평양에 새롭게 가지고 온 변화였다. 눈의 주
인 설주雪主가 버드나무의 도시 류경의 문을 열고 들어오는 순간
만큼 이미 이들이 올라서 있는 변화의 방향을 잘 보여주는 것은
없었다.

　"오 동무. 스위스에서 울었다면서요? 기 얘기 건네 듣고, 오 동
무 얼굴이라도 한번 보고 싶었어요. 마침 여기 오신다기에."

　"와 그런 얘기를 하십네까. 울기는, 장군님도 내 앞에서 운 적이
있었시요. 오래전이지만."

　리설주가 김정은의 말을 중간에 잘랐다. 오지환과 이철현은 예

상치 못한 김정은 부부의 자유분방한 대화 방식에 어떤 식으로 대답을 해야 할지 전혀 갈피를 못 잡고 있었다.

"동무들. 동무들 보기에도 이 여자 참 곱디요. 난 이 여자가 정말 좋아요. 근데 말이오, 이 여자, 사실 나 별로 안 좋아해. 그래서 막 숙소 앞에 쫓아가서 무릎 꿇고 울었지. 그때 참 서러웠어. 우리도 김수진 동무 잘 알아요. 참 암팡지고, 까다로운 여자디. 우리 공화국 입장으로서는, 사사건건 우리 일을 막고 나서니 그냥 두기도 어렵고, 그렇다고 무시하자니 미국과 부딪칠 때 조율해줄 창구로 그만한 사람이 또 없고……."

"그 여자 애기는 왜 하십니까. 우리한테는 그냥 적이야요, 적."

김정은이 리설주의 손을 꼭 잡으면서 말했다.

"이 여자 목표가 김수진을 뛰어넘어 꼭 공화국 경제를 강하게 만들겠다는 거 아니요. 근데 오 동무가, 여기 이 오 동무가 스위스에 가서 김수진 앞에서 울었다니 얼마나 웃기던지. 하하하, 세상이 이렇게 좁나 싶었소. 펜타곤 놈들도 그 여자 앞에서는 쩔쩔 매는데, 남조선 대통령 사람들도 꼼짝 못 한다는 애기 아니오, 하하하. 세상이 원래 그런 겁니다. 나 봐요, 이 여자 앞에서 숨도 크게 못 쉬잖아."

전혀 예상치 못한 주제에 대응하기 어려운 톤으로 이야기를 풀어나가는 김정은 부부의 화법에 오지환은 한마디도 제대로 대꾸를 못하고 있었다. 하긴, 자신보다 나이 많은 사람들을 이끌어 나가는 젊은 지도자의 리더십에는 나름대로의 스타일과 방법이 있기 마련이다. 그래도 그는 지금 대한민국 대통령을 가장 측근에서 보좌하고 있는 청와대 경제수석이었다.

"두 분 이렇게 뵈니 놀랍기도 하고, 당황스럽기도 하고, 또 부럽기도 합니다. 제가 청와대 들어간 지 이제 열 달 가까이 되는데, 전 아직도 우리 영부인과 말을 나눠본 적이 없어요."

"저도요."

오지환의 갑작스런 발언에 주위 사람들이 어찌 반응해야 할지 당황했지만, 순간 이상대가 끼어들자 결국 이철현과 김철용이 입을 가린 채 쿡쿡 하며 웃음을 터뜨렸다.

"아버지 때에는 우리도 그랬어요. 우리 어머니는 한 번도 공개적인 자리에 못 나오셨고."

약간 서글픈 목소리로 말을 하던 김정은은 순간 리설주를 잡고 있던 손에 힘이 잔뜩 들어갔다. 짧게 한숨을 내쉰 그는 계속해서 말을 이어나갔다.

"사람 사는 게 어차피 한 번인데, 뭘 그렇게 가릴 게 많고 감춰야 할 게 많은지. 정치도 경제도 다 필요 없어, 사실. 사랑하는 사람과 축복받으면서 행복하게 잘 살면, 그게 바로 정치고 경제 아니겠습니까."

잠시 어색한 시간이 흘렀다.

"난 경제는 잘 모르지만요, 남조선도 지금 위기라고 들었어요. 사실 남조선 입장에서도 우리를 잘 활용하면 새로운 기회가 되는 거 아닌가요? 북한을 통과해서 위쪽으로 갈 수만 있어도 훨씬 나을 것 같은데요."

리설주가 오지환을 쳐다보면서 말했다.

"그렇죠. 사실 한국이 새로운 변화를 만들기 위해서는 우리도 통일이 절실합니다. 그래서 제가 지금 여기 와 있는 거구요."

오지환은 북한에 대해 많이 알지 못했지만, 최근 이철현의 도움을 받으면서 정말로 많은 것을 다시 생각해보는 중이었다.

"통일 과정에서 권력이 유지될 수 있겠습니까? 저희가 염려스러운 건 바로 그 점입니다."

오지환은 한참을 망설이다, 결국 마음속에 있던 질문을 던졌다. 상대방을 정치적인 목적으로 활용하기만 하는 것, 그건 오지환이 생각하는 미래가 아니었다.

"걱정 마시라요. 그건 저희가 알아서 풀 문제구요. 남조선 동지들이 그렇게 살뜰하게 염려해주실 필요는 없습네다. 뭘, 걱정을 다 하시고……. 오 동무는, 오 동무 일이나 잘 푸시라요."

리설주가 만면에 미소를 띠면서 당당하지만 과장되지 않게 말했다. 틀린 말은 아니었다. 지금 오지환은 북쪽 지도부의 미래를 걱정할 처지가 아니었다.

짧은 만남을 마친 김정은 부부는 자리에서 일어섰다. 중요한 이야기는 하지 않았지만, 서로가 어떤 사람들인지 짧은 인상을 보고도 그 위치에 있는 사람들은 많은 것을 느끼는 법이다. 회의장을 나가다 잠시 돌아선 리설주가 오지환의 눈을 빤히 쳐다보며 말했다.

"오 동무, 부탁 하나 합시다. 나중에 일 다 잘 풀리면, 여기 와서 우리 경제 자문관 좀 해주세요. 요즘 암팡지게 일하는 거 보고 같이 일해도 좋겠다 싶은, 딱 그 생각이 들었어요. 화폐개혁 실패 이후, 조선 중앙은행 사람들이 아주 어려워하는 것 같네요."

김정은은 특별한 말이 없었지만, 간만에 말이 통할 법한 그런 재밌는 사람들을 만났다는 표정이었다.

"네. 저도 그런 날이 올 수 있었으면 좋겠습니다."

회의장을 나서면서 김정은이 김철용의 어깨를 툭 치며 말했다.

"잘 모셔요. 귀한 손님들이니까."

"네. 알겠습니다, 장군님."

김철용은 공손하기는 했지만, 예전의 북한 지도자들처럼 경직된 모습은 아니었다. 버드나무는 부드러움으로 태풍을 이겨낸다. 과연 북한은 그런 부드러움으로 미래를 헤쳐 나갈 수 있을까?

"자, 나가시지요. 평양 최고의 식당으로 모시겠습니다."

김정은 부부가 떠난 뒤, 김철용은 오지환 일행을 이끌고 기괴한 피라미드처럼 생긴 류경호텔을 빠져나왔다. 평양의 밤거리는 서울과 많이 달랐다. 길거리의 가로수도 이제는 서울에서 자취를 감춘 버드나무였다.

"오 수석, 우리도 이번에 큰 결심을 한 겁니다. 부디 민족의 미래에 오래 남을 큰 결과를 만들어 보시자구요. 어려운 거 있으면, 언제든지 이쪽으로 부탁하시구요. 아까는 말을 못 했는데, 중국 쪽 전문가가 남조선에 있습니다. 껄끄러운 애기는 그쪽 통하면 훨씬 부드럽게 풀릴 겁니다."

 김철용이 오지환에게 귓속말을 했다. 동시에 오지환 손에는 핸
드폰 번호가 적힌 메모지 한 장이 들려 있었다.

2

공장의 돈들

"그래, 북한 방문은 괜찮았나?"

"네. 솔직히 이유는 잘 모르겠지만, 북한 지도부는 통일에 대해 자신감이 있어 보였습니다. 제가 평소에 상상했던 것과는 좀 다르더군요."

"그래, 그럴 거야. 내가 쭉 지켜보니까 의외로 그 사람들, 통치에 자신감이 있더라고."

집무실 바깥 풍경을 바라보면서 대통령은 오지환에게 계속 말을 건넸다.

"참 웃기네. 그 사람들이 통치가 어렵고 내가 편한 게 맞는데, 이게 반대로 되었어. 통치, 별로 안 해본 고민인데, 이게 이렇게 어려울 줄 몰랐네."

북한 방문에 관한 보고를 마친 오지환은 대통령 집무실을 나오면서 넌지시 말했다.

"각하, 공석인 산업비서관 자리를 마저 채웠으면 합니다."

"그래, 누구 괜찮은 사람 있나?"

"아직은 없습니다만, 아무래도 경제 장관 중 우리도 손잡을 파트너 하나는 있어야 할 것 같습니다."

대통령은 미간을 잔뜩 찌푸렸다.

"그 사람들 다 내가 추천한 사람들이야. 이제 와서 등 돌리고 모르는 척하는걸. 국무회의 때마다 보고 있으려니 진짜…… 그 녀석들이 이현도보다 더 나쁜 놈들이야."

대통령의 입에서 거친 소리가 튀어나왔다.

"아예 안 보면 괜찮아. 근데 국무회의 때마다 마주치면서 빈말이라도 인사 한 번 하는 법이 없어. 그러고는 언론에 대고 경제가 어려워서, 수출이 잘 안 되서, 이러고들 있다니까. 정말 인간적으로 그럴 수 있냐는 생각이 들어."

말이 나온 김에 마저 마무리를 져야겠다는 생각이 든 오지환은 계속 대화를 이어나갔다.

"이현도가 힘을 쓰면서 제일 손해 본 사람들이 누구겠습니까?"

"그게 나 아냐! 당신이 제일 이익본 거고. 졸지에 당신이 한국 경제의 사령탑이 된 거 아냐, 내가 힘을 못 쓰니까. 뭐 그래 봐야 당신도 별 볼일 없지만……."

오지환은 약간 속이 뜨끔하기는 했지만, 대통령의 그런 가시 어린 시선을 이해 못 하는 바도 아니었다.

"예전 상공부 관료들이 상대적으로 피해를 봤죠."

"그래? 왜 그런가?"

대통령은 순간적으로 오지환이 비로소 자기 사람이라는 것을 느꼈다. 자기가 속이 타는 것만큼 오지환도 속이 타고, 자신도 지금의 문제를 풀기 위해 전전긍긍하는 것처럼 오지환도 역시 계속해서 머리를 굴리고 있었다. 상공부! 그래, 왜 그 생각을 아직까지 못했을까.

"같은 경제 관료라고 하지만, 경제부총리가 있던 시절 재경부 출신들이 그 자리를 독식하면서 총리실이나 경제 쪽 기구들에서 상공부 출신들이 대거 밀려났죠. 공장 관리를 그 사람들이 해왔는데, 실제 궂은일은 다 하면서 벌어들인 돈은 재벌들이 그냥 모피아에게 상납한 거죠."

대통령의 머릿속은 조금씩 맑아지기 시작했다. 경제 장관 내에 자기편이 하나도 없는 상태로, 통일부나 행안부 같은 경제와 무관한 기구들만으로 통치하기 시작한 지 벌써 두 달째다. 다행히 경제와는 조금 다른 방향으로 통일부의 도움을 받아 돌파구를 만들어나가기 시작했지만, 그것만으로는 아직 전쟁을 시작하기에는 일렀다. 이현도 쪽은 여전히 공기업 해외 채권을 쥐고 있고, 조금만 움직이면 언제든지 폭탄을 터뜨릴 수 있는 상황을 유지하고 있었다. 대통령은 책임이 없다며 도망가기에는 국민들이 내부 정황을 전혀 모르고 있었다. 통일대통령만 된다면 방법이 전혀 없는 건 아니지만, 거기까지는 아직도 넘어야 할 벽이 많았다. 이대로 그냥 어영부영 몇 년 더 보내면 노벨평화상 하나 손에 쥐고 경제적으로는 큰 전환점을 만들어내지 못한 전임 대통령의 전철을 밟게 될 가능성이 높다는 것을 대통령도 잘 알고 있었다.

"결국 실물경제와 금융경제라는 두 축 중에, 금융 쪽 힘이 너무 세진 거죠. 실제 일본이 부동산 버블 위기 때 우리의 재정부에 해당하는 대장성을 해체시켜 버리면서 상공부 쪽으로 권한을 대거 넘긴 사례도 있습니다."

"그래, 그거군. 이제야 길이 좀 보이네."

"게다가 산업부 쪽을 우리 편으로 확보할 수만 있다면, 지금 모피아 쪽에 줄을 대고 있는 재벌들도 어느 정도는 견제할 수 있습니다. 지들이 결국은 공장을 돌려야 물건도 만들고 수출도 하는 건데, 당장 공장에 대한 견제가 들어가면 자기들도 좋을 건 없죠. 콩쥐, 팥쥐 애기의 콩쥐 같은 겁니다. 열심히 일해서 돈을 벌어도, 예쁜 옷과 맛난 음식은 전부 팥쥐 차지죠."

"그런데 말야. 그 사람들은 왜 이현도 밑에서 찍소리도 못 하고 있는 거지? 자기들도 불만이 있을 거 아냐?"

"밑에서야 불만 많죠. 그러나 윗대가리들이 결국은 로펌 통해서 전관예우 받으면서 다시 한몫 챙기는 겁니다. 그러니 롱골드 같은 데 밉보이면 곤란해지는 거죠. 지금 있는 이원호 산업부 장관이 간만에 그렇게 밑에서부터 신임을 받은 사람입니다. 각하께서 그건 정말 잘하신 일이죠. 해볼 만합니다."

오지환은 주먹을 불끈 쥐었다.

"비서실장, 거기 좀 앉지. 지금 경제수석이 괜찮은 아이디어를 냈는데, 그럴 듯해. 당신도 좀 같이 상의했으면 해서 그래."

두 사람의 이야기를 다 듣고 난 비서실장이 말했다.

"각하, 산업비서관 인선이 끝나고 조금 더 진행이 명쾌해질 때까지는 조용히 추진하는 게 좋겠습니다. 이쪽에서 움직이면 총리실에서 먼저 초를 칠지도 모릅니다. 경제수석이 움직이기 편하게 행정적 편의는 최대한 제가 확보하겠습니다. 우리도 좀 준비를 하고 있다가, 결정적인 순간을 잡을 수 있도록 하겠습니다."

"각하께서 직접 공장을 순회하는 프로그램을 잡으면 어떨까요? 자연스럽게 산업부 쪽에 힘을 실어주는 의미도 있고, 또 누가 나올지 모르지만 사장이나 회장 중에 싫어도 나와 보는 사람이 있겠죠. 본사보다는 지방 공장이 좋을 것 같습니다. 약간의 세 과시도 될 거고, 경고의 의미도 있겠지요. 노동자들 격려하는 강연도 한 번씩 하시구요."

오지환이 몇 가지 추가적인 프로그램들을 꺼내놓았다. 그가 지난 6개월 동안 한국은행과 통일부 쪽 전문가들 그리고 시민단체의 전문가들을 총동원해서 찾아낸 해법이었다. 아직 불완전했지만 더는 시간을 끌 수가 없었다.

"어차피 지금의 여소야대 형편상 2016년 총선까지는 당의 전폭적 지원을 다시 받는다고 해도 입법 자체는 어렵습니다. 저쪽 힘을 약하게 하면서 시간을 끌다가, 적당한 때에 경제 결정권은 다시 찾아오면 됩니다. 폭탄만 제거하고 나면 아무것도 아닙니다."

오지환과 대통령의 대화를 한참 골똘히 지켜보던 비서실장이 입을 열었다.

"각하, 이제 슬슬 국정원을 움직여보시는 게 어떻겠습니까? 국정원장이 화가 많이 나서, 자기 독단으로라도 하겠다는 걸 겨우 말리고 있습니다. 지금 이건 민간인 사찰이 아니라 국가 재산을 팔아먹는 역적죄라는 거 아닙니까? 국정원법 3조, '내란의 죄'에 해당하는 경우는 국정원이 움직일 수 있고, 또 움직여야만 합니다. 경제수석, 자넨 이 사건을 어떻게 보나?"

오지환은 잠시 머뭇거리다가 또박또박 말을 시작했다.

"내란죄 맞죠. 외국 펀드와 결탁해서 국가 안위를 위협에 빠뜨리고, 그걸 빌미로 대통령의 권한을 탈취한 사건이니까요. 근데 제 고민은, 왜 앞의 두 대통령께서는 정보기관을 움직이지 않으셨냐는 거예요. 그렇게 간단하게 해결할 수 있는 거라면, 그냥 그렇게 해결하면 되는데 왜 그냥 계셨는지. 그 속사정에 뭐가 있을까, 그게 아직 제가 머뭇거리는 이유예요. 그게 아니었으면 제가 먼저 협조 요청을 했겠죠. 저도 누가, 어디서 뭘 쥐고 있는지 정말로 알고 싶은 사람입니다."

대통령은 잠시 대화를 끊고 일어나 창밖을 보면서 깊은 한숨을 쉬었다.

"대선 때, 집권 욕구에 대한 얘기를 해준 사람은 많았는데, 통치 방법 아니, 통치 욕구에 대한 얘기를 해준 사람은 아무도 없었어. 이제야 내게 통치 욕구가 없었구나, 하는 생각이 드네."

솔직한 말이었다. 대통령 혹은 대통령을 만들고자 했던 수많은 사람의 집권 욕구는 여당이든 야당이든 강렬하다. 그리고 그게 개인의 영달이든 국가의 번영이든, 그 사람들의 욕구는 생존욕을 뛰어넘을 정도로 강하다. 그러나 통치 욕구가 강렬했던 사람은 박정희와 DJ가 유일하지 않았나? 통치를 위해 집권을 하는 것인가, 아니면 집권을 하고 나니 통치도 해야 하는 것인가, 지금 대통령은 이 질문 앞에 서 있었다.

"지난 일은 생각하실 필요 없습니다. 지금부터 하나씩 문제를 해결해나가면 됩니다. 이제 슬슬, 지난 두 달간의 유폐에서 풀려나 바깥으로 나가셔도 됩니다. 사람들에게 각하가 존재한다는 것을 보여주셔야죠. 저희가 준비해보겠습니다."

국가의 원수가 자신이 통치하는 나라의 주요 공장 시설을 방문하는 것은 생각하기에 따라 지극히 일상적인 일이었다. 그러나 이 미묘한 상황에서 대통령은 금융자본의 기세에 눌려 있던 실물경제의 힘을 빌려올 수 있는 돌파구를 열었고, 첫 번째로 뚫은 포위망이었다. 재계 서열 순위에 따라 지역별로 하나씩의 공장을 돌았는데, 죽어버린 사람인 줄 알고 안심하고 있던 사장들은 대통령이 여전히 건재함을 목격했다.

지금 대통령은 조선조의 왕들이 수렴청정으로 인해 정치적으로 유폐된 것과 다를 바가 없는 상황이다. 극심한 견제 속에서 그는 한 발만 잘못 벗어나면 언제든지 이 나라가 지급불능 상태로 빠져들 수 있다는 위협을 받아 상당히 위축된 상태였다. 집권 첫해에 의미 있는 정책을 하나도 만들어내지 못했다는 상실감이 그를 위축시켰다. 그러나 컨베이어 벨트와 조립용 기계가 끊임없는 파열음을 내고 있는 공장 안으로 들어가면서 자신이 이 모든 것에 대해 결정하는 사람이라는 사실을 다시금 깨달았다. 그는 어쨌든 노동자들의 대통령이고, 시민들의 대통령이었다. 그런 사람들이 지지해서 대통령이 된 것 아닌가? 그는 대한민국 돈들의 대통령이 아니다. 아니, 큰돈들의 대통령이 아니다. 덩치가 큰 돈들은 대통령을 지지한 적이 없었고, 지금도 지지하지 않는다. 그러나 푼돈들이 모여 큰돈이 된 것 아닌가? 큰돈들이 왜 그렇게 큰돈이 되었겠는가? 큰돈은 뭉치기 쉬운 습성을 가지고 있다. 마치 조각조각 모인 돈들이 자본이 되는 것처럼 말이다. 반면에 작은 돈들은 부수어지기 쉽다. 그게 작은 돈의 속성이자, 약점이다.

큰 공장 안으로 걸어 들어가는 대통령은 그 안에서 작은 돈들을 보았다. 그리고 비로소 그 작은 돈들이 자신에게 열광하고 환호하는 것을 느꼈다. 노동자들의 손을 하나 하나 잡으면서, 대통령은 비로소 대선에 나섰던 순간 그리고 자신이 승리하던 그 순간의 기쁨을 다시 떠올렸다. 그렇다. 그는 푼돈들의 대통령이었다. 지금은 비록 큰돈과 목돈들의 위세에 잔뜩 눌려 있지만…….

"대통령, 대통령!"

울산 공장 안의 직원식당에서 대통령을 연호하는 노동자들 사이를 걸어가며, 대통령은 일일이 사람들의 손을 잡고 천천히 한 명 한 명의 눈동자를 바라봤다. 그 옆에서 산업부 장관이 밝은 표정으로 대통령의 뒤를 따르며 일일이 악수를 하고 있었다. 다시 그 뒤를 오지환과 산업비서관으로 새로 임명된 전현석이 따랐다.

사람들 사이로 '비정규직 문제, 해결해주세요'라고 쓰인 피켓들이 보였다. 보통은 '해결하라' 혹은 '철폐하라' 같은 명령조의 반말투로 적은 플래카드가 등장하기 마련이다. 해라체가 글자 수가 적어 팻말이나 플래카드처럼 많은 글자를 적기 어려운 상황에서 더 유리한 이유도 있지만, 군사독재를 거치면서 늘 외치는 사람과 들어줘야 하는 사람의 적대적 관계가 반영된 결과이기도 하다. 영어나 불어는 존대어가 발달되어 있지 않기 때문에, 집회나 시위에서 사용되는 명령형의 문구가 반드시 하대를 의미하는 것만은 아니다. 그러나 새 정부가 들어서면서 집회에서 종종 존대어로 된 피켓들이 등장하기 시작했다. 그것은 새로운 대통령에 대한 기대감도 있지만, 자신들이 직접 만든 정부라는 열망감도 반영된 것이었다. 말이라는 것은 누가 시킨다고 해서 쉽게 변하지 않는다. 그러나 시민의 정부가 출범하면서 자연스럽게 존칭과 존대가 피켓에서 공공의 언어로 돌아오고 있었다. 누가 누구에게 명령하는 것이 아닌 사회, 그런 것들에 대한 열망이 사람들 속에 잠재하고 있었던 것인지도 몰랐다.

"비정규직 문제 해결, 내 선거공약이었죠?"

"네, 맞습니다."

대통령의 옆에 서 있던 산업부 장관 이원호가 짧게 대답했다.

"이건 산업부가 해결할 수 없는 문젠가요?"

"우리 부처 소관이 아닙니다만, 여긴 법원 판결이 이미 난 상황입니다. 오너가 판단하면 될 문제입니다."

"오너 판단이라…… 오너, 오너가 문제군요."

대통령은 답답함을 느꼈다. 공장에서 만들어진 돈은 오너에게 가고, 오너는 그들에게 돈을 만들어준 노동자나 소비자가 아니라, 그 돈을 관리하는 은행에게 더 굽실굽실해야 한다. 그리고 결국은 그 은행의 목줄을 쥐고 있는 관료들의 비위를 맞추게 된다. 그런데 그 관료들의 임명권을 사실은 대통령 자신이 가지고 있는 것 아닌가. 공무원들의 힘이 고시에서 나오는 것인가, 아니면 헌법에서 나오는 것인가?

대통령은 사람들과 대화를 하는 대신 그들의 손을 일일이 잡아주며, 함께 아픔을 나눴다. 그는 지금 대통령의 경제 결정권이 때로는 형식적으로 때로는 실질적으로 경제부총리에게 있었던 것처럼, 지금은 총리에게 가 있다는 사실을 말할 수는 없었다. 그건 지금 청와대와 총리실, 당의 상층부 그리고 그런 정보를 접할 수 있는 처지에 있는 사람들만 알고 있는 사실이었다. 부총리 제도가 왜 신설되었고 어떻게 운영되고 있는지, 여전히 아는 사람도 분석되는 것도 없었다. DJ 시절 JP가 총리로 임명되었을 당시 왜 갑자기 경제수석이 바뀌었는지, 그리고 IMF 경제위기에 책임이 있는 사람들에 대한 조사가 흐지부지하게 되었는지 아무도 언급하는 사람이 없지 않은가?

'공장의 작은 돈들을 전부 모으면 얼마나 될까?'

오지환은 잠시 머릿속으로 계산을 해봤다. 대통령을 이 위기에서 구출하기 위해 필요한 돈의 100분의 1도 되지 않았다. 그러나 그들도 모두 1인 1표, 한 표씩을 가지고 있다. 정치와 경제의 차이는, 경제는 협동조합과 같은 특별한 경우를 제외하면 1원 1표, 그렇게 돈의 크기에 의해 결정권이 작용한다. 그러나 노동자들과 일일이 악수하면서 긴 시간을 보내고 있는 대통령을 보며, 오지환은 자신들이 누구를 위해 이 자리에 서 있는지, 그리고 무엇을 해야 하는지, 조금 더 명확해지는 것을 느꼈다. 아직은 그림이 잘 그려지지 않았다. 오지환은 지금 진을 짜는 중이었다. 적들의 진은 워낙 거대할 뿐만 아니라 정교하기까지 했다. 그리고 그들에게는 경험이 많았다. 반면에 대통령 측은 자금과 경험 모두 부족했다. 어쨌든 한국에서 대통령은 한 번밖에 할 수 없는 일인 것은 피차 마찬가지 아니겠는가?

3

우리는 서로 사랑할 수 없는가?

"오후에 시간 있으세요?"

김수진에게 전화가 온 것은 오지환이 북한에서 돌아온 지 얼마 지나지 않았을 때였다.

"네, 시간 있습니다. 아니, 언제나 있습니다."

"하하, 그러시겠죠. 운동이나 같이하자구요. 제가 청와대 앞으로 갈게요. 검은색 포드예요. 운동복도 좀 가져오시구요."

잠시 후, 김수진이 타고 온 검은색 포드가 청와대 앞에 도착했다. 차는 그다지 특별해 보이지 않았다.

"차, 상태 안 좋죠? 이거, 생각보다 오래됐어요. 엔진 힘은 좋긴 해도, 요즘 시대에는 영 아니죠."

"아, 괜찮습니다. 제 차보다는 깨끗합니다."

"방탄차 운용하는 게 생각보다 귀찮아요. 저도 좀 팬시한 걸로 타고 싶은데, 안전 생각하면 선택권이 별로 없더라구요."

김수진과 만날 때마다 오지환은 워낙 놀라는 일이 많아서 이제는 제법 익숙해졌다.

"오지환 씨 차는 방탄 되나요? 워낙 하는 일도 중요한데다가, 김수진 남자 친구라고 소문이 나면 사방에서 총 들고 쫓아올 사람들이 적지 않을 텐데요. 이런 거 생각하면 늘 미안해요."

"요즘은 그냥 관용차 탑니다. 운전사도 있는데, 그냥 제가 운전하는 게 좋아서 혼자 다닐 때가 더 많습니다."

김수진은 걱정스러운 눈빛으로 말했다.

"경호실에 얘기해서 방탄차로 바꿔달라고 하세요. 어지간하면 경호원도 좀 붙여달라고 하시구요."

"한국 정부, 그 정도로 넉넉하지 않습니다. 또 별로 그렇게 해야 할 필요성도 못 느끼구요."

운전하면서 김수진은 작은 영문 책자를 오지환에게 건넸다.

"펜타곤 요원들 안전 수칙이에요. 별건 아니지만, 그래도 급박할 때는 적지 않게 도움이 돼요. 뭐, 고급편도 있긴 한데, 그건 장비 운용이 필요해서 도움이 안 될 거예요. 미안하게 됐네요. 김수진 남자 친구라면, 뭐 그 정도는 알아야 하는 거라서. 이거, 미안해서 어쩌죠?"

책자를 뒤적이던 오지환이 넌지시 북한에서 있었던 이야기를 꺼냈다.

"북한의 리설주가, 김수진 씨를 알더라구요. 직접 안부를 전해달라고 하지는 않았지만, 뭐 거의 그런 얘기였습니다."

"리설주, 아주 유쾌한 여자죠, 활기도 넘치고. 리설주를 만난 한국 공무원이라…… 재밌군요. 뭐, 머리에 총 맞을 이유가 하나 더 늘었군요, 축하해요. 월요일에 출근하자마자 방탄차 꼭 내달라고 하세요. 가족을 납치하는 일은 별로 없는데, 혹시 모르니까 현주는 부모님 댁으로 보내시구요. 댁, 지금 엄청 위험한 게임 안에 들어와 있어요. 머니게임? 그건 장난이죠."

현주가 납치될 수도 있다는 말을 듣는 순간, 오지환은 머리끝이 쭈뼛했다. 오지환의 표정을 힐끗 본 김수진이 웃으면서 말했다.

"남편 죽을 때, 딸도 죽었다는 얘기해줬죠? 지킨다고 꼭 지킬 수 있는 건 아니지만, 지키려고 노력도 하지 않는 건 죄라는 생각을 그때 했어요. 새끼 에이전트들이 무기 거래 한 건 하고 얼마 받는지 아세요? 100억이에요, 100억. 한 건 하고, 평생 숨어 살아야 할 비용이 100억이라고요. 싸다면 싸고, 비싸다면 비싼 거예요. 저는 한 번 움직이면 받는 돈이 최소 1,000억이에요. 목숨 열 개를 걸어놓고 한 번 움직이는 거죠."

오지환은 이제 어느 정도 김수진에게 익숙해졌다고 생각하고 있었지만, 언제나 그녀가 보여주는 세계는 그가 단 한 번도 상상해보지 못한 미지의 세계였다. 북한의 최고위층을 만나고 왔는데도 말이다.

"워싱턴에서 나랑 사귀자는 사람이 아무도 없어요. 머리에 구멍 날 각오하고 만나야 하는 건데, 무서워서 누가 덤비겠어요? 목숨 건 섹스 같은 거죠. 아, 벌써 다 왔네요."

차는 삼각지 건너편에 있는 용산 미군기지 안쪽으로 들어갔다. 김수진의 차량 앞에 있는 스티커를 보자마자 경비병이 크게 경례를 붙였다. 서울에 사는 사람은 누구나 수십 번씩 지나는 거리지만, 오지환도 이 안의 광경에 대해서는 생각해본 적도, 상상해본 적도 없었다. 차는 속도를 늦추어 미군기지 안쪽을 지나 작은 국방색 2층 건물 앞에 섰다. 김수진은 내리면서 차 안에서 파란색 패찰을 꺼내 목에 걸고, 오지환에게도 건넸다. 김수진의 패찰에는 'Supervisor'라고 쓰여 있고, 오지환이 받은 패찰에는 'Supervisor's Guest'라고 쓰여 있었다.

"장교용 사격 연습장이에요. 매주 한 번씩은 와요. 군대 갔다 오셨으니 권총 정도는 쏠 줄 알겠죠? 자, 소신껏 쏴보세요."

오지환이 잠시 권총을 들고 머뭇거리는 사이, 김수진은 소형 기관총을 연발로 쏘기 시작했다. 표적지 한가운데가 순식간에 벌집이 됐다. 탄창 세 개를 다 쓰고 나서야 김수진은 잠시 한숨을 돌렸다. 사격용 귀마개를 하고는 있었지만, 엄청난 소리에 오지환은 정신을 차릴 수가 없었다.

"잘 안 맞네요. 지난번에는 정말 기똥차게 딱딱 맞췄는데. 오지환 씨, 안 쏴요? 불편해도 일단 쏘기 시작하면 금방 감이 올 거예요. 감 하나는 타고난 분이시니까."

오지환은 권총을 들고 표적지를 향해 방아쇠를 당겼다. 하지만 표적지에 박힌 건 한 발 정도고, 나머지는 멀리 빗나갔다. 현주를 생각하면 장난으로 넘길 일이 아니었다. 그는 죽을힘을 다해 군

시절 사격 훈련을 했던 기억을 떠올렸다.

"오늘은 첫날이니, 100발 정도만 쏘면 어느 정도 감이 올 거예요. 자기 폼과 스타일을 찾는다고 생각하고 편안하게 쏴보세요. 저는 커피 한잔 마시고 있을 테니, 천천히 마저 쏘세요."

오지환이 땀을 뻘뻘 흘리면서 100발을 쏘고 건물 밖으로 나오자, 김수진이 잔디밭 옆에 앉아 커다란 커피 잔을 든 채 담배를 태우고 있었다. 오지환도 김수진 옆에 걸터앉아 담배를 태웠다. 그들 옆으로 미군 병사들이 줄을 맞춰 걸어가고 있었다. 난데없이 권총 사격을 하고 난 오지환은 자신이 알고 배웠던 현실과 지금 또 하나 너무나 명확하게 전개된 현실 사이에서 무엇이 실제인지를 가늠하고 있는 중이었다.

"어, 오지환 씨 잔뜩 쫄았네. 걱정하지 마세요, 딸은."

마지막 남은 커피를 모두 입안에 털어 넣으며 김수진이 말했다.

"오지환 씨 북한 간다는 얘기 듣고 현주를 이곳으로 데리고 올까도 생각했어요. 근데 잘 생각해보니 아직 그럴 필요까지는 없겠더라구요. 노릴 사람이 몇 있기는 한데, 중국 공안 쪽이야 오지환 씨에게 우호적일 거고 요즘은 나랑도 관계가 좋아요. 이현도는 뭐, 약간 과대망상증이기는 하지만 그렇게 거칠게 움직일 인물은 아녜요. 한준건이 얘가 좀 불안하기는 하지만 이현도 말은 워낙 잘 따르니까 아저씨만 조심하면 될 것 같아요. 내일 출근하면 꼭 방탄차 달라고 하세요, 오지환 씨."

"저, 괜찮겠습니까? 그렇게 위험하면 국정원 안가도 있고 외국으로 내보낼 수도 있고……."

"정말 위험해지면 제가 먼저 조치를 취할 거예요. 자, 일단 밥이나 먹으러 가요. 장교식당이 멀지 않아요. 거기 밥은 먹을 만하실 거예요."

식사를 마치고 건물 밖으로 나오면서 김수진은 오지환의 손을 잡았다. 순간, 오지환은 온몸에 전기가 흐르는 듯한 느낌을 받았다. 마흔의 사랑, 그들에게도 20대 시절의 짜릿함이 남아 있을까? 체념과 계산만 남은 것 같아 보이지만, 그들도 역시 사람이었다.

"이왕 오셨으니, 저 사는 것도 좀 보고 가도 돼요. 여기서 멀지 않아요."

김수진이 오지환의 손을 끌고 간 곳은 기지 내에 있는 높지 않은 장교용 아파트였다. 문을 열고 안으로 들어가니 우리식 아파트로 치면 50평 이상될 정도로 넓고 잘 정돈된 체리 원목 스타일의 내부가 펼쳐졌다.

"군납 맥주지만 한잔하시겠어요?"

일요일 오후, 오지환과 김수진은 용산 미군기지 내에 장성급이 쓰는 고급 숙소에서 캔맥주를 마시고 있었다.

"북한 지도부에 대한 설명은 고마웠습니다. 미처 감사할 기회가 없었지만, 다시 한 번 감사드립니다. 많은 도움이 되었습니다."

"아저씨, 지금 아저씨가 얼마나 위험한 게임을 하고, 날 얼마나 불편하게 하는지 알고나 계세요? 내가 아주 곤란해졌어요."

"죄송합니다. 그럴 마음은 아니었습니다."

"죄송하다는 말, 하지 말아요. 오지환 씨는 당신 게임을 하는 거고, 나는 내 게임을 하는 거예요. 다만 이 게임이 좀 위험하다는 게 문제죠. 최소한 자기를 지키는 법 정도는 알아야 게임을 즐길 수 있잖아요. 죄송하단 말은 더 이상 하지 말아요. 지금 오지환 씨 아주 잘하고 있고, 나도 충분히 재밌으니까요."

"제가 이현도에게 이기면 김수진 씨가 곤란해지지 않을까요? 그런 게 좀 마음에 걸리기는 합니다."

"푸하하, 이현도? 이기든 지든 난 상관없어요. 자기가 덩샤오핑인줄 아는 모자란 영감쟁이일 뿐이죠. 쓰러지지 않는 지도자, 그거 다 망상이에요. 한국이 갈 길은 아니죠. 그러나 내 일에 도움이 되니 지금은 같이하고 있을 뿐이에요. 오지환 씨, 그냥 하고 싶은 대로 하세요. 그게 멋있어요. 지금, 너무너무 잘하고 있어요."

기관총과 미인, 변호사와 군인, 한국에 있는 미국인, 장군 숙소가 집인 여자. 전혀 평범하지 않은 상황이었다. 그들은 각자 스스로 선택했고, 그 선택은 또 다른 선택을 요구했다. 생명, 어쩌면 그것은 선택이 아니라 운명인지도 모른다. 너무 많은 것을 책임질 수밖에 없는 한 경제학자 그리고 그보다 더 많은 것을 짊어지고 사는 변호사, 그들 사이에 또 하나의 생명이 등장한 것은 바로 그 날이었다. 그 언제보다 자신의 목숨 혹은 그들이 알고 있는 사람의 목숨이 위태로워진 순간, 다시 새로운 생명이 자신의 형상을 선택한 것은 어쩌면 인간이 가지고 있는 필연성인지도 모른다. 우리는 서로 사랑할 수 있을까. 겉으로는 화려하지만 속으로는 구조의 기능을 수행하는 함수에 불과한 인간이 스스로 선택할 수 있는 것은 사랑밖에 없는 것이 아닐까? 외형적으로는 화려하지만 결국은 미군 막사로 불릴 수밖에 없는 그곳에서, 아이의 영혼이 엄마의 배를 선택하는 운명적 순간. 그것은 그렇게 오고야 말았다. 사람들은 그것을 섹스라고 부르지만, 아이들의 영혼이 탄생을 기다리는 그 별에서는 '첫 만남'이라고 부른다.

"저, 이런 거 물어봐도 될지 모르겠는데……. 김수진 씨가 국제 관계는 전문가니까."

"전문변호사 자문 받으면, 분당 요금 청구되는 것 정도는 아시죠? 모르는 사이도 아니니, 분당 50불. 저렴하게 모시죠."

침대 위에서 멀뚱멀뚱 한참을 천장만 쳐다보던 오지환은 결국 입을 열었다.

"분당 100불 드리죠. 저도 그 정도 업무 추진비는 있습니다. 그 대신 신중하게 생각해주세요."

"물어보세요. 대한민국 정부와 처음 거래 트는 걸로 생각하고, 최고의 자문으로 모시겠습니다."

"얼마 전에 북한 갔을 때, 한국 전화번호가 적힌 쪽지 하나를 받았거든요. 혹시 이게 함정이 아닐까 의심스러워 아직 연락도 못 해보고 있는데, 어떻게 하는 게 좋을까요?"

김수진은 대답 대신 오지환의 뒤통수를 후려갈겼다.

"야, 오지환. 변호사 자문 받으려면, 최소한 3분 이상짜리 질문을 하는 게 예의야. 이건 3초도 안 걸리는 자문이잖아? 아 뇨, 최소한 요금 청구 요건은 채우는 자문을 해야지. 이 멍청아, 그 사람들이 함정을 왜 파, 니가 필요해서 불렀던 사람인데. 얘는 도와준다고 해도 못 알아먹네."

"아니, 그렇게 간단하게 대답할 일이 아닙니다. 북한과 비선 접촉한다는 거, 그거 잘못 말리면 간첩죄예요. 여긴 미국이 아니라구요."

"쪽지 줘봐. 내가 전화해줄게. 오지환, 간이 그렇게 작아서 게임을 어떻게 뛰냐. 만나보고 턱도 없는 소리 한다면, 조치는 그때 취해도 안 늦어요."

4

움직이기 시작하는 대륙

"네. 오동상사, 이종영입니다."

사무실에 앉아 있던 오지환은 결국 북한의 김철용에게 받은 메모지에 적힌 전화번호를 눌렀다. 몇 번을 생각, 아니 안달을 하다가 결국 김수진의 조언대로 전화기를 든 것이다. 이 전화 한 통은 동북아의 운명을 바꿀 만한 파급을 가지고 있었다. 빈틈없이 포위당한 대통령과 포위망을 뚫기 위해 지난 몇 달간을 뛰어다니던 오지환이 찾던 카드들의 빈틈이 조금씩 메워지기 시작했다.

"청와대 경제수석 오지환이라고 합니다만……."

"전화가 생각보다 늦었군요. 기다리고 있었습니다."

오지환과 이상대가 이종영을 만난 것은 청와대 바로 건너편인 효자동 통인시장 뒤쪽의 평범한 주택이었다.

"중국 국가안전부 1국의 이종영입니다. 만나 뵙게 되어 영광입니다."

북한이 통일 준비를 시작하면서 중국이 제일 염두에 둔 것이 결국 미국과의 직간접적인 충돌이었다. 미국은 중국에 대한 군사적 경계를 높이는 중이었고, 중국은 미국 국채의 절대고객으로, 단번에 미국을 곤경에 빠트릴 수 있는 힘을 가지고 있었다. 한쪽은 무기로, 또 다른 쪽은 돈으로 서로를 견제하면서 팽팽하게 맞서고 있는 중이었다. 그러나 두 거인 모두, 자신의 힘을 직접적으로 쓰기는 어려운 상황이었다. 군대가 움직이면 세계 평화를 깬다는 비난을 뒤집어써야 하고, 미국 채권을 일시에 풀면 세계 경제 체계를 무너뜨린다는 맹비난 앞에 서게 된다. 더군다나 남북한의 통일은 장기적으로 미국과 중국 모두에게 유리한 국면을 만들 여지가 있었다. 그러나 당장 곤란해지는 것은 무기의 돈들을 움직이는 펜타곤이었다. 남북한이 끊임없이 대치하면서 크고 작은 국지전을 만들고, 일종의 테스트 마켓이자 확실한 구매처로 남는 것이 그들이 생각하는 최적의 상황이기 때문이다.

"지난번에도 미국 쪽 무기자금이 일부 투입된 거 맞지요? 미국 증시에 그런 소문이 파다하게 퍼졌더라구요."

중국 대사관 인근에 있는 중국 국가안전부의 안가에 들어오게 된 이상대가 어정쩡하게 사방을 둘러보다가 점점 대화 속으로 빠져들면서 마음속에 담고 있던 질문을 던졌다.

"네. 우리가 파악하고 있는 바로는 그렇습니다. 지금 오 선생님이 교제하고 있는 김수진 여사가 핵심 링크구요. 엄청난 거물이지요. 역시 경제수석답게 스케일이 크시더군요. 김 여사가 왜 이현도 밑에서 움직이는지는 우리도 아직 파악을 못 했습니다."

"뭐, 당연히 펜타곤의 이해가 걸려 있기 때문 아닌가요? 중국도 그래서 자세히 지켜보면서 게임을 같이 뛸 파트너를 찾는 거구요. 뭐, 판돈이라도 좀 대주실 참인가요? 카드 준비는 얼추 끝났는데, 판돈이 아직 부족해서 판에 못 올라가고 있습니다. 정말 속 타지요."

오지환은 그 어느 때보다도 강하고 빠르게 본론으로 들어갔다. 그는 어차피 서로 준비가 된 상황이라면 시간을 끌 필요가 없다고 생각했다. 실제로 오지환은 6개월 전보다 많이 강해졌다. 자리가 사람을 만든다는 말은 거짓이 아니었다.

"우리 인민은행 친구들이 만든 시나리오가 있기는 합니다. 약간 복잡하기는 하지만, 한국 대통령이 통일 쪽으로 확실히 나서주신다면, 저희 쪽에서도 도와드려야 한다는 의견이 강하더군요. 게다가…… 김 여사와는 우리도 좀 묵은 관계가 있어요. 우리 쪽 친구들이 적잖게 고혼이 되었지요. 이번 판에는 좀 이겨야 합니다."

"시나리오는 확실한 겁니까?"

"확실하니까 제 손에까지 왔겠죠. 다만 보안 문제로 여기서 드릴 수는 없고, 대사관을 통해서 수석실 비밀 전문으로 들어갈 겁니다. 검토해보시고, 결심이 서면 대통령과 대사 사이의 면담을 한번 주선해주시길 바랍니다. 한국과 달리 우리는 비선이라도 계통도대로 움직입니다. 주한 대사의 오케이 사인이 나면, 우리 쪽 금융통들이 시나리오대로 움직일 겁니다."

"그럼, 저는 돌아가서 중국 대사관 전문만 기다리고 있으면 되는 겁니까?"

이종영이 의미심장한 미소를 지으면서 말했다.

"판돈은 모르겠지만, 게임장 입장료 정도는 마련될 것 같네요. 저희 동지들이 어쨌든 지금 최선을 다하는 중입니다."

우리는 늘 일본, 유럽, 미국 등을 선진국이라고 여기고, 한국에서 벌어지는 일은 변방의 일이라고 생각하는 경향이 있다. 그러나 자연스럽게 한국은 세계 경제의 중심이 되어버렸다. 중국의 도약, 일본의 견고함 그리고 한국의 역동력이 한·중·일을 세계에서 가장 주목해야 하는 곳으로 바꾸고 있다. 이 세 나라가 서로 충돌하고 소모전을 벌이는 것은 역외의 다른 지역에서 바라는 일이다. 프로이트가 말했듯이, "작은 차이의 나르시시즘"이 작동해서, 가까운 이웃끼리는 조금의 차이만으로도 더욱 격렬한 반응이 나타난다. 유럽의 변방이었던 독일이 그보다 더욱 변방에 있던 유대인을 혐오하는 것을 독일인이었던 프로이트는 그렇게 이해했다. 지금의 한·중·일도 크게 다르지 않았다. 그 사이에 끼어 있는 북한이라는 아주 특수한 요소는 한·중·일의 지도자들이 뭉개고 넘어가고 싶은 것이었다. 그 상황에서 한국과 북한이 통일을 향해 걸어간다는 것, 이것은 다른 모든 나라의 지도자들과 의사 결정자 그룹에게는 철학적 질문이기도 했다.

중국 내에도 강경파와 온건파가 있다. 강경파가 북한을 일종의 내부 식민지로 삼아야 한다고 주장하는 반면, 온건파는 남북의 평화 위에 한·중·일의 평화 블록을 완성하는 것이 중국의 성장에 도움이 된다고 주장했다. 하지만 이것이 중국의 무기 쪽 사람들과 경제 쪽 사람들 사이의 입장 차이는 아니다. 군부에도 강온이 있고, 경제에도 강온이 있다. 2014년 12월, 통일 선언을 준비하는 북한을 지지하는 중국의 지도부들은 완연한 온건파들이었다. 그들은 북경을 중심으로 한 전통적 지배 세력과는 달리, 중국 변방의 지지를 받으며 점점 권력의 핵심으로 들어가고 있었다. 그들은 북한을 지배하기보다는, 변방을 평화롭게 해야 한다고 생각했다. 한국과의 통일을 준비하는 북한 지도부를 지지했고, 그렇게 움직일 수 있는 한국 정부의 파트너를 찾고 있었다. 드러나지 않으면서도 묵직하게, 대륙의 힘으로 한국의 대통령이 자신의 경제적 결정권을 되찾아오는 것을 도와주려는 힘. 결국 오지환이 그들을 만나게 된 것이다.

진인사대천명이라고 했던가? 중국의 위안화가 달러와 어깨를 나란히 하기를 꿈꾸는 중국 중앙은행의 지도부들은 중국이 가지고 있는 미국의 채권 보유를 늘리는 것과 같은 직접적인 방식으로 중국 화폐를 강하게 만드는 전략이 효과적이지 않다고 생각했다. 기계적으로 위안화를 강하게 하는 것과 유기적으로 위안화를 강하게 하는 것은 분명 차이가 있었다. 또 다른 흐름인 중국 내 온건파들은 한·중·일의 역내 관계를 개선하고, 그렇게 탄탄해진 중국 내수와 인접 국가 간의 상호관계를 통해서 자연스럽게 위안화의 힘을 키우는 방법을 고민하고 있었다. 중국 군부와 경제계의 온건파들 중 가장 신뢰받을 수 있는 현장요원, 그가 바로 이종영이었다. 그들은 북한을 방문한 오지환과 가장 자연스럽게, 그들을 견제하는 또 다른 시선을 자극하지 않을 수 있는 방법을 찾고 있었다.

5

불안해하는 총리실

본격적으로 겨울이 오기 시작하는 12월, 원수봉에는 아직도 단풍의 흔적과 낙엽들이 남아 있었다. 북악산에 청와대가 있는 것과 마찬가지로, 원수봉을 배경으로 총리 공관이 자리 잡고 있었다. 애초의 계획대로라면 청와대가 있어야 할 자리지만, 노무현 대통령을 극도로 증오했던 사람들은 청와대의 이전을 허락하지 않았다. 그들은 관습헌법이라는 해괴한 규정을 들어 서울에서 수도가 빠져나갈 수는 없다고 주장했다. 그보다 행정수도 이전 자체를 무산시키려고 했지만, 행정기관 자체를 막기에는 그들의 힘이 부족했다. 그들이 의도하든 의도하지 않든, 공간적으로 두 개의 권력이 존재할 여지가 생겨났다. 2014년 12월, 한국에는 두 개의 권력이 움직이고 있었고, 사람들은 어느 쪽에 줄을 설 것인지를 선택해야 했다. 죽은 듯이 6개월가량을 숨죽이고 보내던 청와대는 지난달부터 슬슬 움직임을 보였다. 이전 대통령과는 다른 행보였다.

도대체 뭐가 달랐을까?

총리 공간 뒤로 병풍처럼 자리하고 있는 원수봉은 너무 사이가 좋지 않아 결국 원수가 된 부자 형제에 대한 전설을 가지고 있다. 동생은 아래에 살고, 형은 봉우리가 되어서 분노에 찬 눈으로 동생을 내려 보고 있는 형상이다. 장인표는 요즘 기업인들의 전화를 받느라 정신이 없었다.

"네. 언제 한번 보지요."

장인표는 걸려오는 전화에 건성으로 대답했다. 보자는 대로 다 볼 수는 없었다. 그리고 보고 싶은 사람도 많지 않았다. 그는 지금 몇 가지 어려운 선택을 앞두고 있었다. 공관에서 정면으로 보이는 원수봉은 마치 대통령이 내려다보고 있는 것 같은 중압감을 주었다. '일인지하 만인지상'이라고 하는 승상의 자리에 있지만, 그의 위에는 여전히 두 사람이 있었다. 대통령과 이현도, 각각 형식적으로 그리고 실질적으로 그의 상관이었다.

"비서실장 오시라고 해요."

고민을 거듭하던 장인표는 비서실장을 호출했다. 그의 머릿속에는 예전 총리실의 국무조정실장으로 있던 시절, 이제는 돌아가신 노무현 대통령의 선거캠프에 합류하던 순간이 떠올랐다. 그는 기업인들이 후보에게 추천했던 인사들 중 하나였다. 그러나 그것 역시 이현도의 추천이었다는 사실을 알고 있었다. 이현도는 경제 관료들을 보수당과 민주당으로 보냈다. 그중에는 알아서 간 사람도 있고, 추천과 함께 보내진 사람도 있었다. 장인표는 스스로 민주당을 선택했다고 생각하고 있었지만, 약간은 애매했다. 자신이 생각해도 어느 쪽이 진실인지 가늠하기는 어려웠다. 왜냐하면 스스로도 선거캠프에 합류하기 전까지 자신이 어느 쪽에 서서 정치를 할지는 물론이고, 정치를 해야 한다는 결심이 없었기 때문이다.

"이 실장, 자넨 나와 보낸 세월이 얼마나 되지?"

"벌써 10년 넘었죠."

"그래, 벌써 그러네. 우리도 참 많이 왔네, 세월 참 물 같아."

"총리님, 오늘 따라 감상적이십니다. 지금 잘하고 계십니다. 저는 총리님을 모시는 것만으로 영광이고, 요즘처럼 신난 적이 없습니다."

"만약 내가 그때 민주당이 아니라 한나라당을 선택했으면 어땠을까?"

"그러실 분이 아니죠, 그건 제 확신이기도 합니다. 사실, 우리나라 경제 관료 중 총리님만큼 민주화에 대한 확신을 가지신 분이어디 있겠습니까. 다들 자기 잇속 챙기기만 바빴죠. 민주당을 위해서나 나라 경제를 위해서나, 궂은일은 다 총리님께서 처리하시면서 지금까지 온 것 아닙니까. 한미 FTA, 외환은행 등 어차피 누군가는 처리해야 할 일이고, 무능하게 그냥 뭉갠다고 해결될 일은아니지 않았습니까."

"그래, 누군가는 나서서 일을 마무리했어야 했지. 이 실장, 간만에 위스키 한잔하겠나? 아니, 코냑이 좋겠네. 한잔함세."

장인표는 장식장에서 헤네시를 꺼내 크리스털 잔에 따랐다. 비서실장은 위스키와는 전혀 다른 묵직함과 단맛이 목을 타고 흘러 내려 가는 것을 느꼈다. 뜨끈한 기운이 배 속에 가득 퍼지자, 그는 용기를 냈다.

"총리님, 제가 할 얘기가 아닐지도 모르지만, 이제는 결심을 하셔야 하지 않겠습니까?"

"제발 그런 얘기 하지 마시게. 큰일 날 소리네. 그런 얘기나 하자고 부른 게 아냐."

"아니, 도대체 왜 그러십니까. 이젠 우리도 캠프를 꾸리기 시작해야 합니다. 지금부터는 밑그림을 그리기 시작해야 총선 때 우리 쪽도 최대한 약진할 수가 있습니다. 보십시오. 자기 계파 없는 사람이 지금 누가 있습니까? 우리도 지금부터는 계파를 만들기 시작해야 실기하지 않습니다. 단체장들은 벌써 캠프를 꾸리고 뛰기 시작했습니다. 지지율로는 지금 총리께서 1등 아닙니까?"

"나는 그냥 좋은 경제 관료에, 민주당 정치에 기여했던 걸로 충분히 만족하네. 난 충분히 누릴 만큼 누렸어."

장인표는 슬슬 어둠 속으로 묻혀가는 원수봉을 바라보면서 쓸쓸한 목소리로 말했다.

"제발이지, 그런 소리 마십시오. 당에서도 지금 우리 쪽으로 줄 대고 싶어 하는 출마자들이 차고 넘칩니다. 예전과는 다릅니다. 단번에 당내 최대 계파가 될 수 있어요. 게다가 총리님을 지지하는 관료들과 기업체, 그야말로 명실상부 진정한 경제대통령이 될 수 있습니다. 제가 꼭 그렇게 만들 겁니다."

장인표는 가만히 비서실장을 바라보다 서류 한 장을 꺼내 내밀었다.

"보게, 이걸 좀 보라고. 세상에 공짜가 없어. 이 자리의 대가가 바로 이거야. 자네도 내 상황, 알지 않나?"

서류 맨 앞장에 '산업지주회사 민영화 방안'이라고 써 있었다.

"이거야, 지난 정권 내내 떠돌던 얘기 아닙니까. 왜요, 이현도가 총리 시켜준 대가로 산업은행 팔아넘기자고 하는 겁니까?"

정곡이 찔린 장인표는 선뜻 대답을 하지 못했다.

"제가 총리님 모신 지 10년이 넘습니다. 그깟 이현도, 지금 총리님 능력에 비하면 아무것도 아닙니다. 경제쿠데타는 지가 했는지 모르지만, 총리님이 이 자리에 온 것은 어디까지나 적법한 절차였습니다. 잘 생각해보면 지금부터 뭉개면서 시간을 끌면 그만입니다. 롱골드? 그래 봤자 결국 로펌에 불과합니다. 그보다 몇 배나 유능하고 큰 조직은 얼마든지 있습니다. 한국도 이미 커져서 그런 사조직이나 비선 라인이 어쩔 수 있는 정도가 아닙니다. 명령만 내려주십시오. 총리실에도 정보 라인이 있고, 충분히 유능한 친구들이 얼마든지 있습니다. 이현도, 웃기는 인간입니다. 그깟 종이 쪼가리 하나 가지고 이래라 저래라…… 영감이 아직 세상 물정 모르는 거예요."

비서실장은 장인표가 테이블 위에 내려놓은 서류를 박박 찢어버렸다. 장인표는 그걸 보면서 자기 마음속에 있던 묵은 짐도 같이 찢겨져 나가는 것과 같은 후련함을 느꼈다. 공무원 중에 상관

앞에서 서류를 찢을 사람은 없었다. 경제계도 만찬가지이다. 만약 있다면, 그 길로 다른 자리를 찾아야 하거나 혹은, 이미 찾은 경우이다. 그러나 정치는 다르다. 남들이 보지 않는 곳에서는 엄청나게 심한 말도 하고, 다시는 안 본다는 말 정도는 때때로 국회의원과 보좌관 사이에서도 터져 나온다. 그건 그만큼 정치에 걸려 있는 게 많기 때문이다.

그때였다. 장인표의 핸드폰 벨이 울리기 시작했다. 총리는 선뜻 전화를 받지 못했다.

"일단 받으시죠."

"네. 총리입니다. 아, 그 건은 일단 우리 쪽에서 좀 더 검토를 해봐야 할 것 같아요. 아무래도 부처 간 이견도 좀 있고, 아직 조정 단계까지 들어간 건 아닙니다."

전화기 너머에서 침착하지만 약간은 위압적인 남진경의 목소리가 흘러나왔다. 핸드폰을 내려놓는 장인표의 이마에서 식은땀이 흘렀다. 비서실장은 말없이 바지 뒤춤에서 손수건을 꺼내 장인표에게 건네주었다.

"고, 고맙네."

"남진경 변호사 전화입니까?"

장인표는 말없이 고개를 끄덕였다. 순간, 비서실장의 얼굴이 굳어졌다.

"미친 것들! 상전도 이런 상전이 없네. 로펌 직원 주제에 지가 대통령 비서실장쯤 되는 줄 아나. 어디다 대고 총리한테 전화질이야, 전화질은."

비서실장을 바라보는 장인표의 얼굴이 더욱 굳어졌다.

"총리님. 죄송하지만, 저 담배 한 대 피워도 되겠습니까?"

"그러시게."

비서실장은 공관 창문을 열고 깊게 담배를 빨아들인 후 다시 내뿜었다. 오늘은 어떤 식으로든 결심을 받아내야 한다는 생각이 강했다. 그는 다 태운 담배꽁초를 창밖으로 던지고는 돌아섰다.

"출마 여부는 천천히 결정하시더라도, 일단 캠프 꾸리는 건 좀 허락을 해주십시오. 괜찮은 사람들, 일단 잡아놔야 합니다. 그냥 두면 다른 쪽으로 다 넘어가 버립니다."

"아직 좀, 좀 정리가 덜 돼서……."

장인표는 머뭇거리면서 말을 더듬었다. 비서실장은 낮지만 단호한 목소리로 장인표의 말허리를 잘랐다.

"총리님. 정 이현도가 맘에 걸리면, 그냥 총리직 사퇴하시면 그만입니다."

장인표가 놀란 눈으로 비서실장을 쳐다봤다.

"급한 건 그자가 급하지, 우리 쪽에서는 급할 거 전혀 없습니다. 어차피 대선에 뛰어들게 되면 끝까지 총리직을 유지할 수도 없습니다. 어차피 내려야 할 것, 이것저것 귀찮게 굴면 미리 던져버리면 그만입니다."

"그게, 그렇게 간단치가 않네."

"뭐가 간단치 않다는 겁니까? 이현도, 그자에게 대통령 출마 선언하는데, 허락이라도 받아야 한다고 생각하시는 겁니까? 어차피 옛날 사람입니다. 모피아 *끄나풀*들도 언젠가 한번 정리해야 합니다. 저도 민주당 출신입니다. 공무원 나부랭이들이 나라 뒤흔들고 있는 모습, 좋아서 참고 있는 게 아닙니다. 이번에 이명박 제대로 처넣고 나면, 총리님이 진짜로 개혁할 수 있는 위치에 갈 수 있습니다. 저도 그때까지만이라고 스스로를 달래면서 겨우 참고 있는 겁니다."

총리실의 밤은 깊어가지만, 장인표의 머릿속은 복잡하기만 했다.

6

위험한, 너무 위험한…

"어째 요즘 이상하지 않니, 총리실 반응이?"

대형 모니터를 보면서 법률녀 남진경이 경제녀 허세연에게 물었다.

"응. 뭔가 시원치 않아요. 산업은행 애기는 도통 진행이 안 되네. 그냥 뭉개고 있는 것 같아."

"뭔가 있는 듯싶지?"

"청와대도 요즘 뭔가 꿍꿍이가 있어. 북한 갔다 온 뒤로 외부 행사들이 부쩍 많아졌어요."

이때 트렌치코트를 입은 한준건이 서류봉투를 들고 급하게 사무실 문을 열고 들어왔다.

"안녕들 하쇼?"

"네, 팀장님."

"김변은 아직 미국에 있지?"

"네. 언니는 펜타곤 쪽 일 때문에 요즘 바빠요. 요즘 상원의원들하고 지내기가 편치 않은가 봐요."

한준건은 어지간해서는 무거운 표정을 짓지 않는 성격이었다. 그러나 오늘은 표정이 그리 밝지 않았다.

"세 가지 얘기를 해야 하는데, 먼저 짧은 것부터. 청와대에서 남북정상회담을 추진하는 중인데 말이야……."

"그건 인기 좀 끌어보려고 하는 거 아닌가요? 어차피 대통령이 지금 경제적 결정을 할 수 있는 상황이 아니니까, 큰 경협이나 투자 같은 것 없이 그냥 얼굴이나 보자는 거 아녜요?"

허세연이 빠른 말투로 한준건의 말을 막았다.

"그렇게 간단한 게 아닌가 봐. 그때 통일 선언을 하는 걸로 추진된대."

"보통 때 같으면 저도 환영하겠지만, 일단은 막아야겠네요."

묵묵히 두 사람의 대화를 듣고 있던 남진경이 끼어들었다.

"아, 그 문제는 김변이 해결할 거야. 어쨌든 그런 일이 있다는 걸 아시고들 계시라고. 두 번째 문제는 조금 복잡해."

"총리실 얘기 아닌가요?"

"남변, 아무래도 당신 촉각이 맞겠지? 총리 비서실장이 요즘 장인표가 출마한다고 여기저기 들쑤시고 다니는데, 이게 영 껄끄럽거든. 어떻게 하면 좋을까?"

"우리는 정치에 깊이 개입하지 않는 게 좋아요. 의장님 생각도 그럴 것 같구요."

남진경이 미간을 찌푸리며 말했다.

"그거야 그렇지. 하여간 총리가 대선에 출마한다고 나서기 시작하면 이게 그림이 영 복잡해져. 우리는 경제팀이지, 대선팀이 아니거든. 별로 그런 거 하고 싶지도 않고."

"사람 욕심이 끝이 없는 거라, 초장에 그림이 어긋나는군요. 능력 안 되는 인간을 억지로 총리 자리에 앉혀줬더니, 왕까지 되려고 하네. 그 인간, 어째 늘 비위가 상한다 싶었어요. 결국 사고 치네, 사고 쳐."

허세연이 잔에 커피를 채우며 말했다.

"하여간, 우리 그림에 문제가 생기면 뒷수습이 어려워져. 출마한다며 총리 그만둔다고 설치고 다니면 좀 복잡해지거든. 우린 단순한 걸 좋아하잖아. 남변, 어떻게 하면 좋겠어?"

"의장님 뜻은 확실한 거죠?"

"여부가 있겠나. 의장님이 직접 나서서 단도리를 치기는 할 텐데……. 그전에 장인표 그 인간, 힘을 좀 빼놔야 할 것 같아. 배에 거품 들기 전에 말야."

"그 비서실장이라는 인간을 주저앉히는 게 제일 빠르겠군요."

"그렇지, 남변은 인사 문제, 이런 데에는 정말 예리해. 무슨 좋은 방법이 있겠나?"

"매수, 협박 아니면 함정이겠죠. 마음 같아서는 그냥 팍, 머리에 총알을……."

두 사람의 대화를 지켜보던 허세연의 표정이 살짝 굳어졌다.

"아니, 그게 나을 수도 있어. 그 친구가 정치 쪽 출신이라서, 은 근히 골치 아플 수도 있어. 자리 탐하는 사람들은 돈으로도 매수 가 잘 안 되거든. 게다가 잘못 협박했다가는 장인표 그 인간, 벌집 쑤셔놓은 것처럼 폭발할 수도 있어. 경제 쪽과 달리 정치한다는 인간들이 은근히 의리 같은 거 따지고 그러거든, 아주 끈적끈적한 종류의……. 그냥 깔끔하게 사고사로 가는 게 제일 속 편해."

"원래 우리는 슈터, 이런 거 잘 안 쓰는 스타일 아녜요?"

결국 허세연이 아주 완강한 자세로 반대하고 나섰다.

"잘 안 쓰지. 손에 피 묻히는 거, 좋을 일 없거든. 뭐, 나는 잘 안 쓰지만 회사에서는 가끔 쓰기도 해. 그게 최선일 때는 말야."

허세연의 표정을 지켜보던 남진경이 의미심장한 미소를 지으며 말했다.

"팀장님, 이미 맘 굳힌 거 같네요. 하긴, 그편이 제일 저렴할 수 도 있겠네요. 하지만…… 그거, 돌아올 수 없는 강을 건너는 거예 요. 지하경제를 이해하는 것과 지하경제에 들어가는 건 완전히 다 른 얘기예요, 팀장님. 하여간 제 의견은 반대입니다. 어차피 맘대 로 하시겠지만."

"뭐, 우린 다 에이스니까. 자, 그 건은 그렇게 처리하기로 하지. 이제 세 번째 문제가 남았네. 이번 건은 훨씬 복잡하고 미묘해. 나 도 아직 어떻게 해야 할지 잘 모르겠거든."

"이번 것도 리키진가요?"

허세연이 한준건의 얼굴을 똑바로 쳐다보며 물었다.

"리키지는 아니고. 원래 재경부와 산업부 사이가 좀 안 좋아. 당연하지, 같은 경제 부처인데 한쪽은 머리를 쥐고 있고 한쪽은 그냥 몸으로 때우는 처지니까. 이원호 장관, 이 인간이 좀 꼴통이거든. 옛날에 회사 있을 때 한 번 겪어본 적이 있어. 그쪽 움직임이 심상치 않아. 이건 지금 당장 결론을 내지는 않아도 될 것 같은데, 두 사람이 상의해서 해결책 좀 찾아봐. 스팅 같은 형식의 함정 정도로 일단 준비만 해주고."

"전현석이라는 자가 청와대 산업비서관으로 들어가서 대통령과 손을 잡았습니다. 알아보니, 이원호랑 이자가 같은 부서에서 일한 게 한두 번이 아니더군요. 대기발령 순서대로 뽑아서 청와대로 보낸 게 아니라, 자기 오른팔을 심은 겁니다. 대통령과 완전 아삼육 하겠다는 거죠."

남진경이 한준건의 말을 받아 이었다.

롱골드의 회의는 이날따라 길었다. 형식이나 방식, 일반적인 회사의 업무 회의와 다를 건 없었다. 팀장은 모든 것을 알고 있거나 혹은 알고 있는 듯한 모습을 보이고, 팀원들은 팀장을 존경하거나 존경하는 척했다. 그렇지만 그 회의에서 뭔가 중요한 일이 결정되는 경우는 별로 없었다. 한준건 팀의 특별함은, 결정은 신속하고 빠르다는 것이고, 어떤 식으로든 결정을 내리게 되지 괜히 기싸움을 하거나 모자란 정보를 넘겨짚으면서 말장난을 하느라 시간을 보내는 일은 없었다. 그런 점에서 그들은 전쟁 중인 군인과 같았다.

*

"슈터를 보내야겠다고? 자네, 왜 일을 그렇게 거칠게 하나. 내가 언제 법까지 어겨가며 일하는 거 봤나? 과감하게 하는 거랑 불법이랑은 다르잖아. 한 팀장, 부드럽게 해. 원래, 당신 부드럽게 일하는 사람 아냐. 기업 시절처럼, 그렇게 하면 안 돼. 잘 알잖아? 내가 그렇게 했으면 벌써 대기업 총수들에게 꼬투리 잡혀서 애초에 날아갔어."

청와대의 야경이 내려다보이는 자신의 오피스텔에서 이현도는 나지막한 목소리이지만, 거부하기 어려운 말투로 한준건을 힐난했다.

"죄송합니다, 의장님. 장인표, 이자가 대선에 출마한다고 나서면 아주 골치 아파집니다. 그렇게 되면 제가 처리할 수 있는 일의 범위를 넘어섭니다."

이현도는 청와대를 내려다보면서 천천히 말했다.

"총리를 교체하도록 하지. 어지간하면 다음 총선 때까진 그냥 두고 편하게 가려고 했는데, 일이 그렇다면 좀 더 일찍 패를 꺼내야겠어. 어차피 해야 할 일, 조금 시기를 당기는 것 뿐이야. 장인표는 사람이 너무 물러서 재벌들이 갖고 놀기 딱 좋은 인간이거든. 참, 가슴이 아프네. 내가 내 사람을 내치는 일은 거의 없는데……."

7

경제 대연정

강남의 어느 고급 일식집. 주방장이 차갑게 숙성된 커다란 참돔을 테이블 위에서 익숙하게 해체했다. 옆에 앉아 있던 두 명의 노인은 만감이 교차하는 표정으로 물끄러미 회를 치는 모습을 바라보고 있었다.

이현도가 주방장에게 물었다.

"이게 이 땅에서 난, 제일 비싼 회 맞지?"

"네, 사장님. 여수 앞바다에서 잡아 헬기로 공수해온 걸 바로 숙성시킨 겁니다. 숙성 잘 시키는 게 진짜 기술입니다. 일본에서 날아오는 참치 빼고는 이게 제일 비쌉니다."

"드시게."

이현도는 장인표에게 코냑 한 잔을 따라주었다.

"그 술도 우리가 구할 수 있는 가장 비싼 술입니다."

"아우님, 대학 시절 기억나시는가? 난 그때가 제일 재밌었어.

다들 가난했지만 꿈도 많고 낭만도 많았던 시절이지."

"그렇죠. 우리도 40년 가까이 이렇게 지내게 되었습니다. 진짜 꿈같은 세월이죠. 참, 재밌게 살았습니다."

"그래. 한 잔 더 하시게."

"고생 많으십니다. 제가 잘 모시지 못해서 늘 죄송할 뿐입니다."

장인표는 올 것이 왔다는 생각이 들었다. 비서실장과 자신의 편에 선 사람들은 지금 그가 대선에 나서기를 간절히 바랐다. 그러나 그것이 자신의 운명이 아닌 것은 스스로가 가장 잘 알고 있었다. 욕심? 제일 높은 위치에 서는 방법은 몸을 가볍게 하는 것이다. 장대 꼭대기에 서 있을 때는 흐름대로 있는 것이 제일 좋다. 마찬가지로, 모두가 쳐다보는 가장 높은 자리에서 떨어지지 않기 위해서는 마음을 비우는 게 제일 좋다. 그는 그렇게 마음을 비우고, 시간도 보내고 있었다. 욕심도, 애국심도 그리고 다른 사람들의 시선도 비웠다. 제일 비싼 회에 제일 비싼 술, 이건 이별 행사 아닌가? 아니면 전장으로 떠나는 장군에게 왕이 해줄 수 있는 최소한의 예법 아닌가? 도대체 오늘 이 만찬의 의미는 무엇인가?

"참돔 별명이 뭔 줄 아시는가?"

뜬금없이 이현도가 물었다.

"바다의 미인이야. 수많은 물고기 중에서, 얼마나 고우면 미인이라고 불리겠나? 생전의 박정희 대통령께서 이걸 참 좋아하셨어. 중요한 결정이 있을 때마다 이 회를 사주셨네. 나에게도 참 의미 있는 음식이야. 자네, 내가 처음 민주당으로 가라고 할 때, 그때 자네는 정말 경제의 미인과도 같았네. 민주당에서 혼자 힘으로 이렇게 잘 헤쳐 나갈지 몰랐었네. 자네, 참 든든한 사람이었어."

이현도는 손을 내밀어 장인표의 손을 잡았다. 조용히 술잔을 바라보던 이현도의 눈에 눈물이 고이면서 넘쳐흐른 눈물 한 방울이 두 사람의 맞잡은 손 위로 떨어졌다. 장인표의 머릿속에서 지나간 날들이 순간적으로 스쳐 지나갔다.

"제가 사임할 때가 되었군요. 형님이 알아서 처리해주십시오."

"총리, 여기까지가 자네 운의 전부인가 보네. 그만하면 자네도 멀리 오셨어. 이제 그만 내려오실 때가 된 듯허이. 미안하이. 내가 지켜줄 수 있는 게 여기까진가 봐. 자넨 기업하고 너무 친했어. 뭐, 일부러 그런 건 아니지만……."

장인표는 고개를 푹 숙였다. 이현도의 말대로 일부러 그런 것은 아니었다. 그는 밝은 길을 걸어온 듯하지만, 원치 않게 늘 악역을 맡을 수밖에 없었다. 악역을 맡은 자의 슬픔, 그런 애잔함이 장인표의 가슴 속에 짙은 멍처럼 남았다.

"후임은 누군가요?"

"권선진이 맡을 거야."

"선진이가요? 걔는 당이 다르잖아요. 해줄 리가 있겠어요?"

"그건 자네가 걱정할 일이 아냐. 자네도 알다시피 어차피 다음 세상은 민주당 애들로는 어려워. 경제 대연정, 대통령은 받을 걸세. 그 사람들이 중요하게 생각하는 복지정책 같은 거, 좀 받아줄 생각이야. 어차피 국회의원이 없어서 추진 못 하던 일 몇 개 받아주고, 그렇게 서로 다음 길로 가는 거지."

곰곰이 생각을 하던 장인표가 조심스럽게 말을 꺼냈다.

"제가 출마하는 것에 대해 어떻게 생각하십니까? 송구한 말씀이지만, 총리직 사퇴를 권하는 사람들이 주변에 좀 있었습니다. 형님이 말씀하시는 대로 하겠습니다."

"원하는 대로 하시게. 그러나 다음 대통령으로 우리는 권선진 밀 거야. 통치 의지만 있지, 집권 의지는 한 번도 가져본 적이 없었어. 그런데 이번에 정말 어려운 일 겪고 나니, 집권 의지도 필요하다는 생각이 들더군."

장인표는 냉랭하면서도 잔잔한 이현도의 이야기를 들으며, 머리끝이 쭈뼛하는 것을 느꼈다.

"원래, 대통령 선거에는 직접 관여하지 않는 게 형님 생각이었잖아요. 바뀐 건가요?"

"내가 바뀐 게 아니라, 시대가 바뀐 거지. 시민들이 직접 경제에 참여한다, 그렇게 해서 어떻게 한국이 경쟁력을 유지하고 살아남겠나. 미국, 일본, 프랑스 심지어는 중국까지 경제 엘리트들이 확실하게 국정을 주도하면서 선택과 집중으로 국가를 끌어나가는 거 아닌가? 정치 민주화는 찬성하고, 경제 민주화도 찬성해. 그러나 지금 대통령이 생각하는, 그런 졸렬한 방식은 반대야."

*

급히 대통령 집무실로 들어온 비서실장과 오지환은 대통령과 심각한 표정으로 대화를 나누고 있었다. 그때 집무실 안으로 뛰어 들어 온 민주당 대표가 흥분한 목소리로 외쳤다.

"각하, 이러시면 안 됩니다. 총리 자리를 넘겨주시다니요. 지금 책임총리에 경제총리까지 겸하고 있는 상황에서 그걸 내주신다니, 이러시면 안 됩니다."

대통령은 흥분한 민주당 대표를 달래며 차분하게 말을 이었다.

"죄송합니다만, 대표님. 지금 저한테는 실권이 없습니다. 아시잖아요. 애당초 저에게 경제권을 내려놓으라고 중재안을 내신 분은 바로 대표님이십니다. 그 조정이 유효하다면 전 그냥 받아들이는 길밖에 없어요. 조정은 당에서 해주셔야죠, 지금 저한테 이러시면 곤란하지요."

당 대표의 얼굴이 붉으락푸르락해졌다.

"각하, 총리 임명권자는 대통령입니다. 그냥 반대하시면 그만입니다. 경제 대연정, 이게 말이 됩니까?"

"물론, 저도 말 안 된다고 봅니다. 하지만 이현도, 그자가 공기업 공채를 쥐고 있는 한, 전 어차피 식물대통령 아닌가요? 대표께서도 그걸 인정하라고 지난번에 말씀하신 거구요. 어차피 전 경제적 결정권이 없고, 그 논리 그대로라면 저들이 누굴 내세우던지 아무런 제제도 할 수 없어요. 저에게 와서 이러실 게 아니라, 이현도 그자한테 가서 얘기하시는 게 맞을 것 같은데요."

당 대표는 비서실장을 쳐다보며 말했다.

"비서실장, 당신 정치 안 할 건가? 대통령이 정치적 감각이 부족할 때면, 자네가 그런 정무 감각을 채워줘야 하는 거 아냐? 당신, 이러면 다시는 당에서 정치 못 해."

비서실장은 냉정한 목소리로 답했다.

"죄송합니다, 대표님. 전 그냥 비서실장입니다. 대통령의 권한 내에서 보필할 뿐입니다. 그리고 지난번 대표님의 조정 이후로 지금 청와대에는 경제 결정권은 물론, 경제 조정권도 없습니다. 없는 권한을 행사하시라는 말씀이신데, 그게 가능합니까."

*

이현도는 2014년 12월 말, 장인표를 끌어내리고 총리직에 권선진을 앉혔다. 남태령에서 이현도로 내려오던 경제 관료들의 수장 자리가 장인표를 거치지 않고 권선진에게 갔다. 그러나 그보다 더 중요한 사건은 이들이 권선진이라는 전 금융감독원 원장 출신 경제 관료를 직접 대선 후보로 내세우기로 결정했다는 것이다. 장인표가 갔던 민주당과는 달리, 이번에는 보수당 쪽이었다. 대선 이후로 지리멸렬하게 흩어진 보수를 선진경제라는 명분으로 다시 묶어내는 데, 전직 혹은 현직 경제 관료들이 대거 입당하면서 새로운 헤게모니를 만들어가는 과정이었다. 위로부터의 경제와 아래로부터의 경제 중, 시대는 점점 아래로부터의 경제로 가고 있는 추세였다. 군인들이 주도하던 정치를 '앙시앙 레짐ancien regime' 이라 부르고, 경제 관료들이 직접 주도하는 정치를 '신체제' 라고 부르는 것이 이현도가 준비한 이론적 기틀이었다. 대선 출마를 놓고 고민하는 장인표는 이현도의 계획을 앞당긴 계기에 불과할지 모른다. 엘리트 경제와 시민 경제, 그 근본적인 관점의 충돌은 필연적이다. 잔돈과 목돈의 전쟁은 조금씩 전면적인 충돌 국면으로 향하고 있었다. 그러나 이런 거대한 충돌은 대중들의 눈에 보이지 않았다. 결국 장인표는 권력욕에 차서 총리직을 중도 하차한 것으로 사람들의 기억에 남았다. 그리고 여전히 국회의 절반 이상을 차지하고 있는 야당과 거국적으로 협력한다는 경제 대연정에 대한 국민 반응은 그리 나쁘지 않았다. 여당에서는 반발이 적지 않았지만, 대선은 물론 2014년 지방선거까지 연달아 패배한 야당으로서는 이렇게라도 당을 추스를 기회를 만들어준 이현도에게 그저 감사할 뿐이었다. 정치와 경제라는, 박정희 시절부터의 오래된 대중적 패러다임이 다시 돌아오고 있었다. 정치만 하는 민주당, 역시 경제가 최고라는 보수당, 그렇게 외형적으로 세상은 구체제로 복귀하는 전조를 보였다.

8

학익 홀딩스

2015년 2월, 오지환은 두 번째로 케이맨 제도를 찾았다. 오언 로버츠 공항을 나서는 오지환의 심정은 다소 복잡했다. 며칠 먼저 도착해 상황을 점검하고 있던 이상대가 차를 몰고 마중을 나왔다.

"그래, 회사 설립은 다 됐어? 힘들진 않았고?"

"네. 100개 회사의 설립을 모두 마쳤습니다. 이제 자금만 들어오면 됩니다."

두 사람이 탄 차는 해변의 한 평범한 건물 앞에 멈춰 섰다. 그들은 4층짜리 건물을 통째로 빌려 사용하고 있었다. 두 사람은 건물 3층으로 올라갔다. 사무실 문에 '학익 홀딩스'라고 쓴 명패가 붙어 있었다. 3층 사무실 안에는 한국은행 등에서 일하던 전직 금융 오퍼레이터 다섯 명이 자리하고 있었고, 2층은 무관들이, 4층은 직원들의 살림과 장비실이 자리 잡고 있었다. 겉으로 보기에는 평범한 건물이지만 창문은 모두 방탄유리고, 정전 시 사용할 수 있는 비상용 전원 공급 장치인 UPS도 설치돼 있었다.

이곳은 새로 만들어진 대통령의 비밀금고이기도 하고, 동시에 한국 경제의 선봉 방어선과도 같았다. 하지만 공식적으로는 한국은행을 퇴사한 조사국장 박종태 개인이 주도해서 설립된 회사였다. 그리고 그 옆에는 명의만 있는 회사 100개가 있었다.

"어, 오 팀장, 아니 오 수석 왔나?"

문을 열고 들어오는 오지환과 이상대를 박종태 국장, 아니 박종태 사장이 반갑게 맞았다.

"죄송합니다, 국장님. 아직 정년도 한참 남으셨는데, 졸지에 해직자를 만들어서요."

"괜찮아, 괜찮아. 난 여기 카리브 해 같은 곳에서 꼭 한 번 일해보고 싶었어. 뭐, 나라 살리자고 하는 일 아냐? 그나저나 이렇게 다 모이니까 꼭 한국은행 조사국이 옮겨온 것 같네."

사무실에는 박종태와 세 명의 오퍼레이터 그리고 해킹 등 전산 및 백업 담당 직원이 둘러앉아 있었다.

"이제 시작해보자구, 오 팀장!"

모니터에는 비밀번호 입력을 기다리는 UBS 예금 이체 화면이 떠 있었다. 오지환은 상의 안쪽에서 빨간색 밀랍으로 봉인된 금박 치장의 작지만 화려한 봉투 하나를 꺼냈다. 밀랍 봉인을 뜯자 고풍스러운 양탄지가 한 장 나왔다. 그 안에 구좌 패스워드가 펜글씨로 적혀 있었다. 오지환은 조심스럽게 패스워드를 입력했다. 그의 머릿속에는 외환 오퍼레이터 시절이 잠시 떠올랐다.

"UBS 자금 50억 달러, 입금 완료되었습니다."

"우와!"

작은 사무실이 사람들의 환호성으로 꽉 찼다. 박종태가 옆에 세워놓았던 샴페인을 터뜨렸다. 뻥 하는 소리와 함께 거품이 치솟았고, 여기저기에서 박수 소리가 터졌다.

"인민은행 30억 달러, 입금 완료되었습니다."

"BNP 20억 달러, 입금 완료되었습니다."

거의 비슷한 시각에 1차 자금 100억 달러가 100개의 다양한 명목의, 케이맨 제도 어딘가에 주소지를 두고 있는 회사들로 입금이 되었다. 12조 원. 대통령의 비자금이라고 할 수도 있고, 통치자금이라고 할 수도 있고, 경제 민주화를 위한 전투자금이라고 할 수도 있었다. 중국은 스위스 은행에 대한 유럽 쪽 국채 관리 대리인 자격으로 비밀 협정을 맺으면서 그 대가로 몇 가지 조건을 내걸었다. 그중 하나가 한국의 통치자금으로 예치된 50억 달러를 그 후계자인 한국 대통령에게 돌려주는 것이었다. 쉽지 않은 협상이 몇 달에 걸쳐 진행되었지만, 비밀 협정은 결국 타결되었고, 지금 그 예금과 몇 가지 시드머니들이 예금 혹은 대출의 형태로 케이맨 제도의 계좌에 도착한 것이다.

"수고했어, 정말 수고했어."

박종태가 오지환의 등을 두드리며 말했다.

"팀장님, 자랑스럽습니다."

이상대의 큰 눈에 눈물이 그렁그렁 맺혔다.

"오 팀장, 이 정도면 여기서 충분히 방어할 수 있어. 일단 시드머니가 잡혔으니 1차 방어는 될 거고, 약간씩 구조조정하면서 공기업 채권들 줄여나가면 이걸로도 문제없어. 자기는 이제 돌아가서 모피아들이나 확실히 잡으라고. 돈 길목은 우리가 막고 있을 테니까. 이것들이 별걸 다 가지고 협박질이야, 협박질이."

이현도가 추진한 경제쿠데타는 해외에서 발행한 공기업 채권들을 몇 달간 소규모로 비밀리에 사들인 것으로부터 출발했다. 일거에 그 채권이 시장에 풀리면 한국 정부는 딜레마에 빠지게 된다. 그 정도 채권이야 정부 연기금 등의 공적 자금으로 받아주면 그만이지만, 공기업 채권이 위험하다는 사실이 외부에 알려지면 그보다 신용도가 떨어지는 민간 회사의 회사채는 물론이고, 주식에 대해서도 투매 현상이 벌어지게 된다. 그리고 더욱 다급한 건 그 과정에서 단기적으로 원화에 대한 투매 현상도 벌어질 가능성이 높다는 점이다. 물론 국민경제가 튼튼한 상황이라면 시장에 풀린 특정 국가의 대규모 유가증권은 오히려 돈을 버는 기회이므로 누군가가 바로 매입한다. 그러나 한국은 2014년, 부동산 버블 붕괴와 지방경제의 붕괴 등으로 지자체별로 지급불능 상태인 모라토리엄을 목전에 두고 있는 상황이었다. 이런 상황에서 공기업 해외 채권이 투매에 가깝게 풀리면 짧으면 일주일, 길어도 열흘 내에 국가부도 상황 혹은 원화 위기로 내몰리게 된다. 특정 화폐에 대한 투매가 이루어지면 어떤 국가도 견디기 힘들다. 영국의 파운드화 위기가 대표적인 사례이고, 그런 이유로 유럽 화폐통합에서 영국이 빠진 것이다.

이현도가 쥐고 있는 공기업 해외 채권은 자살폭탄과 비슷한 것이다. 터지면 한국에 있는 사람 대부분은 피해를 본다. 이게 자신의 나라라고 생각하는 사람과 그렇지 않은 사람의 차이이다. 지혜로운 왕이었던 솔로몬에게 서로 자신이 아이의 부모라고 주장하는 두 엄마가 찾아왔다. 한 명은 진짜 엄마고, 한 명은 아이의 살을 가지고 싶어 하는 악마였다. 솔로몬은 칼을 들고 아이를 반으로 잘라 반쪽씩 나누어주라는 판결을 내렸다. 그러자 악마가 변장한 엄마는 좋다고 했고, 진짜 엄마는 아이를 죽일 수 없다며 자기가 가짜 엄마라고 거짓 고백을 했다. 솔로몬은 누가 진짜 엄마인지 금방 알아차렸다. 그것이 솔로몬의 지혜로운 판결 중 하나이다. 그렇지만 제대로 되어 있지 않은 경제 시스템에서의 현실은 다르다. 이현도는 아기를 반으로 쪼개자고 한 셈인데, 결국 엄마는 아기를 포기할 수밖에 없었다. 물론 돈은 사과처럼 반으로 쪼갤 수 있지만, 돈을 만드는 실체는 권력이기 때문에 그렇게 나누어지지 않는다.

"네, 준비 다 되었습니다. 그간 고생 많이 하셨습니다, 각하."

전화로 짧게 상황을 보고하면서 오지환은 박종태에게 손가락으로 동그라미 표시를 하였다.

*

"그나저나, 형수님과는 어떻게 하실 겁니까? 팀장님도 결혼을 하시긴 하셔야 할 텐데……."

세븐마일비치에 앉아 카리브 해의 석양을 물끄러미 바라보던 이상대가 입을 열었다. 그의 얼굴에는 근심이 가득했다.

"결혼이 문제가 아냐. 그 여자, 아주 복잡하거든. 나도 사실, 뭐 하는 사람인지 정확히는 잘 몰라."

"그러면 그냥 헤어지시던가요. 팀장님이 지금 연애나 할 나이도 아니고, 그럴 상황도 아니잖아요."

"그게 맘대로 안 돼. 그나저나, 상대 너는 나중에 청와대 근무 끝내면 뭘 하고 싶냐? 워낙 직급이 높아지셔서 한국은행으로 돌아가기도 그럴 텐데……. 우리 같이 장사나 할까?"

"그냥 저는 돌아갈랍니다. 뭐, 과장 승진은 시켜주겠죠. 만년 과장도 괜찮습니다."

"과장 가지고 되나. 적어도 한국은행 총재는 한번 해야지. 내가 밀어줄까?"

"그런 소리 하지 마세요. 나라 망하는 소리 들립니다."

"뭔 소리야. 각하께서는 너보러 케네디 같은 대통령 되면 좋겠다고 그러시던데. 야, 그냥 한국은행 총재부터 먼저 해라. 너같이 저돌적인 한국은행 직원은 일찍이 없었을 거다."

*

그날 밤, 캐리비안 베이의 세븐마일비치에서 멀지 않은 곳에 정박해 있는 어그레서 호의 침실에는 격동적인 섹스를 하고 있는 동양인 남자와 여자가 있었다. 해변에서는 그저 흔들리는 작은 불빛으로만 보이는 배에는 대륙을 건너온 남녀가 있었다. 자신의 동료들과 성공을 자축하는 술을 한잔 마시고 돌아선 뒷골목에서 바로 바다를 만나고, 곧이어 그 바다에 떠 있는 배를 탈 수 있는 상황은 흔한 일이 아니었다. 어쨌든 미국을 중심으로 활동하는 미국인 김수진에게 중남미는 매우 편안한 곳이었고, 그중에서 특히 케이맨 제도는 퇴근 후에 포장마차에 들르듯 찾아올 수 있는 장소였다.

"아주, 아주 싼 거야. 그냥 크리스털이 좋아서."

배 위에서 흐늘거리는 불빛에 휩싸인 그랜드케이맨 섬을 바라보며 오지환은 스와로브스키 귀고리 세트를 김수진에게 내밀었다. 오지환이 알고 있는 귀금속 브랜드는 몇 개 되지 않았다. 사실은 티파니 귀고리로 사고 싶었지만, 가격을 보자마자 "죄송합니다"라는 말만 남기고 뒤돌아 나왔다. 그 순간, 백색 아니 빛의 색인, 아무 색도 아니면서 투명하지 않은 흰색을 내뿜는 물체가 눈에 들어왔다. 오지환은 바로 이거다 싶었다.

고급스럽게 장식된 짙은 청색 케이스를 조심스럽게 연 김수진의 눈에 들어온 것은, 크리스털로 만든 귀고리와 목걸이 세트였다. 김수진은 목걸이를 들어 달빛에 비춰보았다. 캐리비안의 달빛에 비친 목걸이는 마치 죽음에서 부활한 해적들의 마법을 가진 비밀의 목걸이처럼, 일곱 가지 아니 700가지 빛깔로 보였다. 김수진은 크리스털의 차가운 느낌이 손으로 전달되자, 자기도 모르는 사이에 눈물이 흘렀다.

이 순간만큼은 김수진에게 오지환은 사자왕 리처드를 죽이지 않고 돌려보내면서 얼음 셔벗을 대접했던 살라딘처럼 보였다. 얼음, 그것이 무슨 가치가 있겠는가? 그러나 사막에서 얼음을 구해온다는 것은 힘의 상징이기도 했고, 정성의 상징이기도 했다. 살라딘의 셔벗을 알고 있는 사람들은 사막에서 얼음을 구해온 그 힘만 보았지, 패장이 무사히 돌아가기를 바라는 살라딘의 깊은 마음은 보지 못했다.

여자와 남자의 문제는 아니다. 사람의 마음은 돈으로 사는 것이 아니라, 정성으로 사거나 아름다움으로 사는 것이다. 자신의 재산이 몇 천억인지, 아니면 벌써 조를 넘어섰는지도 모르는 김수진에게 작은 크리스털 귀고리 세트가 눈에나 들어왔겠는가?

김수진은 갑판 위에서 오지환이 겸연쩍게 내민 크리스털 귀고리를 귀에 걸고, 목에는 찰랑찰랑 소리를 내는 목걸이를 걸었다. 그리고 너무 상투적이며 빤한 말인 걸 알면서도 달리 표현할 말이 없어 자신의 진심을 담아 말했다.

"어때? 괜찮아?"

"곱다, 참 곱다."

곱다, 참 오래된 말이지만 중년의 사랑에는 이만한 찬사도 없다. 김수진은 수많은 남자에게 아름다움에 대한 찬사를 지겹도록 들었다. 그러나 진심으로 자신에게 곱다고 말하는 남자는 없었다. 자신의 힘이나, 힘에 굴종한 사람들은 절대 그런 말을 하지 못한

다. 그 순간만큼, 그녀는 오지환이 살라딘보다 깊고 온화하다고
생각했다.

9

밀라노의 양복점

마라케시는 아프리카의 파리라고 불리는 곳이다. 모로코는 정치적으로 불안정하고, 혼동이 많은 곳이다. 그렇지만 돈의 눈으로 보면 묘하게 유럽과 미국의 힘이 만나는 곳이기도 하다. 남미가 미국의 영향력이 절대적인 곳이라면, 아프리카는 유럽의 힘이 더 강하게 미치는 곳이다. 미국은 유럽을 제제할 필요가 있을 때 남미에서 만나고, 반대로 미국이 무언가를 양보해야 하는 상황일 때 아프리카를 만나는 장소로 사용한다. 그중에서도 중요한 회의가 주로 열리는 곳이 모로코의 마라케시였다. 같은 프랑스어권역이지만, 알제리는 프랑스의 영향력이 절대적으로 강하다. WTO가 출범한 곳이 바로 마라케시였고, 기후변화협약도 이곳에서 열렸다. 무기와 관련된 사람들도 서로 만날 필요가 있을 때는 이곳을 자주 이용한다.

막 회의를 끝내고 나오는 김수진을 한 중국인이 막아섰다.

"마담, 잠시만요."

"아, 네. 장영철 선생님."

마라케시의 공기는 건조했다. 사막 한가운데 서 있는 도시는 휑한 분위기를 풍겼다. 같은 아프리카지만 사하라 북쪽은 아랍 문화권이고, 인종도 전혀 다르다. 호텔 수영장에는 유럽에서 휴가 온 것이 분명한 중년 여성들이 선글라스를 쓴 채, 수영복 차림으로 선탠을 하고 있었다. 수영장 너머에서 유럽식 에스프레소를 한 잔씩 앞에 놓은 두 사람의 대화는 주변의 공기를 무겁게 만들었다.

"이번에 우리가 일을 좀 벌일 거예요. 이미 어느 정도는 알고 계시겠지만……."

김수진은 가볍게 고개를 끄덕였다.

"그래서 부탁드리는 건데, 너무 깊게 들어오지는 마세요. 우리도 마담같이 무서운 분과 척지고 싶은 생각은 없어요."

"네. 서로 부딪쳐서 좋을 건 없겠죠. 이제 좀 부드럽게 풀어나가시죠."

김수진은 목으로 넘어가는 에스프레소가 유난히 뻑뻑하다는 느낌을 받았다.

"네. 저도 그렇게 생각합니다. 그래서 동업자로서 부탁 하나만 할까 합니다."

"무슨 부탁이시죠, 장 선생님?"

"나중에 뭔가 중요한 결정을 하실 때, 저한테 귀띔 한 번만 해주세요. 그 대가는 제가 후하게 치러 드리겠습니다."

"저, 그렇게 가볍게 움직이는 사람 아닙니다. 그만 일어나겠습니다."

김수진은 핸드백을 챙겨 자리에서 일어났다.

"저…… 부군이라 불러야 할지 모르겠습니다만…… 오지환 경제수석, 저희 쪽에도 연결이 되어 있는 걸로 알고 있습니다. 두 분이 편안하게 지내실 수 있도록, 저희도 작은 성의는 좀 보이고 싶습니다."

"뭐, 너무 친절하시군요. 소문이 벌써 그렇게들 났나요? 남의 일에 신경들 끄셨으면 좋겠는데……."

택시를 타고 공항으로 가던 김수진은 가방에서 핸드폰을 꺼내 들었다.

"항공 경로를 조금 바꿨으면 좋겠는데요. 밀라노에 잠시 들렀으면 해요, 기장님."

*

밀라노에 도착한 김수진은 밀라노 대성당에서 멀지 않은 작은 양복점에 들렀다. 수제 양복점은 보통 사람들이 상상하는 것처럼 고가가 아니다. 그러나 와이셔츠까지 포함해 슈트 한 벌을 맞추기 위해서는 소매 길이를 비롯해서 열여덟 곳의 치수를 재야 한다. 그리고 그렇게 만들어진 옷이 몸에 잘 맞는지를 보기 위해 가봉을 해야 한다. 최소한 두 번은 본인이 직접 가야 몸에 꼭 맞는 옷을 만들 수 있다. 그래서 쉽게 시간을 내기 어려운 사람들은 슈트를 맞춰 입기가 쉽지 않다. 반드시 돈 문제만은 아니다.

"기억하시기가 쉽지 않으실 텐데요."

"아뇨, 이 정도는 알 수 있을 것 같아요. 자신 있어요. 게다가 사진도 있어요. 할 수 있을 거예요."

"해보죠. 마에스트로급이 되면 눈대중만으로도 멋지게 뽑아낼 수는 있습니다. 하지만 뵙지도 않은 분의 치수를 찾는 게 간단치는 않습니다."

김수진은 오지환의 등을 안았을 때의 기억을 떠올리며 줄자를 잡았다.

"뒤판은 16인치 정도 됩니다."

이번에는 오지환의 어깨를 안았을 때의 기억을 떠올렸다. 그는 뒤에서 안아주는 것을 특히 좋아했다.

"어깨 길이는 18인치, 아마 요 정도일 거예요."

김수진은 그렇게 열여덟 곳의 치수를 기억해내는 데 30분 이상의 시간을 소요했다.

"세뇨라, 수고하셨어요. 에스프레소 한 잔 하세요."

"고마워요."

"가봉 없이 옷을 만드는 일은 절대 안 하지만 세뇨라의 정성을 봐서 최대한 그럴듯하게 만들어보겠습니다. 그나저나 참 잘생겼군요. 활동하시기 편하고 우아하게, 최대한 정성껏 만들어보겠습니다."

재단사는 김수진이 건네준 오지환의 사진을 뚫어지게 쳐다보며 말했다.

"부탁해요, 마에스트로. 지금 한국에서 가장 중요한 사람이에
요. 한국 대통령을 지켜주는 사람이죠. 슈트는 여기 이 주소로 보
내주시면 돼요."

"글로리아, 그라찌에!(영광입니다, 감사합니다!)"

10

동요하는 재경부

"아니, 우리 부처가 없어질지도 모른다니. 당신 도대체 뭐하는 사람이야?"

재경부 기획실장은 어이없다는 표정으로 총괄 과장에게 서류를 집어던지며 말했다.

"네. 저도 그냥 건네 들은 말입니다. 청와대에서 정부직제 개편안을 마련하기 시작했다고 합니다. 근데……."

"근데, 뭐?"

"경제수석이 일본이 대장성을 없애고 다른 부처로 기능을 나눈 것처럼 재경부를 없애는 방안을 염두에 두고 있다는 것 같습니다."

"오지환이? 한국은행 팀장 주제에 지가 뭘 안다고 난리야?"

"그렇긴 합니다만, 워낙 대통령의 신임이 두터워서 그렇게 될 가능성이 높아 보입니다."

"어차피 지금 국회가 정부 개편안 통과시킬 상황도 아니잖아? 대통령이 지금 무슨 힘이 있다고."

"지금은 안만 만들어놓고 총선 이후에 추진한답니다. 지금 분위기로는 총선 때 여소야대가 뒤집어질 가능성이 높습니다. 그렇게 되면 정말로 부처가 없어질지도 모릅니다. 소문으로는 통일 선언이 내년 남북정상회담에서 나온다고 합니다. 그러면 정말로 대통령 인기가 한 번에 급등하게 됩니다."

"국무회의에서 통과 못 하게 하면 될 것 아냐?"

"아마, 조건이 다 충족된 다음에 국무회의에 올리겠죠. 아니면 그냥 의원입법으로 해도 되구요."

"청와대에 전화 넣어. 당장 만나자고 해."

총괄 과장은 다급히 전화기로 달려가 수화기를 들었다.

"아, 네 네, 알겠습니다."

"뭐래?"

"어차피 부처별로 현안과 장래 계획 브리핑할 기회가 있으니까, 천천히 오셔도 된답니다."

"야! 너 죽고 싶어? 무슨 수를 써서라도 만나야 할 거 아냐?"

2014년 12월, 대선 2주년을 맞아 청와대는 내부적으로 작은 축하행사를 가지면서 그들이 준비한 마지막 카드를 꺼내들었다. 정부직제 개편안! 물론 당장 시행할 수 있는 것은 아니지만, 자신의 부처가 없어질 가능성이 있다는 것만으로도 공무원 특히, 고위급들의 세계는 핵폭탄이라도 터진 것처럼 동요했다.

"이거 이러다 정말 EPB처럼 없어지는 거 아냐?"

EPB Economy Planning Board는 박정희 시절의 경제기획원을 뜻하는 말이다. 1955년, 전후 경제 재건을 위해 부흥부를 설치하고 1959년에 '경제개발 7개년 계획'이 발표됐다. 5.16 군사쿠데타 직후 이 부흥부를 격상시켜 경제기획원을 만들었다. 당시 EPB 직원들은 재무부 사람들을 모피아라고 불렀는데, 두 개의 경제기관은 서로 견제하면서도 기묘하게 얽혀 관치금융과 동원경제 시스템을 형성했다. 그러던 중 1994년에 재무부가 재정경제원으로 통합되면서 사라졌다. 군사정권 시절 유신경제의 한 축으로, 민주화와 함께 사라지게 되었지만, 그 뒤에 경제 민주화가 실현되지는 않았다. 지금은 경제기관의 간부들을 통칭해 모피아라고 부른다.

청와대 경제 업무보고 형식으로, 재경부와 국토부, 외교부, 환경부 등 없어지거나 축소 혹은 강화될 부처들의 기획실장이 먼저 2015년 새해 벽두부터 청와대 경제수석실로 모였다. 한 달 내내 진행될 예정인 각 부처들의 업무보고와는 별도로 자신의 부처가 존재해야 하는 이유를 설명하는 경제 업무보고는 순식간에 약해진 대통령의 결정권을 보완해주는 역할을 했다. 지금까지 각 부처 국장과 실장들은 총리실에 학연이든 지연이든 혹은 종교적 인연이든, 가능한 모든 것을 총 동원해 직간접적인 업무를 협의했다. 물론, 그걸 업무 협의라고 하는 사람은 없었지만, 여전히 중요한 일들은 그렇게 밀실에서 그리고 술집에서 결정되었다. 오랫동안 청와대와는 아무런 상관없이 자신들의 일을 결정하고 진행하던 경제 부처에, 정부 조직이 변화할지도 모른다는 사실은 청천벽력과도 같은 것이었다. 그들은 청와대의 경제팀을 사적으로 만나려고 노력했지만, 오지환은 물론이고 그 누구도 만날 수 없었다. 이제는 자신들의 목줄을 쥐고 있는 대통령에게 뭐라도 갖다 바치지 않으면 안 되는 상황이 되었다.

"별 수 없지. 대통령이 원하는 선물을 주는 수밖에……. 일단, 우리 부 업무보고는 좀 연기해달라고 하고, 당장 준비하는 수밖에 없어. 설 연휴는 지나고 하자고 해."

기획실장은 외환은행 독립, 산업은행 구조조정 등 몇 개의 파일을 만지작거렸다. 이전에 폐기되었어야 할 검토안들을 아직 가지고 있었던 것이 그나마 다행이었다.

"총괄 과장. 각 과별로 우리 부에서 줄 수 있는 것들 전부 아이디어 좀 내보라고 해. 과장 회의도 소집하고……. 재벌 관련 파일도 뭐 좀 없나 찾아보라고 해."

"저…… 대기업들 건드리다가 또 사단이 나는 거 아닐까요?"

"야, 이 미친 새끼야. 지금 우리가 죽게 생겼는데 그딴 거 눈치 보고 있을 때야? 우리가 살아야 지들도 있는 거지. 한번만 까불면 아예 우리가 나서서 재벌세든 뭐든 추진한다고 해!"

겨우 화를 누르고 있던 기획실장은 파일 뭉치를 총괄 과장의 머리에 집어던졌다.

정부직제를 개편한다는 것은, 매번 새로운 대통령이 집권을 하면서 이전 정권에 줄섰던 공무원들을 다시 자기 쪽으로 붙게 하는 방법이었다. 시민의 정부는 아직 충분한 국회의원을 확보하지 못한 상태에서 출범을 했기 때문에 여야 합의를 이룰 방법이 없어 정부 조직을 변경할 기회를 갖지 못했다. 오지환이 짰던 공격 편대는, 실물경제를 전면으로 내세워 금융 파트를 견제하고, 남북정상회담을 계기로 대통령이 인기를 회복할 수 있는 계기를 마련하는 것을 축으로 했다. 그중에서 가장 먼저 내밀 결정적 공격 카드로 오지환이 준비한 것은 바로 모피아들을 배출하는 본진인 재경부를 해체하는 것이었다. 여기에 뒤를 지키는 방어책으로 마련된 것이 케이맨 제도에 설치한 학익 홀딩스라는 금융 공격을 방어하기 위한 금융회사였다. 각각의 방안이라는 것이 특별하게 강력한 것은 아니지만, 이 요소들이 하나로 뭉쳐 거대한 진을 완성했다. 그리고 지금 모피아들의 본진이자, 사관학교라고 할 수 있는 재경부를 공격하기 시작한 것이다.

몇 달간 수면 아래에서 잠자고 있던 대통령이 움직임을 보이자, 총리실 밑에서 자신들만의 왕국을 구축하고 있던 경제 부처 관료들은 심하게 요동쳤다. 그들의 임명권자가 누구인지, 그리고 시민들이 만든 권력이 어떤 것인지, 이제야 힘으로 느껴지기 시작했다. 그러나 오지환이 준비한 카드는 이게 다가 아니었다. 그는 큰 카드 옆으로 작은 카드들을 몇 개 더 마련해놓고 있었다. 그중 하나가 퇴직 공무원들의 로펌 취직을 10년간 금지하는 법안을 포함한 법률회사 관리에 관한 제도와 국회 등 로비에 관한 제도 정비였다.

11

워싱턴에서의 저녁 식사, 길고도 긴…

"스테이트 갔던 일은 잘됐어?"

"그냥, 뭐, 알았다고만 하더라구. 근데 냉장고가 뭐 이래. 온통 냉동음식, 패스트푸드 아냐? 이게 펜타곤 아시아 최강의 여성 슈퍼바이저, 김수진 집 냉장고 맞아?"

백악관에서 차로 30분 정도 거리에 있는 워싱턴 근교의 어느 외딴 2층집. 김수진의 집은 청솔모들이 창밖에서 뛰놀고, 여우가 마당에 나타난다는 말이 전혀 이상하게 들리지 않을 정도로 한적한 곳에 있었다. 김수진의 티셔츠와 운동복 바지를 입고 냉장고와 선반 이곳저곳을 뒤지던 오지환이 유난히 유쾌하고 밝은 목소리로 수다스럽게 떠들어댔다. 티셔츠는 워낙 커서 오지환에게도 작지 않았지만, 바지는 아무래도 길이가 좀 짧아 어색한 느낌이 들었다.

스테이트는 보통 'Department of State'라고 불리는 국무성을 이르는 말이다. 그리고 'Department of Defense'은 펜타곤이라고 부른다. 세계를 지배하는 두 개의 다리가 바로 미국의 국무성과 펜타곤이다. 외교 전문가들은 국무성으로, 국방 전문가들은 펜타곤 쪽으로 줄을 선다. 돈과 관련된 일은 워싱턴이 아닌, 뉴욕의 월가에서 기본적인 흐름과 방향을 결정한다. 국무성은 상대적으로 펜타곤에 비해 진보적인 성향을 가지고 있기는 하지만, 결국 미국 안에서의 이야기일 뿐이다. 국무성과 펜타곤 그리고 월가는 미국이라는 거대한 권력을 움직이는 세 개의 다리이다.

미국에서 선거로 바꿀 수 있는 것은 대통령과 그의 측근들 그리고 국무성 장관이 전부이다. 월가는 유대인과 오일머니 혹은 수많은 자금이 얽혀서 이미 대통령 선거와는 무관한 독자적 권력이 되었다. 펜타곤 역시 수많은 무기 회사와 자금을 배경으로 군인들이 움직이는 곳이기 때문에 장관이 군인이든 민간인이든 더 이상 바꿀 수 있는 것이 없는 상황이 되어버렸다. 펜타곤 역대 최강의 개혁 인사는 최초의 포드 가문 외부의 사장 출신이었던 맥나마라였다. 그러나 그도 '효율성'을 명제로 월남전을 수행한 국방장관이라는 역사의 기록으로 남았을 뿐이다. 네오콘처럼 강경파이거나 덜 강경파이거나 하는 차이만 있지, 대통령 선거가 어떻게 되든 펜타곤은 이미 자체 생태계를 형성하고 있었다. 특히 9.11 테러 이후, '잠재적 위협Threat'이라는 용어로, 누구도 펜타곤의 결정을 정면으로 거스르지는 못했다. 러시아가 사라지고 난 후, 반드시 필요했던 펜타곤의 잠재적 위협은 이제 세상에 존재하는 모든 것이 되어버렸다. 이러다가는 모기나 바퀴벌레와의 전쟁에 기꺼이 미군을 파견해도 이상할 것이 없을 지경이었다.

"야, 여기 슈크르트 통조림이 다 있네? 고춧가루가 어디 있었던 것 같은데……."

찬장을 뒤지던 오지환은 알자스로렌식으로 변형된 사우어크라우트 통조림을 보고는 뛸 듯이 반가워했다. 사우어크라우트는 양배추를 채 썰어서 소금으로 절인 가공식품이다. 독일이 뒤늦게 산업혁명을 치를 때, 지하 수십 미터에서 작업하던 탄광지역 광부들에게 무기질과 비타민을 제공했던 음식이다. 그 도움을 받아서 독일은 초기 자본 축적을 이루었다. 결국은 그렇게 집중된 공업력으로 두 차례에 걸쳐 세계전쟁을 일으켰지만……. 힘이 있을 때, 그 힘을 전쟁이 아닌 곳에 쓸 수 있는 것이 진짜 힘이다.

"그냥 나가서 먹자니까 그러시네. 한 블록만 걸어가면 타이 음식점 있다니까."

"어이 김수진 씨. 한국의 경제수석이 지금 한 끼 차려드린다고 나섰잖아. 나가서 먹는 게 뭐 좋다고. 자, 여기 커피나 한 잔 하고 기다리세요. 시생이 소신껏 한 끼 준비해보겠습니다. 참 내, 우리 따님 말고 내가 밥 해드리는 분은 세상에 없네요."

오지환은 익숙한 솜씨로 쌀을 씻고, 밥을 준비했다. 슈크르트 통조림에는 약간의 고춧가루를 넣고 말라비틀어진 냉장고의 채소들을 다듬어서 찌개를 끓였다. 그리고 냉동음식들을 꺼내 약간의 샐러드와 반찬들을 만들었다. 달걀 한 개 없는 집이 한심해 보였지만, 사실 남자든 여자든 전문 직종에 종사하는 사람들의 삶은 대개 비슷하다. 그들은 워낙 시간이 없고, 자신을 돌봐줄 배우자 없이는 비루한 일상을 보낸다. 하우스 메이드가 집에 오기는 하지만, 그걸 관리하는 것 자체가 더 힘든 일이다.

"야, 맛있다. 이거 완전 김치찌개 분위기네."

이상하게 생긴 붉은색 국물을 입에 넣은 김수진은 감탄을 하며 말했다.

"아무것도 없을 땐 먹을 만해. 유럽에서는 한국 사람들이 종종 이렇게 해먹어. 여긴 어떻게 된 집이 달걀 한 알도 없냐?"

"면박 좀 그만 주지. 그 정도 위치가 되시는 분이면 숙녀의 속사정 정도는 말 안 하고 감춰주시는 게 예의 아냐?"

빈티가 심하게 날 정도로 소박한, 그러나 우리가 말하는 소박한 밥상과는 전혀 다른, 진짜로 소박한 밥상을 앞에 놓고 티격태격하는 두 남녀는 지극히 평화로운 일상을 보냈다. 극도의 긴장 속에서 서로 상대편에 서서 20조 원이 넘는 돈과 한 정권의 향배를 놓고 게임을 하는 사람들로서는 이런 작은 시간이 더 소중할지도 모른다.

오지환과 김수진은 침대에 나란히 누워 김광석의 노래를 듣고 있었다. 작은 스탠드가 침대 위에서 고즈넉이 빛을 발했다. 노래 가사가 방 안에 울려 퍼졌다. '내가 떠나보낸 것도 아닌데, 내가 떠나온 것도 아닌데……'

"나도 너무 멀리 왔나 봐. 남편 죽고 딸 죽고 복수한다고 뛰어다

넜는데, 이게 뭘 위한 건가 하는 생각이 들기 시작해.”

김수진이 몸을 일으키며 담배에 불을 붙였다. 그녀가 이렇게 진지하게 자기 이야기를 하는 것은 처음이었다. 오지환도 생각이 깊어졌다. 자신은 뭘 위해 지금 이렇게 뛰어다니고 있는 것일까 하는 물음이 머릿속을 떠나지 않았다.

“난 그냥 한국은행에서 정년퇴직하면 좋겠다는 생각밖에 없었어. 그러다 운 좋으면 어디 조그만 대학에라도 가서 몇 년 강의하고……. 근데 이현도는 무슨 생각으로 날 청와대에 밀어 넣은 거지? 나 정도 되는 사람, 한국에 엄청나게 많잖아?”

김수진이 담배 연기를 길게 뿜으면서 말했다.

“그 영감쟁이 판단이 틀린 건 아냐. 내가 겪어보니까…….”

김수진은 평소보다 낮은 목소리로 천천히 말을 이었다.

“오지환 씨에게는 보통 사람이 가지고 있는 지극한 평범함이 있어. 눈물 날 때 울고, 화날 때 화내고, 딸에게는 좋은 아빠고. 힘 있는 사람들은 다 자기 눈으로만 세상을 보거든. 전문가, 그거 살짝 돌려보면 미친놈이거나 속물에 불과해. 마흔 살에 한국은행 팀장, 뭐 비상한 게 있으니까 자기도 그 자리에 갔겠지. 근데, 너무 평범해. 너무 너무 평범하시거든.”

“평범해?”

“그래. 이현도는 그걸 높이 산 거지. 성공하겠다는 생각, 애국하겠다는 생각, 다 뒤집어보면 그냥 승부욕이거든. 무기 쪽에서는 그걸 노려. 너도 이길 만하니까 덤벼 봐, 이런 생각이지. 그리고 장사하는 거야. 솔직히 대통령도 배신감 장난 아니었을 텐데, 결국 당신을 쓰잖아. 내 위치에 서면 그런 게 다 보이거든. 이현도나 대통령이나, 다 마찬가지였을 거야. 나이는 어리지만 북한의 지도자 김정은도 당신 한번 보고 싶다고 하잖아. 뭔가 가졌다고 하는 사람이 가진 거, 그게 당신한텐 없거든."

"어렵다. 난 그냥 현주하고 편하게 살고 싶어. 난 별로 큰 욕심 없는 사람이야. 이제 겪어봐서 알잖아. 난 애국심, 정의감, 그런 거 별로 없어."

"이 인간이 술 땡기게 하네, 이 밤에. 자, 그래. 무기녀 김수진, 집에 김치도 없고 계란도 없지만, 술은 엄청 많다."

김수진은 침대에서 오지환의 손을 끌고 거실로 나갔다. 두 사람 다 속옷 바람이었다. 실내는 따뜻했고, 공기도 쾌적한 상태를 유지했다. 속옷 바람으로 거실 테이블에 마주 앉은 두 사람을 누군가 봤더라면 아마 이 기묘한 불균형에 한참을 웃었을 것이다. 김수진은 장식장에 진열된 수많은 술 중 버번위스키 한 병을 꺼내 잔 두 개에 나눠 따랐다. 위스키의 얕으면서도 달착지근한, 싼 듯하면서도 마냥 싼 느낌만은 아닌 그 기묘한 느낌이 식도를 따라 내려갔다.

"오지환 경제수석님, 잘 들으세요. 삶이란, 선택이에요. 이현도는 결국 당신이 자길 선택할 거라고 봤고, 대통령도 마찬가지였어요. 물론 당신은 대통령을 선택했지만, 뭐가 최선의 선택인지 그건 모르는 거야."

"말이 어렵습니다, 김수진 여사님. 최선의 선택?"

"그래, 이 등신아. 결국 욕하게 만드네. 박정희가 이현도를 선택했는데, 결국 군바리들 사이에서 이현도는 DJ를 선택했고, 그를 지켰잖아. 군인들 입장에서 보면 이현도가 배신한 거지."

"그거야 정권 바뀌니까 경제 권력을 유지하려고 그런 거지."

"보이기야 그렇지. 그냥 내버려두고 가만히 자기 통장에 있는 돈이나 쓰면서 살면 만고 땡이잖아. 뭐 얻어먹을 게 있다고 DJ를 도와. 겉으로는 DJ가 한 자리 시켜주니까 경제권을 받아다가 자기가 구조조정한 것처럼 되어 있지만, 따지고 보면 자기를 믿어준 군바리들 배신한 거지. 그 영감쟁이, 보기보다 복잡한 사람이야."

오지환은 위스키 한 잔을 들이켰다. 그도 그런 생각을 전혀 안 해본 건 아니지만, 막상 자신의 일이고, 또 그 이야기를 이렇게 먼 타국에서 김수진에게 들으니까 전혀 새롭게 들렸다. 하긴, 남들이 다 알 만한 평범한 이야기도 김수진의 설명을 거치면 우주를 설명하는 듯한 원대한 그림으로 바뀐다. 그녀에게는 그런 특출한 재주가 있었다.

그때였다. 정원 한쪽에 있던 조그마한 등이 번쩍거리더니, 벽에 걸린 모니터가 켜지면서 집 주변 CCTV가 연결됐다. 모니터에 정원 뒤쪽으로 접근하는 검은 복면을 쓴 사내의 모습이 잡혔다. 김수진은 황급히 책상 위에 있는 작은 단추들을 눌렀다. 그러자 모니터가 열 탐지가 가능한 적외선 화면으로 바뀌었다. 집 주변에는 세 명의 괴한이 접근하는 중이었다.

"쉿!"

김수진은 책장 서랍을 열고, 오지환에게 권총을 건네 준 다음 자신은 기관총을 들었다. 그리고 작은 목소리로 말했다.

"현관문 열리면, 무조건 쏴. 지난번에 연습한대로 이마를 쏜다고 생각하면 돼."

"익스프레스 소포 왔습니다."

오지환은 현관문이 열리자마자 민간 배송업체 유니폼을 입은 남자의 이마를 향해 권총을 발사했다. 그 순간, 김수진은 창문 너머 뒤뜰에 숨어 있는 두 남자를 향해 기관총을 난사했다. 침착하게 두 사람을 해치우고 난 김수진은 모니터를 통해 근접거리, 원거리 등 여러 각도로 집 주변을 확인했다. 오지환은 연습한대로 방아쇠를 당겼지만, 아직도 가슴이 진정되지 않았다.

"응, 나야. 집으로 슈터들이 왔어. 마이클 쪽 애들인 것 같아. 펜타곤 어드바이서 중에서 슈퍼바이저로 치고 올라오고 싶어 하는 애들이 좀 있거든. 어쨌든 뒤처리 좀 부탁해. 우욱!"

통화를 하던 김수진이 갑자기 고개를 숙이며 입을 손으로 가렸다.

"괜찮아?"

오지환이 놀란 모습으로 김수진에게 다가가며 물었다. 김수진은 손을 흔들어 괜찮다는 표시를 했다. 그러나 쉽게 진정이 되지 않았다. 결국 김수진은 화장실로 뛰어들어 가 헛구역질을 했다. 그녀의 등 뒤에서 오지환이 걱정스러운 눈빛으로 서 있었다.

12

청첩장

2015년 새해가 오고도 벌써 한 달이 지났다. 경제는 여전히 어려웠다. 이명박 시절의 길고 긴 감세 조치와 측근들을 위해 일부러 발생시킨 듯한 구조적 모순들은, 사실 누가 집권을 하더라도 길고 긴 불황을 예고했다. 1998년, 부자들은 '이대로!'를 외쳤고, 수많은 중산층은 이때가 상류층으로 올라갈 마지막 기회라고 여기며 부동산 투기에서 증권 투자까지 한탕할 수 있는 모든 일을 벌였다. 하지만 그 후유증은 컸다. 지식, 혁신 여기에 창조까지, 가능한 모든 미사여구를 총동원했지만, 보통 사람들의 시대는 막을 내렸다. 1987년, 노태우가 대통령 선거에서 '보통 사람'이라는 이야기를 시작한 후, 한국에서 한동안 유행하던 중산층의 시대는 이명박 집권기를 마지막으로 화석처럼 머리에만 남은 개념이 되었다. 그 돌파구를 찾아야 할 새로운 정부는, 경제에 대한 결정권을 총리에게 넘기고 자신의 힘을 되찾기 위해 절치부심하는 중이었다. 경제가 어려워지면 지도자들은 사람들의 관심을 돌리기 위해 쉬운 선택을 한다. 전 세계 경제가 순차적으로 어려워지면서, 영원히 세계 전체를 주무를 것만 같았던 월가의 힘이 미약해지고, 무기로 향한 돈들이 냉전 이후 다시 구조적 힘을 조금씩 회복하고 있었다. 이런 전환기일수록 돈과 돈들은 서로 대치하거나 손을 잡고, 예전에는 없던 현상들이 벌어지기 시작한다. 지독한 불황이라고 부르는 이 장기 공황 속에서, 영원할 것 같았던 대치동의 학원가들이 문을 닫거나 폐업하는 일이 속출했다. 이제 한국 중산층들은 더 이상 사교육에 쓸 돈도 없었다.

"야, 이거 뜻밖인데. 오 수석, 그렇게 바쁘다더니 언제 연애를 다 했어."

"네, 그렇게 되었습니다."

오지환은 대통령에게 쑥스러운 얼굴로 청첩장을 내밀었다.

"4월이라. 그래 꽃피는 봄, 좋은 시기네. 그래, 신부는 어떤 분이신가?"

"좀 복잡하기는 합니다만, 변호사입니다."

"변호사? 좋은 직업이지."

오지환은 대통령에게 자신이 결혼하려고 하는 사람의 복잡한 배경에 대해 차마 설명할 용기가 나지 않았다. 변호사라는 직업이 김수진을 얼마나 설명해줄까? 그 자신도 김수진에 대해 잘 이해하고 있지 못했다. 아니, 누구도 이해할 수 없는 사람일 것이다. 결혼을 하기 위해서는 배우자에 대해 잘 알아야 한다고 이야기한

다. 그러나 자신도 잘 모르는 자신을 배우자가 얼마나 알 수 있을
까? 삶은 조건 없는 사랑 속에서 이루어진다. 많은 것을 예측하고
계획하고, 그런 틀대로 살면 성공한다고 주장하던 시절이 있었다.
거짓말이었다. 아침에 일어나서 저녁에 잘 때 어떻게 될지 모르는
게 삶이다. 우연이라는 요소를 관리할 수 있다는 생각, 그것은 인
간의 오만이기도 하고, 동시에 상술이기도 하다. 삶은 관리되는
것이 아니고, 행복은 경영되는 것이 아니다. 오지환은 그 우연을
받아들이기로 했다. 자신이 이해하기는 커녕 관리할 수도 없는 여
인과의 결혼, 그 지독할 정도의 불균형, 그것이 오지환이 하고 있
는 사랑이었다.

"네. 조촐하게 하려다보니, 그냥……."

대통령은 창밖으로 북악산을 바라보면서 나지막하게 말했다.

"좋은 일이 오려나보네. 결혼, 이건 늘 좋은 일이지."

"저……."

오지환은 떨어지지 않는 입을 겨우 열고 말했다.

"주례를 좀, 부탁……."

"주례? 하긴, 오 수석이 결혼한다는데 나 아니면 또 누가 해주
겠나. 그래, 해주지. 고마워, 나한테 부탁을 해줘서."

"저, 각하. 여러 가지로 송구하고, 또 고맙습니다."

오지환은 결혼과 동시에 청와대 경제수석 자리를 사임하고 싶
다는 말은 차마 꺼내지 못했다. 그가 지기에는 너무 무거운 짐이
기도 하지만, 무엇보다도 좋은 아빠이고, 좋은 가정을 만들고 싶

었다. 보통의 경우에는 한 번 영광을 보면 더 큰 영광을 위해 끝없이 달려나가는 것이 삶이다. 어릴 때부터 야수를 잡아와야 하는 사냥꾼으로 길러진 남자들의 경우에는, 집 안에 갇힌 삶에서 만족하는 경우가 없다. 그게 오지환이 그보다 먼저 이 자리를 거쳤던 사람들과, 심지어 대통령과도 다른 점이었다. 이현도나 대통령이 오지환에게 느꼈던 신뢰감은 그런 특이점에서 온 것인지도 모른다. 권력을 탐하지 않는 사람, 죽어라고 힘을 숭배하며 달려왔던 이전과는 또 다른 흐름이 등장한 것이다. 오지환은 그 사람들 중에서, 단지 가장 높은 자리에 우연히 서 있을 뿐이었다.

같은 시간, 김수진도 이현도의 오피스텔을 찾아 청첩장을 건넸다.

"이제 슬슬 여기 일도 정리되어 가고, 저도 떠날 준비를 좀 해야 할 것 같습니다, 회장님."

"뭐, 그러셔야겠지. 자네를 누가 잡아둘 수 있겠나. 그나저나 부군 되실 분이, 오지환? 이거 놀랍구먼. 자네가 무슨 일을 하는지 이 친구도 아나?"

"어느 정도는 압니다만, 아직 정확히는 모릅니다. 결혼하면 저도 슬슬 은퇴하고 조용히 살아갈까 합니다. 딸이나 키우면서요."

"아, 따님이 있으셨지. 그래, 그것도 좋은 방법일세그려. 그나저나, 최고의 권력과 최고의 돈이 만났으니 대단한 따님이 되시겠어. 자네, 내가 딸처럼 생각하는 거 알지?"

"네. 여러 가지로 보살펴주신 거 감사하게 생각하고 있습니다. 떠나기 전에 결혼한단 말씀은 드려야 할 것 같아서요."

지긋이 창밖을 바라보던 이현도가 느릿느릿 입을 뗐다.

"후회하지 않겠어?"

"제가 언제 후회할 일 하는 거 보셨어요?"

"사람 사는 일은 모르지. 강한 건, 부러져."

"부러져요? 정말 부러지고 싶으세요? 어지간히 하세요."

"마지막 일은 해놓고 떠날 거지?"

"어차피 펜타곤 일도 정리해야 해요. 걱정하지 마세요. 그럼, 전 이만."

"자네들의 시대가 올 날이 머지않았어. 지금 떠나기에는 너무 아깝지 않나?"

김수진은 아주 냉정하고 차가운 시선으로 이현도를 쳐다보며 말했다.

"내려놓는 거, 그 나이에도 아직 어려우신가 보죠?"

김수진은 또각또각, 천천히 하이힐로 바닥을 밟는 소리를 내며 멀어져갔다. 김수진이 멀어져가는 소리는 여운을 가지고 오랫동안 이현도의 귀를 울렸다.

*

"이걸 안 입고 이렇게 걸어놓고 있냐, 이 맹추야?"

김수진은 오지환의 다세대 주택 현관문을 열자마자 거실 한켠에 걸려 있는 슈트를 보면서 소리를 질렀다. 그녀는 오지환이 믿고 의지하던 것들을 버리고 새로운 사람으로 태어나길 바랐다. 그렇지만 그 새로운 것을 집어 드는 데, 오지환은 여전히 주저하고 있었다. 이전의 것은 모두 벗어버리고 자신이 선물한 새 옷을 입으라는데, 오지환은 그러한 결단조차 내리지 못했다. 생명, 새로운 생명은 이전과의 단절이다. 그러나 김수진이 기대한 것처럼 빠르지는 않지만, 오지환은 조금씩 변화하고 있는 중이었다.

"관리하기 어렵잖아, 내 주제에. 나중에 정말 중요한 일 생기면 입으려고. 그나저나 치수는 어떻게 알았어?"

"뭐, 대충 눈짐작으로. 그렇게 비싼 거 아니니까, 그냥 편하게 입어. 그나저나 현주는 집에 없지?"

"당신 말대로 위험해서. 그냥 엄마 집에서 학교 다녀. 학원도 다시 다니는 듯싶고."

"다 큰 어른이 엄마가 뭐냐, 엄마가. 어머니, 그렇게 부르세요. 남들이 흉봐요."

두 사람은 아직 어디서 살지, 어떻게 살지, 그런 것들을 정하지 못했다. 그리고 자녀 양육에 대한 정확한 계획을 세워놓지도 못했다. 결핍, 그런 것들이 이들의 강렬한 사랑의 한 가지 이유일 수도 있었다.

"성별은 아직 모르지?"

"응. 6개월은 지나야 알 수 있어."

오지환은 김수진의 배에 얼굴을 기대면서 지그시 눈을 감았다.

"잘 키울 수 있을까?"

"당연히 잘 키워야지. 아기는 뭐가 되면 좋겠어?"

"글쎄, 난 그런 생각은 별로 안 해봤는데, 히히. 난 뭐든지 좋아, 당신만 닮으면."

김수진은 속내 없이 웃는 오지환을 보고 이게 이 남자의 매력이라고 느꼈다. 돈과 사랑은 몇 가지 같은 속성을 가지고 있다. 탐하는 사람에게 오지 않는다는 것, 그리고 정말로 절실히 필요한 사람에게도 오지 않는다는 것. 모든 건 비워야 차는 법이다.

'이 남자, 강해졌구나.'

김수진의 눈에는 지난 반년 동안 부쩍 커버린 40대 남자의 모습이 보였다. 그는 한국의 거대한 힘이 충돌하는 그 한가운데에서, 한쪽의 지휘관으로서 썩 잘 버텨냈다. 수십 년 동안 한국을 지배했던 돈을 지휘하고 조율하고, 권력을 굴복시키는 그 오래된 힘의 대척점에 서 있는 것이다. 그 긴장감을 버텨낸다는 것도 힘든데, 이 순간의 전환점 동북아는 물론이고 미국, 넓게는 세계 전체가 지켜보는 최대의 전쟁터에서 아직도 웃음을 잃지 않고 있었다.

13

통일로 가는 한국

2015년 3월, 6월이 되면 남북정상회담이 있을 것이라는 소문이 관가에 퍼져나가기 시작했다. 그리고 그 자리에서 통일 선언이 발표될 것이라는 말도 돌았다. 대통령의 힘은 이제 정점으로 치닫고 있었다. 정부의 공식적인 발표는 아직 없지만, 경제계를 중심으로 통일이라는 변수에 대비해 돈들이 움직이기 시작했다. 투기와 투자를 구분하기는 쉽지 않았다. 어쨌든 아직 형태가 정확히 잡힌 것은 아니지만, 사람들은 이전부터 이야기가 나오던 연방제 형태가 아닐까 하는 추측을 하고 있었다. 몇 가지 업종의 주가가 올라갔고, 오랫동안 숨죽이고 있던 건설사들의 주식도 상승하기 시작했다. 어쨌든 막대한 인프라 건설이 결국 진행될 수밖에 없고, 속도 조절은 할지라도 투자가 진행될 수밖에 없다는 것은 명확해 보였다.

대기업들은 다시 정부에 줄을 대는 수밖에 없었다. 하지만 누구 뒤에 줄을 서야 하는지는 이제 뻔해 보였다.

“청와대나 통일부에 누구 아는 사람 없어?”

대기업 회장실에서는 이런 고함들이 매일 같이 흘러나왔다. 오 랫동안 경제 관료들에게 줄을 대던 그들로서는 곤혹스러운 상황 이었다. 평소 같으면 주무부서가 되었을 재경부나 국토부는 자기 앞가림도 하기 어려운 상태였다. 너무 오랫동안 대기업들이 관리 는커녕 만나려고도 하지 않던 청와대나 통일부의 문은 굳게 닫혀 있었다. 정부에서 누구를 파트너로 삼고 통일 과정을 진행하려고 할지, 아니 남북정상회담에 초청되는 경제인이 누가 될지 초미의 관심사가 되었다.

“경제 민주화!”

청와대나 통일부에서 흘러나온 대답은 한결 같았다.

“아니, 통일부에서 무슨 경제 민주화를 얘기하는 거야? 이건 월 권 아냐?”

볼멘 목소리들이 기업 여기저기서 튀어나왔다.

“장관도 차기 대선 후보 중 하나가 아닙니까? 인기몰이하는 거 죠, 뭐.”

사실 인기몰이라는 말이 틀린 것은 아니지만, 그렇다고 해서 별 다른 수가 있는 것도 아니었다. 어쨌든 뭔가 바꾸는 시늉을 하는 수밖에 없었다. 정상회담의 날짜는 점점 더 가까워오고, 청와대는 아직도 공식적으로는 그 어떤 말도 하지 않고 있었다. 이 배를 타 느냐, 못 타느냐에 따라 기업의 운명이 바뀔 수밖에 없는 상황이 었다.

"일단, 청와대에서 원하는 건 뭐든지 준비해 둬."

＊

"기간은 20년이 좋지 않겠소?"

"그 정도가 적당하겠군요. 네, 콜."

통일부 내에 있는 작은 회의실에서는 북한에서 내려온 김철용 일행과 이철현이 한창 통일 선언 실무 작업을 조율하고 있는 중이었다. 마치 도박판의 카드처럼, 양쪽은 엄청난 서류 더미를 쌓아 놓고 이견을 좁혀나가는 실무 협상을 벌이고 있었다. 그 모습을 오지환이 말없이 지켜보고 있었다.

"민간 교류 개방은, 우리는 5년 후로 생각하고 있습니다."

"좀 봐줘요. 우리 대통령 임기가 5년입니다. 다음 정권에 우리가 이길지 질지, 될지 안 될지 모릅니다. 3년으로 합시다."

"3년은 우리가 실무를 준비하기 어렵다니까요. 우리도 최대한 속도를 당긴 겁니다."

"시범사업처럼 부분 개방하고, 5년 후 전면 개방으로 가면 될 거 아닙니까?"

한참을 고민하던 김철용이 결심했다는 듯 입을 열었다.

"좋아요, 3년 후 부분 개방으로 갑시다. 단 개방에 대한 후속 조치의 진행은 우리 쪽에 일관한다, 그 정도로 합시다."

"좋습니다."

이 작은 방에서 진행되는 실무 협상은 대체적으로 20년 후 전면 통일을 위한 일정과 실무 절차에 관한 것들이었다. 한번에 모든 것을 다 결정할 수는 없기 때문에, 비무장지대에 양국의 통일과 관련된 실무 준비를 할 수 있는 통일추진위원회를 설치하고 후속 작업들을 결정하도록 미루어두었다. 단계적 통일 방안, 정확히는 많은 것을 결정하지 않는 미봉책이기는 하지만, 두 나라가 통일로 나아가겠다는 큰 방향을 결정한 것 자체가 굉장한 사건이었다.

부동산 거품이 붕괴하면서 활력을 잃은 한국 경제는 돌파구를 모색하고 있었다. 경제쿠데타 이후 식물대통령이 된 대통령의 인기만을 위해 통일 방안에 대한 논의가 시작된 것은 아니었다. 이미 노쇠하여 노인들의 나라가 된 한국, 자연스럽게 돌파구를 찾으려는 몸부림이 북한에 대해 새롭게 눈을 뜨게 된 것은 당연한 일이었다. 3대 세습으로 새로운 정치적 전환점을 맞은 북한 역시 정치적인 측면이나 경제적인 측면에서 결정적 전환점이 필요한 시기였다. 이 힘들이 자연스럽게 경제라는 문으로 만나게 된 것이다.

*

레이더에 포착되는 것을 최대한 피하기 위해 낮고 멀리 퍼져 있는, 워싱턴의 다른 건물들로부터 되도록 멀리 떨어져 일반인의 접근을 어렵게 하기 위해 배치된, 그러나 전 세계를 지배하는 제국의 힘의 핵심인 펜타곤은 월가와 함께 미국이 세계를 지배할 수 있게 해주는 두 개의 힘 중 하나였다. 펜타곤 한가운데에 있는 코트야드에서 김수진은 동아시아 담당 국장과 대화를 나누고 있었다.

"레이디 김, 지금 떠나면 아쉽지 않겠어요?"

"그렇기야 하겠죠. 딜러에서 어드바이서로, 그리고 슈퍼바이저 위치까지 오느라 긴 시간 동안 이 건물을 참 많이도 들락날락했었는데……. 다른 방법으로 살아가는 걸 이젠 잊어버렸어요. 여기도 경쟁이 너무 심해졌어요. 이젠, 낭만이 사라진 것 같아요."

"지난번 마이클 건은 저희도 유감으로 생각합니다. 물의를 일으킨 사람과 저희도 계속 일하기는 어렵습니다."

"자, 이제 슬슬 가봐야 할 것 같네요."

두 사람은 건물 뒤편 주차장으로 난 길을 따라 걸었다. 담당 국장은 김수진이 떠나는 것에 대해 아쉬움을 감추지 못했다.

"레이디, 언젠가는 장관은 몰라도 국무부 차관 정도는 되지 않을까 하고 기대를 했었습니다. 이렇게 마지막 프로젝트를 하게 될 날이 올 거라고는……."

김수진은 손을 내밀어 담당 국장에게 악수를 청했다.

"이번 일까지는 제가 확실히 마무리해 드리겠습니다. 다음 문제는, 또 다음 사람이 알아서 처리하겠지요. 그동안 재밌었어요, 국장님."

김수진의 손을 맞잡은 국장의 얼굴에 아쉬움이 흘렀다. 그는 정말로 김수진을 파트너로서 존경했다. 주차장 앞에 선 김수진은 펜타곤 건물을 말없이 바라보았다. 그녀의 머릿속에서 수많은 추억이 떠올랐다. 김수진은 가방에서 핸드폰을 꺼내 어딘가로 전화를 걸었다.

"제 자산들, 마저 처분해주세요. 회사 지분도 전부요."

전화기 너머에서 다른 건 몰라도 회사 지분만은 남겨놓아야 한다며 완강하게 만류했다.

"괜찮아요. 다시 복귀할 일 없을 거예요. 워싱턴 집도 정리해주세요. 보스턴에 있는 집만 남기고 모두 정리해주세요."

한국의 통일을 향해 움직이는 여러 힘이 존재하는 것처럼, 반대편에서 움직이는 힘도 서서히 그 존재를 드러내기 시작했다. 오지환과 김수진의 삶은 같은 방향으로 모이고 있지만, 그들이 살아왔던 삶 그리고 지금 하는 일은 정반대 방향으로 가고 있었다. 삶과 노선. 그것은 때로는 무관하고, 때로는 평행하고, 가끔은 정반대에 서기도 한다.

3부

태초에 전쟁이 있었나니

1

구속되는 산업부 장관

2015년 4월의 첫날이 밝았다.

"이원호 씨, 뇌물 수수 혐의로 긴급 체포합니다."

이른 아침 출근길에 나섰던 산업부 장관 이원호는 집 앞에서 기다리고 있던 형사들에게 긴급 체포됐다.

"아니, 이분이 누구신줄 알고!"

운전사가 차에서 뛰어나와 가로막았지만, 완력 좋은 형사들을 홀로 막기에는 역부족이었다. 형사들은 장관을 강제로 차에 태웠다. 한국 실물경제의 총책임자는 그렇게 거친 남자들에게 이끌려 검사실로 직행했다. 출근길에 벌어진 이 사건은 청와대 경제수석이 구상해놓은 축 중 하나를 무너뜨렸다. 실물경제로 금융경제를 견제하기 위해 세워놓은 축 하나가 이렇게 무너져갔다.

"뇌물이라니, 그럴 리가 없잖아?"

"그런데 증거가 나왔답니다. 증인도 있다는 것 같구요. 옴짝달

싹할 수 없는 함정입니다.”

산업비서관 전현석이 급히 달려와 오지환에게 보고했다.

“이건 음모잖아, 음모.”

거의 동시에 통일부 정책보좌관인 이철현도 오지환의 방으로 뛰어들어 왔다.

“이게 어떻게 된 거야, 도대체.”

“우리도 지금 파악 중인데, 아직은 확실치가 않아.”

“오늘, 오늘인데 말야.”

“뭐가?”

“북한에 같이 갈 경제인 발표하기로 한 날이 바로 오늘이었어.”

“장관 없이 그냥 하면 안 돼?”

“아직 두 부처 간에 협의가 안 끝났거든, 몇 가지 중요한 견해 차이가 있어서. 오늘 마지막으로 조율하고 발표하기로 했었는데……”

오지환을 정점으로 하는 대통령 쪽의 공격은 점점 날카로워졌다. 학익 홀딩스를 설립한 후 이제는 투매 공격을 충분히 막을 수 있는 현실적인 힘을 갖춘 것이다. 통일부를 통해서 대중적 인기는 물론 한국 경제의 장기적 전망을 제시하고, 산업부를 통해서는 재벌들을 견제할 수 있게 되었다. 총선을 1년 앞두고 정권을 재창출하기 위해 청와대는 총리로부터 경제 결정권을 다시 찾아올 방안을 구상하고 있었다. 그러나 이현도 측은 그렇게 순순히 밀리지 않았다. 그들도 순차적으로 다시 공격을 시작했다.

2

사직서를 내는 경제수석

대통령은 심각한 표정으로 책상 위에 쌓아놓은 서류 뭉치와 사진들을 보고 있었다.

"어쩌면 좋겠소, 비서실장."

"일단은 본인 말을 듣고 확인하는 게 좋겠습니다."

"경제수석, 들어오라고 해요."

대통령의 호출을 받은 오지환이 집무실로 달려왔다.

"설명 좀 해보시게."

대통령이 내민 봉투에는 오지환과 김수진이 함께 있는 사진들이 잔뜩 들어 있었다.

"이 사람이 자네가 결혼하려고 하는 사람인가? 김수진? 코드명 무기녀?"

순간 오지환은 말문이 막혔다.

"난 당신을 믿었고, 지금도 믿고 싶어. 당신이 날 위해 한 일들 생각하면 여전히 고맙기만 하고. 근데 이게 뭐야? 지금 이 서류가 사실이라면, 당신이 이 모든 일의 수장이라는 거 아냐?"

"믿어달라는 말밖에 제가 드릴 수 있는 말씀은 없습니다. 안 그래도 지금 일만 마무리하면 물러날 생각이었습니다."

"물러나? 결국 생각한다는 게 그만둔다, 그런 것밖에 없나? 억울하면 억울한 걸 풀 생각을 해야지. 그래야 내 사람이지. 복잡하다고 그냥 물러난다는 사람에게 내 운명을 맡기고 있었던 건가? 비서실장, 어쩌면 좋겠나?"

대통령은 한숨을 내쉬며 비서실장을 쳐다보았다.

"못 본 척하시거나, 사직서를 받으시는 방법밖에 없습니다. 저 같으면 못 본 척하겠습니다."

"못 본 척? 그럼 이 사진들 전부 폐기하고 못 본 척하라고? 정보기관들은 전부 손 떼게 하고?"

"이 자료들이 정보기관에서 올라온 건 아니지 않습니까? 정체 불명의 투섭니다. 못 본 척해도 그만입니다. 지금은 전쟁 중입니다. 아직도 경제 결정권은 총리실에 있습니다. 이 상태에서 장수를 말에서 내리게 해서는 안 됩니다."

비서실장은 계속해서 오지환을 두둔했다. 어쨌든 대통령의 권한을 강화시켜준 일등공신이 오지환임은 부인할 수 없는 사실이었다. 어제는 산업부 장관이 구속되었고, 오늘은 청와대로 배달된, 발송지가 분명치 않은 서류 봉투 하나로 경제수석이 경질될 위기에 처했다.

"봐. 이 여자는 미국인이고, 서류에 적힌 그대로라면 간첩죄 적용이 가능해. 그런데 이 여자와 결혼하겠다는 당신이 우리 정보를 넘겨주지 않았다는 사실을 사람들에게 어떻게 설명하냔 말야?"

대통령은 인상을 잔뜩 구기며 차가운 눈초리와 딱한 눈초리로 번갈아 오지환을 쳐다봤다.

밤이 되자 대통령은 자신의 집무실로 오지환을 조용히 불렀다.

"송구스럽게 되었습니다."

"당신과 나 사이에 무슨 그런 말을……. 당신 없었으면 나는 벌써 식물대통령이 되고 레임덕에 시달렸을 거야. 송구하기는커녕 내가 오히려 고맙다고 해야지. 오늘은 그냥 밥이나 먹자구. 당신 술 좋아하지?"

"이유야 어떻든 저는 결심이 굳었습니다. 하던 일 마무리 짓지 못한 게 죄송하기는 하지만, 국정에 짐이 되고 싶지는 않습니다. 북한에 모시고 가고, 이현도를 잡아넣는 일까지는 마무리하고 싶었습니다."

오지환은 사직서를 꺼내 테이블 위에 올려놓았다.

'사직서.'

오지환이 평생 처음 써본 사직서였다. 파견근무 중이라서 이곳에 사직서를 내면 한국은행으로도 돌아갈 수 없었다. 그의 머릿속에는 처음 한국은행 입사하던 순간부터 지난 시간들이 주마등처럼 스쳐갔다. 오지환은 천천히 자리에서 일어나 대통령에게 큰절을 했다. 그는 부모를 제외한 누군가에게 단 한 번도 큰절을 한 적이 없지만, 왠지 지금만은 그래야 할 것 같았다.

"이건 그냥 넣어두고 밥이나 먹으러 가세. 누구 좋으라고 지금 내가 자네를 내보내겠나."

"아닙니다. 제가 하던 일은 이상대와 이철현도 모두 알고 있습니다. 어차피 결과는 누가 하더라도 마찬가지입니다."

"여자, 그 여자 때문인가?"

대통령은 오지환이 내민 사직서를 집어 들면서 물었다.

"아닙니다. 이 마당에 결혼이 가능하겠습니까? 한번도 조직 바깥에서 생활해본 적이 없었는데, 조직에 폐를 끼치면서까지 남아 있고 싶지가 않았습니다. 그리고 그 여자…… 임신 중입니다."

집무실에서 나온 오지환은 밖에서 기다리고 있던 비서실장과 마주쳤다.

"오 수석, 잠시 나 좀 보세."

비서실장은 오지환을 데리고 건물 밖으로 나와 담배 하나를 꺼내 물었다.

"저도 하나 주십시오, 비서실장님."

두 사내는 많은 사람이 청와대로 기억하는 바로 그 본관 계단에 앉아 담배를 태웠다.

"생각해 봐, 그냥 물러날 사람들이 아니잖아. 오 수석을 그 자리에 두지 말라는 얘기는 처음부터 많이 있었어."

"네, 그렇겠죠."

"그런데 지금은 자기들이 아예 공개적으로 당신을 치라는 거잖

아. 그건 뭔가 엄청난 걸 또 하나 준비하고 있다는 얘기야. 대통령은 모르겠어, 그러나 나는…… 난 이 게임에서 지고 싶지 않아. 내가 왜 정치에 뛰어들었는지 아는가?”

오지환은 고개를 푹 숙인 채 묵묵히 담배만 폈다.

“난 경제 잘 몰라. 그러나 정치는 좀 알고, 게임도 좀 알아. 자넨 우리가 쥔 마지막 조커야. 우리가 이기는 게 세상이 좋아지는 거 아닌가? 그게 내가 정치를 시작한 이유거든.”

비서실장은 오지환의 등을 두드리며 말을 이었다.

“가서 며칠 쉬어. 일단 카드를 던졌으니 우리도 받아주자고. 그걸 받아줘야 저들도 다음 패를 꺼내겠지. 그 패 보고 움직여도 늦지 않아. 당신이 지금 없어져야 할, 꼭 없어야 할 무슨 이유가 있을 거야.”

3

항해 중인 머니세이버

"정부직제 개편안, 파일 들어왔습니다. 출력해서 드리겠습니다."

개편안을 출력하며 허세연이 따분한 표정으로 말했다. 그녀는 업무용 프린터에서 막 인쇄된 종이들을 한준건에게 건넸다.

"재경부 장관을 부총리로 격상시키는 거군. OK 사인 보내."

"옛 썰."

허세연은 밝은 목소리로 대답한 후, 창밖을 물끄러미 바라봤다. 그녀의 시선이 닿은 곳에서는 태평양의 바다 표면이 햇살에 부딪혀 하얗게 부서지고 있었다. 태평양의 공해상에 떠 있는 머니세이버 호는 누구의 손도 닿지 않는 곳에서 자유롭게 항해 중이었다. 허세연은 냉장고를 열어 오렌지 주스를 한 잔 따라 마시면서 말했다.

"스탠바이 상태로 버티고만 있는 거 지겨워요. 확 날려버리든지, 아니면 한탕하고 빠져나가든지."

"진짜 중요한 일은 마지막에 나오는 거야. 잘 알면서 왜 그래."

"전에는 언니들도 같이 있었잖아요. 그땐 참 재밌었는데……. 이제 다들 빠져나가고 팀장님 하고만 떨렁 남으니까, 이거야 원, 할 게 없잖아요. 그나저나 오지환을 왜 청와대에 밀어 넣어서 일을 이렇게 복잡하게 만든 건지 도통 모르겠네. 그 녀석만 없었으면 간단히 끝날 일이 엄청나게 얽혔잖아요."

"글쎄, 그 깊은 속을 낸들 알겠나. 어쩌면 자기 자신을 보는 것 같은 느낌을 받았는지도 모르겠어. 그 양반도 그렇게 밀려나고 또 밀려나고, 그런 과정을 거치면서 지금 자리까지 간 거거든. 오지환 그 친구, 기회 되면 같이 소주라도 한잔하고 싶었는데, 당분간은 보기가 좀 어렵겠네. 하여간 젊은 녀석이 참 대단해."

"그나저나 진경 언니 내년에 출마한다는 게 사실이에요? 정말 뜻밖이네. 어두운 거 좋아해서 늘 어두운 데서만 살 거 같더니."

"남편이 전임 회장님 딸이잖아. 여기서 계속 이렇게 있는 건 좀 아니다 싶은 거지. 회장님 생각이 늘 그랬어."

따분하게 창밖을 쳐다보던 허세연은 갑자기 눈을 반짝이며 말했다.

"팀장님, 이번에는 괌에 잠깐 들르면 안 될까요? 쇼핑할 것도 좀 있고, 간만에 골프도 치고 싶어요. 수진 언니 결혼 선물도 좀 보내고 싶고."

"괌? 괌 좋지. 그러자구."

*

　남진경은 청와대가 내려다보이는 이현도의 오피스텔을 찾았다. 그녀는 자신이 만든 정부직제 개편안을 이현도에게 내밀었다.

　"그래, 괜찮네. 이걸로 하자고. 진경아, 이제 이 방에는 그만 오도록 하거라."

　"네, 회장님. 조만간 다른 분들하고 같이 입당하게 될 것 같아요. 오고 싶어도, 이젠 오기 어려울 거예요."

　"그래. 너도 어두운 데, 참 오래 있었다. 권선진이 잘 챙겨줄 거야. 곧 당도 정비를 할 거고. 선진경제를 위해 뛰는 진짜 당으로 바뀌어야지."

　"네, 그럴 생각입니다. 청와대 경제수석 같은 거, 저도 참 해보고 싶었는데 바로 출마를 하게 되네요."

　"아쉬울 거 없다. 참모의 길이 있고, 지도자의 길이 따로 있는 거다. 넌 지도자의 길이 어울려."

　이현도는 마지막 인사를 하러 온 남태령의 딸 남진경을 보면서 잠시 회상에 잠겼다.

　"임자는 정치하지 말게."

　어느 추운 겨울날, 밤늦게까지 청와대에서 일하던 젊은 이현도의 어깨를 툭 치며 박정희 대통령이 했던 말이었다.

　'각하, 저는 정치를 하지 않았습니다. 그러나 젊은 사람들에게 정치하지 말라는 말은 못 하겠습니다. 세상이 바뀐 건지, 제가 바뀐 건지……. 각하는 딱 한 번만 했던 쿠데타를 저는 몇 번을 하는지 모르겠습니다. 그래도 정치는 하지 않았습니다. 저는 각하와의 약속을 지켰습니다.'

4

외환은행

위아래로 트레이닝복을 입은 40대 남자를 보면 어떤 생각이 들까. 백수 아니면 굉장한 부를 축적한 사람일지 모른다는 추측을 할 것이다. 2015년 4월 17일 금요일, 오지환의 하루는 점심시간이 다 되어서야 시작됐다. 위아래로 낡은 파란색 트레이닝복을 입고 집을 나선 그는, 오랜만에 맛보는 해방감을 맘껏 즐기고 있었다. 골목길을 터벅터벅 걸어서 내려가는 그에게는 어떠한 위압감이나 중압감도 보이지 않았다. 오히려 측은한 마음이 들 정도로 무감각해 보였다.

"네, 그 집이요? 안 팔릴 텐데요. 내놓으시는 거야 손님 마음이지만, 정말로 거래를 원하신다면……."

"많이 깎아야 하나요?"

"당연하죠. 요즘 집 안 팔려요. 게다가 30평짜리 다세대 주택은 거래 자체가 없어요. 요즘 하우스 푸어도 넘어서, 하우스 거지라는 말이 유행하잖아요. 저기 봐요. 이 옆에 죽 늘어서 있던 부동산 들 망한 거."

"싸게라도 좀 내놔주세요."

"싸다면 얼마나 싸게?"

"적당히요."

오지환은 부동산에 들러 집을 내놓고 다시 버스와 지하철을 바꾸어 타면서 30분 정도 거리에 있는 서울북부고용센터로 갔다.

"선생님, 이게요. 자격 요건이 안 돼요. '일신상의 이유'로는 실업보험에 해당이 안 돼요."

난감한 표정으로 상담원을 바라보던 오지환은 한참을 머뭇거리다 겨우 입을 뗐다.

"정말, 아무 방법이 없습니까? 15년이나 부은 건데⋯⋯."

"아주 없지는 않은데요, 이게 쉽지가 않아요. 주당 56시간 이상 근무한 게 장시간 지속됐다는 걸 입증만 할 수 있다면 정당한 사직 사유로 봐주는 규정이 있기는 해요."

"56시간요? 음⋯⋯ 그건 넘은 것 같은데."

"증빙하실 수 있나요. 예를 들면 다니시던 직장 상사의 진술서 같은 거⋯⋯. 어디 보자, 직장이?"

"아, 그건 좀 어렵겠네요."

오지환은 급히 서류들을 챙겨 고용센터 사무실을 빠져나왔다. 그는 하루 상한액 4만 원씩, 총 210만 원을 받을 수 있는 실업보험의 조건도 몰랐고, 청와대에 가서 주당 56시간 이상을 일했다는 진술서를 써달라고 할 용기도 없었다.

그 후에도 오지환은 일시적 실업 상태에서 지역건강보험 납부금을 줄이고, 국민연금보험 불입의 일시 중단을 요청하는 신청서를 썼다. 그렇게 돌아다니면서 실업자가 되면 일반적으로 겪는 절차들을 밟았다. 한참을 그렇게 돌아다닌 그는 잠시 분식점에 들러 쇠고기 김밥 한 줄을 시켰다. 그동안에도 그의 전화는 바쁘게 울렸다. 대부분 '됐어요', '고마워요', '나중에 다시 전화주시죠' 세 가지 대답만 반복하는 통화였다.

'됐어요'라고 대답하는 전화는, 로펌이나 민간 회사에서 자문을 맡아달라는 전화였다. 그런 전화는 대개 잘 알고 있는 선배들을 통해서 왔다. '고마워요'라고 답하는 전화는 청와대 직원들이 현재 일처리 상황이나 현황들을 알려주는 전화였다. '나중에 다시 전화주시죠'는 그가 추진하던 일의 파트너들이었다. 길게 상황을 설명하기가 어렵기 때문에 다시 전화하자고 한 것이다.

김밥을 다 먹고 일어선 오지환은 다시 전화를 꺼내들었다.

"네, 죄송하게 되었습니다. 예식장 예약했던 사람인데요, 취소해야 할 것 같네요."

전화기 너머에서는 위약금에 관한 규정들이 흘러나왔다. 여자의 목소리는 친절했지만, 결국은 당신이 계약을 취소했으니 계약금은 돌려줄 수 없다, 그러니 포기해라, 그런 이야기였다.

"아, 네. 그렇게 하지요. 고맙습니다."

서둘러 전화를 끊은 오지환은 마트에 들러 돼지고기 조금과 약간의 채소를 사고, 딸기도 한 봉지 샀다. 집으로 돌아온 오지환은 냉장고에서 재료를 꺼내 김치찌개를 끓였다. 그와 동시에 초인종이 울렸다.

"오늘은 별일 없었나요, 우리 공주님?"

현주는 아무런 대답도 하지 않았다. 식탁 위에 마주 앉은 부녀 사이에는 살가운 대화가 아닌, 설명하기 어려운 냉랭함이 감돌았다. 오지환은 계속해서 딸에게 이것저것 물었지만, 딸은 아무런 대꾸도 하지 않았다. 밥을 다 먹고 나서 오지환은 딸기를 씻어 접시 위에 담아왔다.

"다 먹어요, 공주님. 과일 많이 먹어야 착한 어린이지."

"내가 돼지야, 이걸 다 먹게?"

그제야 현주는 입을 열었다.

"아빠, 결혼은 하는 거야, 마는 거야? 무슨 남자가 이래? 뭐, 어떡하겠다, 얘기는 해줘야 할 거 아냐?"

"글쎄, 아빠도 잘 몰라요."

"이런 뜨뜻미지근한 남자가 뭐가 좋다고 수진 아줌마는 결혼을 한대. 알다가도 모르겠네. 아빠는 집에서 빵점이야, 빵점. 나 같으면 아빠 같은 애인은 한번에 찼어."

"어휴 그러셔. 그래서 이번에 또 애인이 바뀌셨어?"

오지환의 말에 현주는 정색하면서 대꾸했다.

"아빠도 애인 있었잖아. 남의 사생활은 터치 없기야. 아줌마한테 이른다, 까불면."

현주는 핸드폰을 꺼내 바로 번호를 눌렀다.

"아줌마, 현주. 글쎄 아빠가……."

"야, 국제전화라서 통화비 많이 나와."

오지환은 핸드폰을 빼앗으려 손을 뻗었다. 하지만 현주는 이미 멀리 도망간 상태였다.

"잠깐 바꾸래."

현주는 새침한 얼굴로 오지환에게 핸드폰을 건넸다.

"응. 예식장은 취소했고…… 그건 중요한 거 아냐. 그래그래. 부모님? 아직 얘기 못 했지."

전화를 끊은 오지환은 천천히 식탁에서 일어나 설거지를 하고, 이제는 고물이 되어 버린 세탁기에 빨래를 넣어 돌렸다. 오랫동안 딸과 둘이서만 살았던 그에게는 익숙한 일이었다.

"잠깐 나갔다 올게. 아빠 늦으면 먼저 자."

"어이, 술은 이제 그만 좀 드시지. 그러다 개근상 받으시겠어. 그리고 제발 추리닝 좀 입고 다니지 마. 할머니 보면 질색해. 오씨 집안에 이런 양아치 없다고, 나 또 할머니 집으로 끌려간단 말야."

"추리닝은 실업자들에게 국민유니폼이야. 이건 자존심이 걸린 문제라구."

오지환은 트레이닝복 차림으로 집을 나섰다. 높지 않은 언덕길을 내려가자마자 재래시장 뒤쪽 입구가 보였다. 남자는 익숙한 걸음으로 시장 중간에 있는 작은 선술집으로 들어갔다. 그 안에는 재래시장과 전혀 어울릴 것 같지 않은 양복 차림의 두 남자가 김치찌개와 닭볶음탕을 놓고 소주잔을 기울이고 있었다.

"아, 미안하네. 집 앞으로 불러놓고 내가 늦었어."

"형, 그나저나……."

"됐고, 보고서나 좀 보자."

보고서 앞에는 '외환은행 시민기업화'라는 제목이 쓰여 있었다. 남자는 빠른 속도로 보고서를 넘기며 말했다.

"지금은 아니지만, 우리가 여윳돈이 좀 있거든. 최대로 쓰면 3조 정도는 투입할 수 있어."

"아니, 무슨 돈이 그렇게 많아?"

"응, 그렇게 됐어. 해외에서 펀드 공격 방어하던 돈인데, 아마 조만간 마무리될 거야. 대통령도 시민의 한 사람이라, 대통령 이름으로 시드머니를 좀 기부할까 생각하고 있어. 어쨌든 내년 총선 전에는 계획 마무리해서 이제 독립시키자고."

"원펀드에서 놔주겠어? 모피아들이 그 난리를 치고 합쳤는데……."

소주잔을 기울이면서 질문을 하는 사내는 이제 갓 마흔을 넘긴 외환은행 노조 정책실장이었다.

"그건 걱정하지 마. 귀하들이 고민하실 문제가 아냐. 총선 끝나면 감옥은 몰라도, 책임자들은 다 자리에서 내려오게 될 거야. 1년만 더 버텨보자고. 원펀드 노조 쪽하고도 이래저래 논의 중이야. 메가뱅크 같은 이상한 얘기 말고, 경영 정상화 쪽으로 도움을 주기로 말야."

후줄근한 트레이닝복 차림의 오지환이었지만, 말을 하는 내내 눈에서 빛이 나고, 몸에서도 광채가 흘러넘쳤다.

"그나저나 형 출마할 거라는 소문이 자자하던데. 그래서 경제수석 물러난 거라고."

"웃기지 마. 곧 출마할 사람이 추리닝 입고 동네를 돌아다니겠냐? 그냥 짤린 거야."

오지환의 하루는 그렇게 끝이 나고 있었다. 그의 하루 길이는 다른 사람과 똑같은 24시간, 아니 그가 사회적으로 움직이는 시간은 열 시간 남짓이지만, 그가 움직이는 것만큼 한국의 금융 민주화는 한 발씩 나아가고 있었다.

5

청와대 긴급 호출

"나 참, 청와대 들어와서 처음 사이드카 타보네."

오지환은 차 뒷자리에서 벽에 걸어놓고 구경만 하던 슈트를 입었다. 집을 나오면서 이상대가 급히 가져온 것이다.

"아까는 죄송했습니다, 팀장님. 워낙 급해서요."

불과 10분 후에 오토바이의 호위를 받는 비서실장 일행이 청와대에 도착하자마자 본관 2층으로 뛰어올라 갔다.

"도착했습니다, 각하."

대통령은 오지환을 보자마자 와락 껴안았다.

"지환아, 니가 날 좀 도와줘야겠다."

대통령은 두 개의 전문을 오지환에게 내밀었다.

대북 관계에 대한 명확한 미래 입장을 알려주시기 바람.

– 대한민국 대통령실 경제수석, 오지환 수신.

우리의 협력에 대한 적절한 방안을 제시하시기 바람.

― 대한민국 대통령실 경제수석, 오지환 수신.

오지환이 각각 미국과 중국에서 온 전문을 읽는 동안 옆에 선 비서실장이 짧게 상황을 설명했다.

"미국이 캐리어를 제주 강정에 정박하겠다는 거야. 중국은 절대 용인할 수 없다며 북해함대를 집결하고 있는 상황이고. 중국도 캐리어 끌고 제주 앞바다로 들어올 심산이야. 당연히 우린 그걸 허락할 수 없고."

전문을 다 읽고 고개를 든 오지환에게 모두의 시선이 모였다. 순간 그는 침을 꿀꺽 삼켰다. 함정일 수도 있고, 해법일 수도 있었다. 하지만 어떤 결정이라도 해야 했다.

"미국 얘기는 남북정상회담에서 통일 선언을 하지 말라는 거 같습니다. 그리고 중국이 하고 싶은 얘기는……."

오지환은 잠시 말을 멈췄다.

"얘기는?"

초조하게 오지환의 입을 쳐다보던 몇몇 사람의 입에서 동시에 탄식과 같은 소리가 튀어나왔다.

"공을 우리에게 넘긴 겁니다. 협조해줄 테니, 해법을 찾아봐라. 해법이 없으면……."

"없으면?"

"무력 개입을 할 수도 있다는 얘기입니다. 아직은 중국 내의 온

건파들이 결정권을 가지고 있지만, 미국이 정말로 제주 해군기지에 캐리어를 정박하면…… 강경파들이 무슨 일을 벌일지 모른다는 이야기입니다."

"근데 이 전문이 왜 당신 앞으로 왔지? 외교비서관이나 국방비서관이 이런 전례가 없었다는 거야. 청와대로 직접, 그것도 경제수석 앞으로 온 적은 말이야. 이건 당신보고 뭘 하라는 거 아냐?"

비서실장이 눈을 동그랗게 뜨면서 말했다.

"국방부나 외교부 신경 쓰지 마시고 대통령이 전적으로 결정을 해줬으면 좋겠다는 얘기입니다. 이건 군사 문제가 아니라 경제 문제니까 제 이름으로 온 거 같구요. 결국 독자적으로 대통령이 결정하시면 된다는 얘기입니다. 두 나라 모두, 군부 개입 문제가 아니라는 거죠."

가만히 오지환의 말을 듣던 대통령이 드디어 입을 열었다.

"결국 어쩌라는 거야? 남의 앞바다에서 지들끼리 싸우겠다는 거야, 뭐야?"

"통일을 포기하라는 얘기입니다, 미국에서는."

"그게 확실히 미국 전체의 입장인가?"

"그건 모르겠지만, 적어도 펜타곤은 이 문제를 그렇게 보고 있는 것 같습니다. 너무 빠르다, 속도 조절을 하자, 그 얘기겠죠. 아니면 지금 당장 중국과 붙겠다는 선전포고입니다. 국지전을 벌여 동북아에 긴장을 잔뜩 높이면 어차피 남북 화해는 물 건너간다, 그러니 적당한 선에서 멈춰라…… 제가 읽은 이 메시지의 의미는 이렇습니다."

"휴우, 친절하시구먼. 그러니까 대북사업은 포기하고 남북 긴장 감 속에서 무기나 계속 구매해라, 그런 얘기시구먼? 그리고 니 문제는 니가 알아서 풀고……. 이거 뭐, 각서라도 쓰라는 건가? 나는 통일 안 하겠다, 걱정하시 마시라, 이렇게?"

대통령은 한숨을 내쉬며 말했다. 순간 머리를 쥐어짜고 있던 비서실장이 갑자기 무언가가 떠오른 듯 말했다.

"그걸, 경제수석 자네 이름으로 하면 된다는 거 아니야, 이 전문들이 얘기하는 건. 대통령은 아무 얘기 할 필요 없이, 정부가 공식적으로 관여할 거 없이, 오지환 당신 이름으로 해도 받아주겠다는 거 아냐? 그리고 한국 정부는, 대통령은 공식적으로는 아무 일 없는 듯이 생각해도 된다…… 이거 맞아?"

"내용은 그렇습니다만…… 우리가 과연 이 시점에서 통일을 포기할 수 있는지, 그게 문제입니다. 통일 선언은 우리의 마지막 카드입니다. 그걸 지금 포기하라는 거니까, 앉아서 지라는 말이죠. 결국 이현도의 그림입니다, 제가 보기에는."

한참을 창밖만 바라보던 대통령이 갑자기 등을 돌리며 말했다.

"오지환, 일단 가라. 뒤는 내가 처리할 테니. 나도 다 생각이 있다. 일단 싸움부터 말리고 보자. 비서실장, 헬기 준비해주게."

"저, 저도 같이 가겠습니다."

옆에서 한참 대화를 듣고 있던 이상대가 환하게 웃으며 말했다.

"자, 시간이 없어. 중국 북해함대가 더 집결하면, 우리도 국방

매뉴얼대로 움직일 수밖에 없네. 자네 상관 잘 모시게. 지금부터 시간 싸움이야. 상황 설명 못 하면 벙커에서 군인들 매뉴얼대로 움직여야 해."

비서실장이 이상대의 등을 치면서 말했다.

"하여간 우리 경제팀은 전부 다혈질이야. 누가 저것들을 한국은행 출신이라고 보겠나."

헬리콥터 착륙장으로 뛰어가는 오지환과 이상대를 보면서 대통령은 쓴웃음을 지었다.

6

제주 범섬의 항공모함

　제주도 강정 해군기지 해상 20킬로미터 전방에서 미국 제7함대 소속 항공모함단이 바다를 가르며 질주하고 있었다. 정면으로는 서귀포시가 보이고, 오른쪽으로 조그마한 범섬이 시야에 잡혔다. 오키나와 북쪽 해상에서 출발한 제7함대는 동중국해를 거쳐 바로 북쪽으로 올라왔다. 그리고 단 한 번도 방향을 바꾸지 않고 바로 북쪽에 위치한 서귀포시 앞바다에 당도했다.

　제7함대가 집결한 곳에서 남서쪽으로 200킬로미터 떨어진 지점, 한국이 배타적 경제수역이라고 주장하는 이곳에 중국 북해함대 소속 함정들이 속속 모여들고 있었다. 원거리 작전에는 좀처럼 투입되지 않던 핵잠수함 두 대도 이미 도착한 상태였다. 중국이 보유하고 있는 두 대의 항공모함은 아직이었지만, 몇 시간 내로 도착할 예정이었다. 이어도에서 제주 범섬에 이르는 동중국해와 남해의 바다는 이제껏 단 한 번도 없었던 긴장감으로 물고기들마저 숨죽일 정도로 주변 공기가 무거웠다.

"함장, 선단을 잠시 세우세요."

샤넬 스타일의 검은색 정장을 입은 여인은 가슴에 '감독관'이라고 쓴 푸른빛 패찰을 차고 있었다. 샤넬 블랙이라고 불리는 여인의 검은색 옷은 군복들 사이에서 기묘한 분위기를 자아냈다. 핵항공모함 조지 워싱턴 호의 함교와는 전혀 어울릴 것 같지 않아 보이는 40대 초반의 여성은 무전기를 내려놓고 클라크 대령에게 명령을 내렸다. 여인의 명령은 삽시간에 전 함대로 퍼져나갔고, 해저 20미터 아래에 잠수 중인 핵잠수함마저 잠시 기동을 멈췄다.

"북방함대 쪽도 아직은 움직임이 없죠?"

"네, 아직 별다른 움직임은 없습니다."

서울에서 경제수석이 헬리콥터를 탔다는 연락을 받자마자 여인은 일단 항공모함의 기동을 정지시켰다. 항공모함이 강정마을 20킬로미터 앞에서 멈췄다는 소식은 순식간에 전 세계로 퍼져나갔다. 비록 작은 국지전일지라도 미국과 중국의 직접적 무력 충돌은 냉전 이래로 단 한 번도 없었다. 경제적으로 팽창하는 중국과 군사적으로 팽창하는 미국이 언젠가 서로를 위협으로 간주하며 부딪칠 것이라는 이야기는 지난 수 년 동안 호사가들의 입에서 계속해서 흘러나오는 말이었다. 그러나 오랫동안 사실상 미국의 군사적 속국처럼 지내던 한국 영해에서, 그것도 북한의 영향력이 미치지 않는 한반도 남쪽 해상에서 두 강대국이 충돌할 것이라고 예상한 사람은 거의 없었다. 제주도의 해군기지는 광주의 패트리엇 미사일 기지 등, 중국을 겨냥한 일련의 MD Missile Defense 전략과 연결되어 있기 때문에 제주 해군기지 그 자체의 문제라기보다는 한국군이 주적에 중국을 포함시키고 있다는 의미로도 읽힐 수 있었다. 중국은 미군 항모가 제주를 통상적 기지로 쓴다는 것을 대한민국이 중국을 겨냥한 군사기지 형태로 전환된다는 의미로 받아들였다. 그들로서는 이미 묵인하기 어려운 사건으로 확대가 되어버린 것이다.

중국 해군의 능력으로 미국의 초대형 항모 선단을 제압할 방법은 없었다. 전 세계 어느 해군도 단독으로 미국의 캐리어와 디스트로이어, 서브매린 그리고 이지스로 구성된 조합을 이길 수 있는 능력은 없었다. 그러나 중국도 바보는 아니다. 북방함대의 힘만으로 미국 항모를 이기겠다는 생각을 가지고 있는 것은 아니었다. 물론 북방함대 출신의 강경파들이 세운 전투 시나리오 중에는 구축함 한두 대가 침몰하고 이를 통해 미국과 확실한 대립각을 세우자는 작전도 있었다. 중국 군부의 입장으로는 이미 충분하게 갖추어진 경제적 힘을 군사적 힘으로 전환시킬 필요가 있었다. 그리고 중국을 견제하기 위해 만들어진 것이 분명한 한국의 해군기지에 입항하는 미국 항모를 저지하다가 산화해간 중국의 젊은 영웅들을 내세운 새로운 신화를 만들 수도 있었다. 그러나 실제로 중국의 실용주의 지도자들이 그런 강경파를 견제하기 위해 중국의 1호 항공모함인 바랴그 호에 태운 사람은 민간인 장영철이었다.

'청와대에서 방금 경제수석이 탄 헬기가 출발했어요. 잠시 기다

려보세요. 김수진.'

장영철의 핸드폰으로 짧은 문자 메세지가 들어왔다.

"무전 준비해주게, 함장."

무전기를 잡은 장영철이 북경으로 짧은 통신을 시도했다.

"아직 함대가 다 모이지는 않았지만, 일단 집결 진행 중입니다. 한 시간 내로 끝날 것 같습니다. 미국 항모는 일단 제주 해군기지 20킬로미터 전방에서 정지했습니다. 10킬로미터 이내로 접근하면 즉시 전투기를 발진시키고, 구축함도 한국 영해로 들여보낼 예정입니다."

무전기를 잡고 있는 장영철의 말이 이어졌다.

"아, 네. 청와대 쪽에서 사태 수습할 거라고 연락이 왔다구요? 잘 알겠습니다. 우리야 어느 쪽이든 상관없지만 평양에서 난리치겠군요. 잘 좀 달래주시기 바랍니다."

어느덧 남해에 노을이 내려앉았다. 함교에서 커피를 마시던 장영철은 먼 바다를 바라보며 함장에게 말했다.

"노을 참 곱네그려. 안 그래요 함장?"

"네, 그렇습니다."

"하늘이 붉은 건 참 멋진데, 바다가 피로 물드는 건 좀 그래. 21세기에는 피 좀 안 보고 살면 좋겠어."

"그래도 미국이 우리 코앞에서 핵항공모함을 맘대로 띄우고 들이대는 건 막아야겠죠. 우리의 피가 조국의 부로 돌아올 겁니다."

"그렇겠지. 이게 결국은 다 돈 때문 아닌가? 하긴, 돈이 아닌 이

유로 군인들이 목숨을 거는 일은 없지. 결국은 다 돈의 문제야."

*

"헬기가 착륙합니다."

붉은 노을 아래로 오지환 일행이 탄 헬리콥터가 굉음을 내며 착륙했다. 서울에서 제주까지 호위를 맡았던 전투기 두 대는 헬리콥터가 조지 워싱턴 호에 안전하게 착륙하는 것을 확인하고 공중에서 크게 선회하여 돌아갔다. 함교에서 급히 함장과 함께 뛰어내려온 여자 감독관은 헬리콥터를 향해 전속력으로 달렸다.

오지환은 헬기에서 내리자마자 자신에게 달려오는 여자 감독관을 뜨겁게 안았다.

"아기는 괜찮아?"

"이 인간이 벌써 나보다 아기를 챙기네."

오지환은 김수진과의 짧은 대화를 마치고 곧장 일행과 함께 함교 바로 아래층에 있는 작전실로 들어갔다.

"시간 없어. 그냥 읽어보고 사인해."

"아니, 어떻게 자구도 수정 안 하고 사인을 해? 이런 계약이 어딨어?"

김수진은 오지환의 뒤통수를 힘껏 후려쳤다.

"미쳤어, 너? 이 서류는 내가 해줄 수 있는 최대한이야. 여기서 한 자라도 고치면 펜타곤에서 직접 명령 들어가. 이 앞에 전투기 뜨고, 불바다 되는 거 보고 싶어? 니가 뭘 안다고 자구 수정이고

지랄이야. 항공모함이 떴다는 게 뭘 의미하는지 알기나 해? 얘 좀
봐. 겨우겨우 도망갈 구멍 만들어줬더니 말하는 것 좀 봐."

얼얼해진 뒤통수를 매만지던 오지환이 김수진에게 버럭 화를
내며 말했다.

"그래도 읽기는 해야 할 거 아냐. 이거 사인 잘못하면 평생 북한
이나 국정원 슈터들이 내 뒤를 따라다닐 거야."

"별말 없어. 대통령 임기 중에 통일 안 하도록 청와대 경제수석
이 노력한다는 내용이야. 자, 내가 먼저 사인한다. 함장님도 어서
사인하세요. 그 조건으로 이번 대통령 임기 중에는 제7함대도 제
주 해군기지에 직접 기항을 시도하지 않는다, 됐어요? 이 이상 어
떻게 우리가 더 양보해? 펜타곤에서 얼마나 큰 양보를 한 건지,
너님께서 알기나 하세요?"

김수진은 오지환이 들고 있는 서류를 빼앗아 서명했다. 그 뒤를
이어 조지 워싱턴 호의 함장도 제7함대 함대장을 대신해 서명했
다. 그러나 여전히 오지환은 펜을 들고 망설였다. 지금 이 서류에
서명을 하고 나면 당장의 어려움은 피할 수 있지만, 대통령이 국
민들을 위해 꺼낼 수 있는 카드는 더 이상 없었다.

"아, 팀장님. 일단 서명부터 하세요. 지금 청와대에서 사람들 숨
넘어가요. 더 시간 끌면 합참의장이 청와대로 뛰어올 거예요. 지
금 1초가 급해요."

'청와대 경제수석 오지환.'

결국 오지환은 눈을 질끈 감고 서류에 서명을 했다.

"이제 함대 돌리세요, 함장님. 오키나와로 다시 돌아갑니다."

조지 워싱턴 호는 서귀포시가 바로 코앞에 보이는 지점에서 크게 선두를 돌렸다. 잠시 후, 열 대가 넘는 미국과 중국의 군함이 선두를 따라 서서히 방향을 돌렸다. 바다가 크게 물결치고, 그 순간 세상의 돈들도 크게 요동쳤다.

"이대로 그냥 집에 갔으면 좋겠다. 현주도 함께······."

김수진은 항공모함 회의실에 같이 앉아 있는 오지환을 바라보면서 말했다. 제주 앞바다의 하늘은 이미 노을이 가라앉아 검붉으면서도 예리한 광채를 자아냈다. 오지환은 그제야 흥분을 가라앉히고 김수진의 배를 만졌다.

"몸은 좀 괜찮아?"

"참, 빨리도 물어보신다. 괜찮아요, 괜찮아. 이제 돌아가서 일마무리 짓고 나면, 나도 본격적으로 출산 준비할 거예요. 엄마가 늙어서 아기가 힘들 게 미안할 뿐이지."

"미안해. 출산 때, 못 지켜볼지도 모르겠어."

"괜찮아요, 괜찮아. 바쁘신 몸일 텐데······. 그나저나 자기 슈트는 잘 어울리네. 폼 난다, 폼."

"갑시다, 팀장님. 우린 처리할 일이 많아요. 형수님, 오늘 참 고마웠습니다. 다음에 제가 소주 한잔 사겠습니다."

막 프로펠러를 돌리기 시작하는 헬리콥터 앞에서 이상대가 큰 목소리로 소리쳤다.

마지막으로 김수진을 뜨겁게 포옹한 오지환은 헬리콥터에 올랐다. 바닷물을 가르며 천천히 속도를 높이는 항공모함 위로 헬리콥터 한 대가 힘차게 비상했다. 그 아래에 손을 흔드는 여인이 서 있었다. 그들은 다시 만날 수 있을까? 마지막이 될지도 모르는 이 만남을 뒤로, 헬리콥터는 힘차게 북쪽으로 날아올랐다. 그리고 미국과 중국의 배들도 자신들이 출발했던 자리를 찾아, 다시 남쪽으로 항해를 시작했다.

오지환이 탄 헬리콥터가 날아오르는 순간, 한국과 중국 국채의 가산금리는 일제히 내려가기 시작했고, 덩달아 일본의 가산금리도 내려갔다. 작은 국지전 양상으로 투매 직전까지 갔던 세 나라의 채권들이 순식간에 힘을 회복한 것이다. 그 과정에서 돈은 누가 벌었을까? 제주 강정 해군기지 앞에서 이어도를 사이에 두고 대치한 미국 항모와 중국 항모가 충돌까지 가지 않을 것이라는 사실을 미리 알고 있었던 펜타곤의 무기 펀드와 중국의 무기 펀드가 적지 않은 수익을 챙겼을 것이다. 긴박한 하루였지만, 그 와중에도 정보를 돈으로 바꾸는 일이 멈추지는 않았다.

7

두 번째 임명장

"면목 없습니다. 그냥 사인하고 왔습니다. 임기 중에 대통령이 통일을 추진하지 않도록 제가 노력한다는 각서였습니다."

"괜찮아. 자넨 이미 사직서를 낸 사람 아닌가? 정 문제가 되면 그냥 나는 발뺌하면 그만이야. 딱 좋네."

오지환은 대통령 앞에서 고개를 푹 숙이고 있었다.

"어, 이 사람 왜 이래. 당신은 지금 개국공신이나 마찬가지야. 내 임기 중에 통일을 포기한다고 그게 모든 걸 포기한다는 의미는 아니잖아? 나는 계속해서 통일 준비도 하고, 적당히 미국 무기도 사주고, 중국 무기도 사줄 거야, 당신 이름으로. 그 대신 오지환, 경제수석 오지환은 내 옆에서 계속해서 날 방해하고 훼방 놓으면 되는 거 아냐? 자, 임명장. 이거, 몇 번을 다시 주게 되는 건지 모르겠네."

대통령은 오지환에게 임명장을 건네면서 따뜻하게 안았다. 옆에서 지켜보는 비서실장의 눈시울이 뜨거워졌다.

"하여간 펜타곤에서 절묘한 해법을 냈습니다. 이게 최적이거나 최상의 해법인지 모르겠지만, 최단 기간에 많은 사람이 만족할 해법이기는 한 것 같습니다."

"비서실장, 통일부 장관 들어오라고 하세요. 어쨌든 우리 수석이 벌인 일, 뒷수습도 해야 하고 논의할 일도 있으니까. 야, 오지환. 내가 일을 벌이고 니가 수습을 해야지, 니가 일을 벌이고 내가 수습을 하는 거냐."

오지환이 나간 후, 대통령은 책상 위에 앉아 오지환 이름으로 서명된 문서를 읽고 있었다.

"비서실장, 이거 자세히 한번 보세요. 이 문장 그대로라면 내가 사임하면 되는 거 아닌가? 그러면 내 임기는 끝나잖아. 그리고 다음 대통령이 하면 된다는 얘기 아냐."

"뭐, 그렇게까지 하셔야 한다면 차라리 저 친구를 내보내고, 우리는 그런 문서 모른다고 딱 잡아떼면 되겠죠?"

비서실장은 만면에 웃음을 띠면서 대수롭지 않은 듯 말했다. 그러나 대통령의 표정은 매우 심각했다.

"내가 죽으면 궐위 아냐? 근데 사직이든 사퇴든, 그냥 그만두고 싶다고 하는 경우도 있을 거 아냐. 그땐 사직서를 누구한테 내나? 국회의장에게 내는 건가?"

"그런 쓸데없는 말씀은 하지 마십시오. 그럴 일 없습니다."

"아니, 진짜로 우리가 꼭 통일 선언을 지금 해야겠다, 그렇게 마음을 먹는다면? 펜타곤 쪽 논리 그대로라면 내가 사퇴하고, 비서실장 당신이든 통일부 장관이든, 아니면 지금 단체장 중 누가 당선되면 그만인 거 아냐? 안 그래? 당신도 정치 한번 제대로 해봐야 할 거 아냐?"

대통령의 얼굴에 편안한 미소가 떠올랐다.

"그런 농담, 재미없습니다. 반드시 경제 결정권도 되찾고, 국민 경제도 성공시키고, 통일 기반도 마련할 겁니다. 지금 이 게임, 우리가 이겨갑니다. 제가 반드시 이길 수 있도록 만들겠습니다."

젊은 모피아들

이현도를 태운 차가 급히 인천항을 향해 달렸다. 인천항에는 지금 머니세이버 호가 정박 중이었다. 이현도가 인천항에 도착하자 양복을 입은 젊은 사내들이 배 앞으로 도열했다. 금융감독원, 금융위원회 등 경제 관련 부처나 기구에서 트레이딩과 관련된 일을 하는 젊은 모피아들이었다. 그들의 출정을 지켜보기 위해 이현도가 직접 인천항을 찾은 것이다. 젊은 모피아들은 모피아의 전설 이현도가 나타나자 가슴이 설레기 시작했다. 이현도는 그들의 손을 일일이 잡으면서 악수를 했다. 그들도 며칠 전까지는 공무원이었다. 젊은 보수들은 지금의 대통령을 미워했고, 민주당이 주도하는 경제 정책을 받아들일 수가 없었다. 길이 다른 것일까? 어쨌든 그들에게는 이 길이 애국이고, 경제이고, 최선이었다. 정년이 차서 본격적인 모피아로 나선 늙은이들과 한창 승진할 나이에 사직서를 내고 이곳으로 모인 이 젊은 모피아들은 결이 달랐다. 이것은 삶의 문제라기보다는 신념의 문제에 가까웠다. 누가 이들을 비난할 수 있겠는가?

"여기는 한준건 실장, 이번 작전을 총지휘하는 분입니다. 나라고 생각하고 따라주십시오."

한준건이 젊은 모피아들 앞에 서서 인사를 했다.

"그리고 여기는 허세연 박사, 이번 트레이딩의 팀장입니다. 이번 일 끝나면 허 박사도 정부 안에서 공식적인 직책을 가질 예정입니다. 고시 출신은 아니지만, 저랑은 워낙 오래 일한 분이니 믿고 따라주시기 바랍니다."

"허세연입니다, 잘 부탁드립니다."

허세연은 인사를 하면서 이현도와 잠시 눈을 맞췄다.

"잘들 부탁하네. 선진경제가 자네들 손에 달렸어."

이현도와 악수를 끝낸 젊은 모피아들은 차례로 승선을 시작했다.

"자, 되도록 멀리 가 있게."

"네. 이 배가 둔해보여도 30노트까지는 문제없습니다. 3일 후가 공격 시점이면, 날짜 변경선까지는 어려워도 근처까지는 갈 수 있습니다. 설령 우리가 노출된다고 해도 24시간 이상은 충분히 버틸 수 있습니다."

머니세이버 호가 떠나는 것을 바라보던 이현도는 주머니에서 핸드폰을 꺼냈다.

"각하, 잘 지내시지요? 짧게 용건만 말씀드리겠습니다. 무한대라는 단어 아시죠? 이번 작전을 우리는 '무한대의 힘'이라고 명명했습니다. 3일 드리겠습니다. 하야를 권합니다. 아니면, 결국 탄핵 들어가게 됩니다. 끌려 내려오는 것보다, 스스로 내려오시는 게 모양이 더 낫지 않겠습니까? 이게 대통령께 제가 드릴 수 있는 마지막 우정입니다."

　머니세이버 호는 노을을 옆으로 맞으며 서서히 출발했다. 어떤 의미로든 한국의 운명을 바꾸는 배, 그 배를 감싼 흰색이 노을을 만나 황금빛 여운을 만들었다. 머니세이버 호에는 완벽한 트레이딩룸이 갖추어져 있었다. 이 배가 바다로 출항한 지금, 대통령은 이미 한 번의 기회를 놓친 것이다. 이제 이현도의 작전을 물리적인 힘으로 막을 수 있는 방법은 없었다. 스크린과 컴퓨터는 물론이고 자체 서버까지 갖추고 외국에서 운용하는 위성과 직접 연결되는 머니세이버 호의 트레이딩룸은 지구상에서 가장 무시무시한 무기였다. 항공모함이라고 해 봐야 1조 원 정도인데, 지금 이 배가 움직일 수 있는 기본 자금만도 항모 선단 몇 배의 규모였다. 여기에 이현도가 '무한대'라고 명명한, 그 자신도 규모를 가늠하기 어려운 추가 자금을 등에 업은 공격을 한국 경제가 아니 청와대가 막아내기는 불가능해 보였다. 그들이 이걸 막기 위해서는 배가 출항하기 전에 현장에서 체포하거나 배를 무력으로 저지하는 수밖에 없었다. 그러나 배는 이미 항해를 시작했다. 지금 대통령을 사퇴 혹은 탄핵의 위기에서 구할 수 있는 유일한 방법은 태풍이 불어 머니세이버 호가 전복되거나 아니면 난파되는 길뿐이었다. 그러나 4월 20일의 바다는 1년 중 가장 고요하고 잔잔했다. 땅의 힘, 하늘의 힘, 심지어는 바다의 힘마저 지금은 이현도 쪽에 서 있었다.

바다로 떠나는 머니세이버 호를 보며 이현도는 깊은 한숨을 내쉬었다. 그는 노을을 배경으로 멀어져가는 배를 보면서 긴 통화를 했다. 그리고 자신의 차로 걸어가다가 문득 생각이 난 듯, 다시 전화기를 꺼냈다.

"오 수석, 나 이현도야. 밤에 시간 좀 낼 수 있겠나? 그래, 고맙네. 광장시장에 가면 숙자네 빈대떡집이라고 있어. 거기서 보지."

늦은 밤, 종로 4가와 종로 5가 사이에 넓게 자리하고 있는 광장시장 내 허름한 빈대떡집에서 서로에게 정면으로 달려오던 두 남자가 거대한 충돌 직전에 만나 잠시 숨을 고르며 빈대떡을 먹고 있었다.

"여기가 알 만한 사람은 다 아는 아주 유명한 곳이야. 남태령 총리가 나에게 한국은행 재직 시절을 얘기해주면서 소주를 사주시던 곳이 바로 여기라네. 그 양반도 한국은행 출신이야, 자네처럼."

오지환은 소주를 입안에 털어 넣듯이 마시고, 빈 잔을 이현도에게 건넸다.

"한국은행에서 대통령 협박하라고 배운 적 없습니다. 전 물가와 원화를 지키는 게 우리가 해야 할 일이라고 배웠습니다."

이현도도 오지환이 넘겨준 잔을 비웠다.

"크, 쓰군. 그래, 자네 말 잘했어. 지키는 거, 그게 자네 같은 엘리트들이 할 일이야. 나 같은 원로는 그 일이 중요하다는 걸 환기 시켜주는 역할이나 하는 거고. 자네, 지금 잘하고 있어."

이현도가 다시 오지환에게 소주잔을 넘겼다. 그런 후, 빈대떡 한 조각을 집어 먹으며 회상에 잠긴 듯한 표정을 지었다.

"70년대에는 이 빈대떡이 얼마나 맛있었는지 아나? 우리는 거기서부터 출발했어. 그걸 잊으면 안 돼."

오지환도 빈대떡을 집어 먹으며 말을 받았다.

"그렇다고 빈대떡 먹던 그 군인들의 시대로 다시 돌아갈 수는 없죠. 엘리트들의 시대는 끝났어요. 이젠 시민의 정부라구요. 경제도 마찬가지예요. 사람들의 뜻이 모여 움직이는 거지, 누가 끌고 갈 수 있는 시대가 아닙니다."

"자네가 지금 잘 끌어가고 있지 않나. 자네 없으면 누가 지금 대통령을 지키고, 누가 경제의 새로운 비전을 만들겠나? 자네가 바로 그 엘리트 아닌가?"

오지환은 대답 대신 빈대떡을 부치며 이쪽을 힐끔힐끔 쳐다보던 주인 여자에게 역정을 냈다.

"아줌마, 여기 빈대떡 말고 딴 건 없나요? 순대나, 닭발, 아무거나요?"

"여긴 빈대떡만 합니다."

오지환은 씩씩거리며 다시 빈대떡을 집어 입에 넣고는 이현도를 노려보며 말했다.

"경제는 경제 논리로 풀어야겠지요. 제가 막아드리겠습니다. 큰돈은 늘 작은 돈을 이길 것 같지만, 그게 매번 그렇지가 않더라고

요. 의장님의 돈, 대통령의 마음, 제가 보기에는 이 둘 중에 마음
이 이깁니다."

"마음이 이긴다고? 마음이 무한대를 무슨 수로 이기나? 자네도
무한대라는 개념은 알잖아. 나는 이번에 무한대의 돈을 쓸 거야."

"무한대라고 하셨습니까? 무한대와 싸우는 법을 보여드릴까
요? 의장님, 이 시장을 40년 동안 다녔다면서 모르시겠어요? 여
긴 일상이 전쟁입니다. 시민들의 삶은 하루하루가 전쟁입니다. 이
시장 사람들, 지금 저 아주머니 손에 있는 칼 들고 청와대 와서 생
존권 보장하라고 폭동 일으키기 직전입니다. 무한대요? 의장님
권력욕이 무한대죠. 지금 한국에는 그런 돈이 아예 없어요."

9

무한대의 돈과 싸우는 방법

"아니, 뭘 쓰고 계십니까?"

대통령의 호출에 오지환을 비롯한 경제팀 전원과 비서실장이 대통령 집무실로 들어갔다. 대통령은 종이에 자필로 무언가를 적고 있었다. 서명을 마지막으로 글을 마친 대통령이 사람들에게 종이를 흔들면서 말했다.

"제 사직서입니다."

대통령 집무실에 모여 있는 사람들의 호흡이 순간적으로 멈췄다. 경제 전문가들은 정치에 대해 그리 밝지 못하다. 그들은 대통령이 사직서를 냈다는 말을 들어본 적도 없고, 실제로 본 적은 더더군다나 없었다. 마비되었다는 것이 올바른 표현일까? 그들의 생각은 정지되고, 마비되었다. 그 순간에도 머릿속으로 무엇인가를 계속 구상하고 있는 것은 오지환밖에 없었다. 대통령은 천천히 자신의 직함이 새겨진 봉투에 사직서를 담아 양복 안쪽 주머니에

넣었다.

"우리가 방어에 실패하면, 저는 이걸 국회의장에게 제출할 겁니다. 저는 국가를 보위하겠다고 헌법에 맹세한 사람입니다. 국민경제가 무너지도록 가만히 있을 수는 없죠. 제가 이걸 꺼낼 필요가 없도록 여러분이 힘써주시기 바랍니다."

"우리 힘만으로는 조금, 조금 부족합니다."

이 상황을 조용히 지켜보던 오지환이 나지막하지만 강한 목소리로 말을 꺼냈다.

"국정원이 움직일 수 있게 해주십시오."

대통령의 얼굴에 미소가 떠올랐다. 대통령과 오지환의 뜻이 처음으로 한 방향을 향했다.

"국정원장 들어오라고 하세요."

대통령 집무실 문이 열리면서 국정원장과 검은색 정장을 차려입은 사내들이 들어왔다.

"반갑습니다, 국정원장입니다. 지금부터 여기 계신 분들께 국정원장 책임하에 총기를 지급하겠습니다. 국정원 규정상, 한 시간 동안 총기 관리 훈련을 받으면, 여러분은 국정원 직할 현장요원 자격으로 총기 휴대가 가능합니다. 그때부터 여러분의 지시에 불응하는 자는 국가반란죄에 대한 국정원 내부 규정에 따라 현장 사살이 가능합니다. 지금부터 한 시간 동안 국정원 요원이 한 분씩 총기 관리 교육을 해드릴 겁니다. 그리고 그분들이 지금부터 여러분의 총기 관리를 위해 작전 종료 시까지 에스코트해 드릴 겁니다."

검은색 정장을 입은 사내들이 흰색 일련번호가 붙어 있는 검은색 가방을 들고 일사분란하게 움직였다. 각각 자신이 담당한 경제팀 직원 앞에 선 요원들은 짧은 경례를 붙이고 케이스 안에 있는 권총을 꺼내 건넸다. 그 모습을 보고 있던 국정원장이 천천히 오지환에게 다가갔다.

"경제와 관련해서는 이런 전례가 없긴 하지만 지금은 쿠데타 상황입니다. 우리는 경제 잘 모릅니다. 작전자금 말고는, 돈을 다뤄본 경험도 없습니다. 그러나 지금 돈을 다루는 분을 지켜드려야 한다는 건 압니다. 쿠데타 발생 시 현장 매뉴얼대로 하겠습니다. 매뉴얼 7조 3항에 의하면, 지금부터 국내나 국외, 대통령이 지정하시는 분이 현장 사령관이 됩니다. 오지환 청와대 경제수석님은 지금부터 쿠데타 진압 시까지 임시 지휘관으로서 국내나 국외, 전 국정원 요원의 지휘가 가능합니다. 그리고 국정원 기획실장이 지금부터 경제수석을 보필할 겁니다. 일동 차렷! 현장 지휘관님께, 경례!"

"충성!"

검은색 정장을 입은 사내들이 오지환을 향해 일제히 경례를 붙였다. 국정원장은 마지막으로 오지환에게 경례를 한 후 천천히 걸어가 손을 내밀었다. 오지환과 국정원장이 손을 굳게 맞잡았다.

"제 오랜 친구입니다. 대통령이 낸 사직서를 꼭 수석께서 찢어주세요. 부탁합니다. 무한대의 돈을 막으셔야 한다고 들었습니다.

우리도 돕겠습니다."

대통령은 천천히 다가와 두 사람이 맞잡은 손에 자신의 손을 올렸다.

"제발 그렇게 해주게, 이 땅의 국민들을 위해서라도. 그놈들, 이번 기회에 다 잡아들여야지. 나도 경제는 잘 몰라. 그러나 누가 나쁜 놈들인지는 똑똑히 알고 있어. YS가 하나회를 소탕한 것처럼, 모피아들 싹 쓸어버리자고. 군인의 시대, 경제인의 시대, 그런 걸 넘어서는 게 민주주의 아니겠어?"

*

오지환은 비서실장과 북악산을 바라보면서 담배를 태우고 있었다. 초조함이 극에 달할 때마다 그들이 가장 편히 사용하는 방식이었다.

"내가 잘 몰라서 하는 말인데, 그냥 다 잡아들이면 안 되나? 모피아들은 당신이 어지간히 알잖아. 보고서 준비하던 것도 있고……."

"트레이딩룸 혹은 딜링룸이라는 게 있습니다. 자체 서버까지 갖춘 방인데, 그게 어디 있는 줄을 모르겠어요. 보나마나 해외 어딘가에 뒀겠죠."

"해외? 대사관하고 국정원 총동원하면 되잖아?"

"시간이 걸리죠. 그거 찾고, 막으러 가는 동안에 벌써 상황은 종료되겠죠. 게다가 딜링룸이 하나만 있다는 보장도 없고……."

"무한대를 막을 수 있나? 우리가 쓸 수 있는 돈, 자네 말대로라면 학익 홀딩스가 확보한 12조 원이 전부잖아."

"뱅카가 아니라면…… 하긴, 이현도가 뱅카 칠 인간은 아니죠. 무한대라는 건, 엔젤을 엄청 모았다는 얘기예요. 자기 편 천사, 우리 입장에서는 흑기사죠. 무한히 커 보인다는 건데, 뻥튀기용 레버지리 아니면 엔젤 얘기죠. 그러니까 전투 벌어지면 우리 뒤통수를 노릴 매복부대를 잡는 게 이 싸움의 키예요. 우리 쪽 엔젤은 늘리고 저쪽 엔젤을 최대한 줄이면, 무한은 결국 유한이 됩니다. 무한이 유한으로 바뀌면 그다음부터는 딜러들의 싸움이죠. 우리도 최고 딜러들이 대기 중이니까, 무한만 유한으로 바꾸면 해볼 만한 싸움입니다."

"혹시라도 대기업 자본이 투입될 위험은 없나? 재벌들이 각하 엄청 싫어해. 걔네 돈까지 다 투입되면 무슨 수로 당하나?"

"꺼버리면 됩니다."

"꺼? 뭘 꺼?"

"국정원 위치 추적 시스템과 한국은행 전산 자료를 결합시키면, 어느 방에서 딜링을 시도하는지는 몰라도, 어느 건물에서 접속했는지는 알 수 있습니다. 그 건물 찾아 전원을 차단하면 됩니다. 첫 거래에 올인하는 미친놈만 아니면, 다 막을 수 있습니다. 이미 전현석 산업비서관이 한전과 전력거래소 오퍼레이팅룸을 확보한 상태입니다. 재벌? 일단 전원부터 내린 다음 허둥대는 틈을 타 국정원 투입해서 딜링룸만 막아버리면 꼼짝 못 합니다. 대통령 결심이 어려워서 그렇지, 이미 사직서 써놓으신 상황에서 한 번만 제대로 걸리면 회계장부 털어서 완전 발라낼 수 있습니다. 그렇게만 되면 그 새끼들 좆도 아녜요."

비서실장은 치밀하게 계획을 세워 둔 오지환의 설명을 듣고 마음이 놓였다.

"묻는 김에 하나만 더 물어보자. 그렇게 무한대의 돈을 유한대로 줄일 수 있다면, 그냥 한국은행의 외환 보유액 가지고 틀어막으면 안 되나? 어차피 대통령이 움직이는 건데 말야?"

"그러면 바로 게임 끝나요. 우리가 지는 거죠. 외환 보유액이 움직이면 중앙은행이 뛰어들었다는 의민데, 그렇게 되면 여기저기서 그걸 먹으려고 전 세계 투기자금이 외환 선물시장에 뛰어들게 되죠. 몇 시간 만에 1만 원이 100만 원 되는 거예요. 거기 걸리면 어떤 중앙은행도 3일이면 외환 보유고를 전부 소진하게 됩니다. 영국이나 프랑스는 이미 한 번씩 당했고, 미국이나 중국도 걸리면 결과는 마찬가지예요."

"나 참, 들어도 잘 모르겠네. 하여간 한국은행 달러는 못 쓴다, 이거지?"

"이현도가 절 여기에 박은 이유가 그거예요. 게임하면서도 피차 예의는 차리자는 거죠. 결국 외환 보유고까지 꺼내야 되면 나라다 망하는 거구, 그렇게 되면 대통령이고 뭐고 없어요. 그러니 그 전에 대충 보고 패 내려라, 그 얘기 하는 거죠. 더군다나 대통령이 외환 보유고를 써서 불법으로 시장에 개입했다면 탄핵 요건이 성립돼요. 그래서 그건 방어용으로 쓰는 거죠. 잔챙이 딜러들이 선물에서 떨어지는 쪽에 걸었다가 중앙은행이 끼어들면 바로 아작 나거든요. 결국 이현도와 대통령이 판돈 가지고 하는 승부가 된 거예요."

오지환의 설명이 이어졌지만 비서실장은 여전히 얼떨떨했다.

"하여간, 난 잘 모르겠어. 어렵네. 그렇지만 꼭 막아주게. 시민의 정부의 생명이 자네 손에 달렸어."

오지환은 청와대 건물 뒤로 펼쳐진 북악산을 바라보면서 천천히 일어났다.

"무한대는 저 산에 가득 핀 봄꽃이죠. 사람들이 좋아하니까요. 사람들이 싫어하는데도 무한대로 커지는 돈 같은 건 없어요. 무한대, 그건 공포가 만들어낸 환상일 뿐이에요. 미친 영감쟁이, 사람들이 자길 얼마나 싫어하는지도 모르고 하는 얘기죠. 그나저나 이게 무슨 도움이 될지는 저도 좀……. 국정원장이 오버하는 것 같기도 하고……. 하여간 쿠데타를 진압하는 기분이 들어 재밌기는 합니다."

상의 안쪽에 있는 권총을 툭툭 치면서 오지환이 말했다. 사실, 수십조가 넘는 돈이 맞부딪히는 순간에, 권총 따위가 무슨 소용이 있겠는가? 1만 원짜리 지폐를 공공칠가방에 가득 채우면 1억 원이 된다. 5만 원짜리로 채우면 5억 원이 된다. 억지로 100달러짜리를 구해다 채우면 10억 원이 된다. 1조 원이 넘는 돈을 다루는 사람들은 100억 원 규모는 귀찮아서 생략해버린다. 10조 원이 넘는 돈을 다루는 사람에게 100억 원은 돈처럼 보이지도 않는다. 경제학에서는 이러한 단위를 '오더'라고 부른다. 엔지니어들은 소수점 아래 세 자리까지 맞추는 99.999퍼센트의 정밀도를 '쓰리 나인'이라고 부른다. 그러나 경제학에서는 단위만 맞혀도 정확한 추정으로 본다. 9조 원이든 1조 원이든, 조 단위를 정확히 예측한 것만으로 오더는 맞힌 것이다.

'맥시멈, 30조야.'

오지환은 이현도가 동원할 수 있는 자금의 최대치를 30조 원으로 보았다. 물론 100조 원도, 그리고 무한대의 돈도 동원할 수 있는 능력을 가지고 있지만, 최대치를 30조 원으로 산정했다. 김수진이 롱골드에서 빠진 것이 컸기 때문이다. 펜타곤의 무기자금과 월가 펀드를 움직이면 투입 자금은 무한대가 된다. 그러나 김수진이 펜타곤을 연결시켜주지 않는 한, 나머지 돈들은 대부분 오지환의 예측 범위 내에 있었다. 국내에 있는 돈들은 일단 묶어놓을 수 있었다. 최대한 범위를 좁힐 수단이 지금 오지환 손에 있는 것이다. 물리력을 사용하면 막지는 못해도 약화시킬 수는 있었다.

'이 게임은 내가 이긴다. 다 디졌어, 모피아 새끼들!'

청와대 뒤편으로 뻗어 있는 산책로를 걸으며 오지환은 김수진에게 전화를 걸었다.

"괜찮지? 결혼식 늦어져서 미안해. 나 이번에는 꼭 이기고 싶어. 이기고 전화할게."

10

세 개의 방

2015년 4월 23일 밤 11시, 이현도가 말한 최후통첩까지 세 시간 밖에 남지 않았다.

"시작하세요."

외환은행 딜링룸으로 들어간 오지환은 재경부 장관, 금융위원회 위원장, 금융감독원 원장 등 모피아 수뇌부의 가택연금을 지시했다. 미리 위치를 확보하고 있던 국정원 요원들은 명령이 하달되자마자 신속하게 움직였다.

"뭐야, 이 새끼들아?"

"국정원, 쿠데타 진압 매뉴얼 9조 4항에 의해, 지금부터 48시간 동안 가택 연금이 시작됩니다. 협조해주시기 바랍니다."

국정원 요원들은 오지환이 국내 자금을 움직일 것이라 지목한 모피아들을 전원 자택에 구금했다. 그와 동시에 수십 명의 주요 모피아 지도부는 집과 사무실 또는 도로 위에서 국정원 요원들에게 체포되었다. 한국은행 총재는 본관 트레이딩룸으로 들어가다가 요원들에게 발각돼 총재실에 긴급 구금되었다.

오지환이 무장한 국정원 요원들과 외환은행 본사 딜링룸으로 들어감과 동시에 '저녁이 있는 삶' 작전이 시작되었다. 3번 룸에는 외환은행 노조원들로 구성된 딜러들이 대기하고 있었다. 대부분 20, 30대 여성이었다. 이 방은 이번 작전을 진두지휘할 트레이딩룸이다. 정부나 한국은행 이름으로 거래를 해서는 안 되기 때문에 이제는 구조상 민간은행으로 전환된 외환은행이 필요했다. 2번 룸인 그랜드케이맨 섬에 있는 학익 홀딩스에는 유사시 외부 자금을 모아 지원하면서 후방을 백업하는 임무가 주어졌다. 무력에 의한 습격 시 직접 트레이딩 작업을 하는 역할도 맡고 있었다.

"자금, 전부 스텐바이 상태죠?"

"네. 12조 원 전액, 지금 대기 중입니다."

밤 11시 30분, 대통령은 기관총을 든 경호원과 국정원 요원들의 호위를 받으며 한국은행 트레이딩룸으로 들어갔다. 국정원장과 비서실장이 대통령의 뒤를 따랐다. 방 안에 있는 대형 모니터에는 학익 홀딩스의 트레이딩룸과 외환은행의 딜링룸에서 벌어지는 상황들이 실시간으로 전송되었다. 그리고 그보다 약간 작은 모니터에는 금감원 등 한국은행 전산망으로 연결된 거래 정보를 국정원이 로케이션 정보로 바꿔 전송하는 화면이 떠 있었다.

"충성! 모두 이상 없습니다."

이상대가 지휘하는 1번 룸이 가동되자, 한국은행 트레이딩룸이

분주해지기 시작했다. 환거래와 공적자금 관리에 경험이 많은 젊은 직원과 중간 간부 스무 명이 각각 자신의 컴퓨터에 거래 모니터링 프로그램들을 띄워놓았다. 청와대 지하 벙커에 있는 워룸은 물리적 전투 지휘에 최적화되어 있지만, 돈을 가지고 하는 경제전쟁에는 부적합했다. 휴전선 구석구석을 감시하기 위해 마련한 설비와 구조로는 유무선 전산망을 통해 빛의 속도로 움직이는 돈의 움직임을 포착하지 못했다.

같은 시간, 수많은 사람이 컴퓨터 모니터, 스마트폰 등을 이용해 국제 회사채 시장을 확인했다. 서울에 있는 대부분의 건물은 정부의 절전 강화 방침에 따라 불을 껐고, 거리에는 칠흑 같은 어둠 속에서 질주하는 자동차 불빛만 반짝였다. 그 어둠 속에서 몇 개의 고층 빌딩만이 전 층에 불을 밝힌 채 비상근무를 하고 있었다. 대기업 임원들과 주요 금융사 간부들은 무한대의 자금을 동원해 정권을 바꾸려는 자들과 이를 방어하려는 대통령 간의 결투를 초조한 마음으로 지켜보았다. 그리고 북한과 중국은 물론, 해외의 주요 중앙은행 트레이더들도 이 상황을 주시했다. 그들의 경제적 운명은 물론, 정치적 운명도 이 싸움에 걸려 있었다.

이 전쟁은 작게는 동북아의 평화 경제, 궁극적으로는 새로운 세계 경제 시스템의 향방을 놓고 벌이는 결정적 전환점이 되는 순간이었다. 대형 펀드들도 이 상황을 지켜보고 있었다. 돈이 되는 일이라면 무슨 일이라도 할 수 있는 사람들이기 때문에 한 국가의 존망이 걸려 있는 이때에도, 어느 한쪽으로 조금만 승부가 기울면 투매든 구매든, 이익을 챙길 준비를 하고 있었다. 그리고 워싱턴의 한 주택에서도 대형 모니터를 통해 이 상황을 지켜보고 있는 사람이 있었다. 김수진, 그녀 역시 트레이딩 프로그램을 실행 중이었다.

밤 12시 정각이 되었다.

"한전 사무라이 본드 20억 원어치가 나왔습니다. 가격은 기준 시가 대비, 5퍼센트 마이너스입니다."

"일단 지켜봐."

학익 홀딩스의 박종태는 성급히 덤비기보다, 차분한 지구전을 구상하고 있었다. 적들이 초반부터 대량 투매로 나오지 않는 이상, 시간을 끌면서 약간의 가격 조정만 시도할 생각이었다. 학익 홀딩스가 확보한 12조 원으로 시간을 끌면서 일반 혹은 외부 거래의 참여를 유도하면 충분히 승산이 있다고 보았다. 어쨌든 투매에 의한 가격 폭락만 막으면 됐다. 공격보다는 막는 입장이 훨씬 유리한 상황이었다. 12조 원이 현재 그들이 가진 돈의 전부였다.

5분이 지나자 박종태의 예측대로 일반 구매자의 개입이 시작됐다.

"사무라이 본드 거래 종료되었습니다. 누군가 사갔습니다. 아, 동경입니다. 우리 쪽은 아닙니다."

"오, 예."

모니터를 지켜보던 1번 룸과 2번 룸에서 동시에 탄성이 울렸다. 동경의 누군가가 5퍼센트 싸게 나온 한전 사무라이 본드를 5분 만에 매입했다는 것은 좋은 신호였다. 이대로 시간을 끌면서 장기전으로 가면 충분히 막을 수 있었다.

10분이 지나자, 좀 더 많은 구매자들의 움직임이 나타났다.

"한전, 남동발전, 서부발전, 한전 계열사의 사무라이 본드가 10퍼센트 언더로 나왔습니다."

"양키 본드 쪽에도 한전 계열사 쪽 본드들이 분산되어 나오고 있습니다. 5억, 10억, 이런 5천만 원짜리 소액도 있습니다. 저쪽 트레이딩 인력이 많나 봅니다. 인해전술인데요."

"콜. 전부 받아줘."

트레이더들의 손가락이 점점 빨라지기 시작했다. 그러나 아직 본격적인 전투는 시작도 안 한 상태였다.

새벽 1시가 되자, 지루한 공방전이 끝나면서 거래가 뜸해졌다.

"5퍼센트 언더로 우리도 매각 주문 내."

한참 모니터를 응시하던 박종태가 말했다.

"본드 매집이 미션 아닙니까?"

"우린 자금력이 달려. 우리 돈으로는 어차피 다 못 사. 저쪽이 매집한 본드를 소진시키는 게 1차 목표야. 자, 주문 들어갑시다. 5퍼센트 언더 매각!"

시계가 새벽 1시 30분을 가리켰다.

"산업은행 양키 본드 5년 물, 1천억 원어치 매도 주문 나왔습니다. 15퍼센트 언더입니다."

"슬슬 본 카드가 나오는군. 일단 받아줘. 그리고 거래 틈틈이 약간씩 가격 올려서 계속 환매하는 거 잊지 말고. 일단 투매만 막는 게 우리 목표야. 오링 나지 않게 자금 관리하면서 움직이라고."

1번 룸 모니터에 뜬 거래 내역은 이미 눈으로 쫓아갈 수 없을 정도로 빨라졌다. 두 시간 동안의 거래가 만 건을 훌쩍 넘었다.

"지금 잘 막고 있는 건가?"

대통령이 정신없이 상황을 주시하고 있는 이상대에게 물었다.

"이쪽도 손실이 좀 있지만, 매각도 계속하면서 방어 중이라 22조 원까지는 무난하게 막아낼 것 같습니다. 팽팽하기는 하지만, 아직 이기고 있습니다."

지루한 공방전이 계속해서 이어졌다. 어느덧 시계는 새벽 3시를 가리키고 있었다.

"공격 펀드 22조 원, 벌써 본드로 다 나왔습니다. 일단은 막은 것 같습니다. 우리 쪽은 아직 7조 원 정도 여유 자금이 있고요."

2번 룸에서 상황을 지켜보던 오지환의 목소리가 울려 퍼졌다. 바로 그때였다.

"어, 공격이 계속 들어옵니다. 펀드 규모가 늘었나 봅니다."

새벽 3시가 되자 양쪽 모두 공격 규모를 늘렸다. 공격 측에서는 5조 원을 더 썼고, 이쪽에서는 2조 원을 더 썼다. 이제 여유 자금이 5조 원밖에 남지 않았다. 잠시 후, 매도 주문들이 멈춰 섰다. 평균 가격은 5퍼센트 하락. 7조 원으로 27조 원을 막아낸 것이다. 시계 는 새벽 4시를 가리키고 있었다.

"더 이상 공격 없습니다. 끝난 것 같습니다."

모니터를 지켜보던 이상대가 대통령에게 말했다. 여기저기서 짧은 환호성이 울렸다. 그러나 진짜 전투는 이제부터라는 것을 이들은 모르고 있었다.

순간 외환은행에 있던 2번 룸에 갑자기 전기가 나갔다. 서버에 물려 있는 UPS가 정상적으로 작동해서 컴퓨터와 모니터 등 전산 계통에는 전원이 공급됐지만, 딜링룸의 조명은 완전히 꺼진 상태였다. 잠시 후, 양복을 입은 사내 둘이 문을 박차고 들어왔다.

"금융감독원 조사원입니다. 귀하들은 지금 불법 외환 거래 중입니다."

"쏴!"

사람들이 당황하는 사이 오지환은 권총을 발사하면서 명령을 내렸다. 오지환이 발사한 총알은 정확하게 두 사내의 이마를 관통했다. 최근 사격 훈련을 한 덕분에 오지환에게도 권총이 제법 익숙했다. 국정원 요원들도 반사적으로 권총을 꺼내 문을 박차고 들어온 두 사내를 향해 방아쇠를 당겼다. 국정원 요원들이 죽은 사내의 품을 뒤지자, 권총이 나왔다.

"아니, 어떻게 슈터들인 줄 아셨죠?"

국정원 요원들은 경이로운 눈빛으로 오지환을 쳐다봤다. 오지환은 만일 슈터들이 어딘가를 친다면 이곳일 것이라고 생각했다. 케이맨 섬은 너무 멀고, 한국은행은 대통령까지 있어 경비가 삼엄했다. 그리고 이곳으로 외환 딜링 정보가 모였다. 그는 이제 적들이 원화 공격을 시작할 것이고 생각했다.

"새벽 4시에 단속 나오는 금감원 조사원이 있을 리가 없잖아요. 개들이 얼마나 게으른데요. 게다가 우리도 경비들을 현관문부터 세워 놓았잖아요. 다 죽이고 들어온 거 아니면, 경비 모르게 이곳까지 올 방법이 없어요. 지금 우리는 쿠데타 진압 중입니다."

같은 시간, 1번 룸과 3번 룸에서 동시에 신음 소리가 터졌다.

"환율이 뜁니다. 1,250원, 1,300원…… 계속해서 올라갑니다."

"뭐야, 투매야? 벌써 무너진 건가?"

비서실장이 다급한 목소리로 물었다.

슈터들의 기습으로 어수선한 상황을 정리하던 오지환이 마이크를 붙잡고 말했다.

"아닙니다. 환치기로 종목을 바꾼 겁니다. 저것들 이제 막장 전략으로 나온 겁니다. 예상은 했지만, 이 정도까지 비겁하게 나올 줄이야……. 아직 투매로 가는 외부 움직임은 없습니다. 1번 룸과 2번 룸 오퍼레이터들은 일단 예비자금을 3번 룸으로 송금하세요. 3번 룸은 지금부터 환거래로 전환합니다. 프로그램 스위칭 빨리 해주시구요, 최대한 자금 아끼면서 약간씩 수매합니다. 1차 방어선은 1,500원입니다. 그때까지는 매수 속도 조절만 해주세요."

오지환이 작전 지시를 내리는 순간, 1,200과 1,300 사이에서 요동치던 원화 환율이 1,400원까지 밀렸다.

"이제 자금이 1조 원도 안 남았습니다. 동원된 자금이 40조 원도 넘은 것 같습니다. 더 이상 방어가 어렵습니다."

박종태의 다급한 목소리가 들렸다.

그때였다. 1번 룸 모니터에 떠 있는 시내 지도에서 시청 쪽에 있는 회사 건물에 불이 들어왔다.

"시청로 5번지, 방금 대규모 달러 거래가 포착되었습니다."

"꺼버려."

오지환은 잠시도 망설이지 않고 곧장 지시를 내렸다.

국정원 요원들과 함께 한전의 전력 배급 오퍼레이팅룸을 장악하고 있던 전현석은 전산 시스템에 접속해 건물 주소를 입력하고 엔터를 눌렀다. 30층짜리 건물이 순간적으로 불이 나가면서 어둠 속으로 자취를 감추었다. 최소한 한국 내에서 100억 원 이상 규모의 외환 거래를 시도하는 움직임이 포착되면 건물 전체의 전원을 내리도록 작전이 세워져 있었다.

"국정원 현장팀, 저 건물로 출동하세요. 아마 메인 서버를 쓰지는 않았을 거고, 그냥 업무용 PC에서 개인 명의로 거래했을 겁니다. 지금부터 대기업이든 공기업이든, 원화 내다 파는 놈들은 일단 전력부터 차단하고, 국정원에서 규정대로 처리합니다. 그리고 1번 룸, 2번 룸 딜러들, 각자 친분 있는 중앙은행 해외 딜러들에게 전화하세요. 아마, 몇 천억 정도는 여유가 있을 겁니다. 일단 그거라도 끌어다가 막아봅시다. 3번 룸, 최대한 송금 준비할 테니까, 사력을 다해서 막아주세요. 1,500원선에서 막을 수 있습니다."

대한민국의 경제를 지키기 위해 지금 세 개의 방에서는 사력을 다한 사투가 벌어지고 있었다. 태평양에서 시작해 전 세계를 돌아 결국 한국은행의 딜링룸으로 오는 정보의 흐름을 두 개의 방이 분

산해서 막고 있었다. 그 돈들이 노리는 것은 말없이 한국은행 딜
링룸에 차려진 경제 벙커에서 상황을 지켜보고 있는 대통령의 정
치적 목숨이었다. 식물대통령 정도가 아니라 당장 하야하기를 요
구하는 다양한 출처의 돈들이 지금 대통령의 심장을 겨냥하고 있
었다.

11

원화를 지켜라

한 국가의 돈의 운명은 그 나라의 경제적 운명과 일치한다. 그 나라의 경제가 강해지면 당연히 그 나라의 돈도 강해진다. 그리고 그 돈의 힘은 구매력 즉, 환율로 표시된다. 그러나 전 세계에서 딱 한 나라, 그러한 돈의 법칙과 거꾸로 간 나라가 있다. 박정희가 쿠데타로 집권하던 시절 250원이던 달러화와 대비한 원화 환율이 그가 죽을 때에는 600원이 되었다. IMF 때는 평균 환율이 1,400원까지 치솟았다. 그리고 980원 수준까지 내려갔다가, 이명박 정권으로 바뀌면서 다시 1,200원 이상으로 올라갔다. 그동안 한국의 GNP는 1인당 2만 달러를 넘어서게 되었지만, 몇 백 달러 시절보다 원화는 몇 배로 약해졌다. 원화가 약해지면 약해질수록 국민들의 구매력도 약해진다. 그 대신 대기업 특히, 수출을 하는 기업들의 힘은 더욱 강해진다. 대한민국은 경제가 강해져도 원화는 더욱 약해지는 이상한 구조를 가지고 있다. 그리고 2015년 4월 12일 새벽 4시, 한국의 원화는 약해질 대로 약해져 쓰러지기 직전이었다. 원화가 쓰러지면 대통령도 쓰러지고, 그를 지키려고 했던 사람들도 쓰러진다. 그리고 우리 모두가 쓰러진다.

"드디어 저쪽 트레이딩룸 위치를 잡았습니다. 북태평양 해상, 날짜변경선 근처입니다. 아마, 배에다 트레이딩룸을 차린 것 같습니다."

모니터를 응시하던 이상대가 다급히 외쳤다.

"일단 비행기든 배든, 뭐라도 좋으니 출동시키세요. 이게 며칠이나 갈지 모르니까, 최대한 빨리 저지해야 합니다. 경찰 쾌속정이 좋겠네요."

1번 룸에 있던 오지환이 마이크를 잡고 외쳤다. 계속해서 주파수와 아이피, 심지어는 아이디도 바꿔가면서 거래하던 머니세이버 호의 위치가 드디어 포착되었다. 전 세계를 작전 범위로 하는 미국의 경우라면 이 상황에서 작전이 종료되겠지만, 북태평양 공해상에서 대한민국이 당장 할 수 있는 일은 없었다. 대통령이 3일 동안 방어 계획을 세우는 동안, 이현도는 공격 지점을 확보하는 데 그 시간을 썼다.

새벽 6시가 되자 조금씩 주변이 환하게 밝아졌다. 조금 있으면 수많은 직장인이 아침 출근길에 나설 것이다. 국민들이 일어나 일상에 뛰어들기 전에 상황을 종료시켜야 했다. 그 순간, 다시 머니세이버 호 쪽으로 돈이 흘러들었다. 전력 공급을 차단해도 거래는 중단되지 않았다.

"서버에서 직접 주문 내는 모양입니다. 차단이 안 됩니다."

"국정원 현장팀, 비상 출동하세요. 우정사업본부 서버실 확보해 주세요."

모니터를 쳐다보는 이상대의 얼굴에서 식은땀이 흘렀다.

"광화문 우정사업본부? 저거, 옛날 우체국 아냐?"

모니터를 쳐다보던 대통령이 탄식을 하며 말했다.

"저기에도 연기금이 있군요. 죄송합니다. 저희가 재경부 쪽 모피아 라인만 체크하다가 놓쳤습니다."

얼굴이 벌겋게 상기된 이상대는 어쩔 줄을 몰라 했다.

"이게 말이 되는가? 재벌들은 그렇다 쳐도, 어떻게 공적자금에 연기금까지 원화를 공격해? 국민들의 돈이, 국민들을 공격하는 거 아닌가? 도대체 이런 일이 있을 수 있는가? 이런 걸 까맣게 모르고 있었다니. 내가 이 나라의 대통령이 될 자격이 없다, 자격이 없어. 정말 아무것도 몰랐네."

스피커에서는 연신 긴급 상황이 터져 나오고 있었다. 몇 십분 전부터 1번 룸에서는 저가로 공기업 본드들을 매각하면서 거래 대금으로 겨우겨우 원화나 관련 지수상품들을 사 모으고 있었다. 현재 투입 가능한 운전자금은 1조 원 이하로 내려와 있었다.

"2차 방어선이 뚫립니다."

억지로 버티고 있던 케이맨 제도의 구좌들이 레버리지 비율까지 높아진 상태여서, 무리한 거래로 막고 있는 중이었다. 이 팽팽한 긴장감 속에 우정사업본부의 연기금이 들어오면서 전선이 뚫린 것이다.

"3차 방어선 2,200원입니다. 이것마저 무너지면 결국 디폴트 선언해야 합니다. 모두 최선을 다해서 막아주세요. 아직 공식적인 외환 보유고와 은행 자금이 대기 중이니까, 디폴트 방어선까지만 막으면 됩니다."

2,000원과 2,200원 사이, 겨우 200원 차이였다. 그들은 지금 200원 혹은 300원, 그런 작은 돈을 목숨 걸고 막고 있었다. 지금 누군가 그들을 방해한다면, 오지환이 지체 없이 발포 명령을 내린 것처럼, 권총이라도 쏠 기세였다. 그러나 그런 기세만으로 200원을 막아낼 수는 없었다.

"경제수석, 들어오라고 하세요. 이제, 정리합시다."

원화가 무너지면 한국 경제의 모든 것이 무너질 것이다. IMF 경제위기의 핵심 메커니즘 역시 원화 가치의 하락이었다. 1달러를 사는 데 얼마의 돈이 필요한가, 그걸 나타내는 원화의 가치가 환율이다. 원화의 힘이 떨어지면, 한국에서 찍어낸 돈이 외국인에게는 휴지처럼 느껴지고, 개개인이 보유하고 있는 원화가 휴지가 되기 전에 내다팔기 시작할 것이다. 그 일이 벌어지는 기준을 지금 오지환은 2,400원이라고 보고 있었다. 조금 더 높을 수도 있고, 조금 더 낮을 수도 있었다. 아직 환율 당국 즉, 한국은행 등 정부 공식 라인에서는 이 전쟁에 개입을 하지 않았다. 그 선을 넘으면, 이제 공식적인 정부 보유 외환과 외국 정부 간에 맺어놓은 통화 스왑 등의 돈들이 전쟁에 투입된다. 그 사이에서 투기꾼들은 판단해야 한다. 아직은 방어선이 있었다. 그전에 들어가면 정치적 승부에 의해 박살날 수도 있었다. 그래서 이현도와 대통령 사이에, 전 세계가 지켜보는 팽팽한 공방전이 유지되는 것이다.

몇 블록 떨어진 외환은행 딜링룸에서 전체 작전을 총지휘하던 오지환이 한국은행으로 돌아왔다. 경제팀이 모두 모이자 대통령은 전화기를 들었다.

"제가 진 것 같군요. 무한대라고 하더니, 우체국 돈까지 꺼내 쓰실 줄은 미처 몰랐습니다."

대통령은 마음을 비운 듯 편안한 목소리로 통화를 이어나갔다.

"오전 10시에 사직서를 내겠습니다. 어차피 서로 죽자고 하는 건 아니니까 공격을 멈춰주세요, 의장님."

환율은 1,900원선에서 멈춰 섰다. 환율에 영향을 미칠 만한 어떤 대규모 거래도 더 이상 벌어지지 않았다. 모피아들의 쿠데타가 드디어 성공한 것일까? 순간적으로 트레이딩룸 안에 침통한 분위기가 흘렀다. 그러나 대통령의 표정은 어둡지 않았다. 대통령은 오지환의 등을 두드리면서 말했다.

"오 수석, 내가 할 수 있는 일은 다 했네. 미안하지만 더 이상은 내가 줄 수 있는 돈이 없어. 그 대신 시간을 주겠네. 세 시간 안에 2,000원선을 지킬 방법을 찾아내. 세 시간, 대통령 자리와 맞바꾼 시간이야. 요긴하게 쓰게."

"무조건 찾아내겠습니다, 각하. 국회에 사직서를 내러 가시는 게 아니라, 연설을 하러 가실 수 있게 무조건 막아내겠습니다."

"고맙네, 그렇게 말해줘서. 비서실장, 우린 청와대로 갑시다. 장관들 지금 당장 청와대로 들어오라고 하세요."

대통령과 비서실장 등 경호실 일행은 밤새 작전을 지휘하던 한국은행 트레이딩룸을 나와 청와대로 떠났다. 한국은행 직원들과 국정원 요원들이 남아 임시 청와대이자 1번 룸인 이곳을 지켰다. 오지환은 넥타이를 고쳐 매고, 옷매무새를 가다듬었다. 그리고 머리를 매만졌다.

"상대야, 핸드폰으로 동영상 촬영되지?"

이상대가 스마트폰을 꺼내 촬영을 시작했다. 트레이딩룸의 젊은 직원들도 자신의 자리에 앉아서 스마트폰을 꺼냈다. 오지환은 약간 상기된 표정으로 마이크를 잡고 2번 룸과 3번 룸에 있는 딜러들에게 또박또박 말을 전하기 시작했다.

"저는 청와대 경제수석 오지환이라고 합니다. 여기는 한국은행 환율실입니다. 저희는 지난밤부터 원화에 대한 공격을 막아내고 있었습니다. 그러나 새벽에 우정사업본부의 연기금을 비롯한 국민들의 돈까지 동원한 모피아들에 의해 2차 방어선이 붕괴되었습니다. 원화가 무너지면 청와대가 무너지고, 국민 경제가 무너지고, 우리 모두가 무너집니다. 우리는 무조건 여기서 원화를 지킬 겁니다. 우리가 준비한 자금은 이제 남은 게 없습니다. 이 나라의 경제수석으로서, 시민 여러분에게 호소합니다. 10원도 좋고 100원도 좋습니다. 지난밤, 우리는 50조 원의 외부 공격을 막아냈습니다. 이제 한 번만 더 막으면 원화를 지킬 수 있습니다. 저, 경제수석에

게 딱 하루만 돈을 빌려주십시오. 제가 반드시 원화를 막아내고,
꼭 다시 돌려드리겠습니다. 대통령께서는 지금 사직을 고민하고
계십니다. 한국의 돈, 한국 경제, 한국의 대통령을 모두 지킵시다.
공적자금과 연기금이 자국의 화폐를 공격하는 이 이상한 나라, 이
역사를 바꿉시다. 우리의 마음이 투기자금을 이겨내는 걸 보여줍
시다. 전 세계 여러분에게 호소합니다. 저는 대한민국 대통령의
경제수석, 오지환입니다. 시민과 연대의 정신이 투기의 시대를 극
복하고, 신냉전으로 가는 걸 이겨내야 합니다. 무기와 투기로 가
는 돈들 대신, 우리의 삶을 위해 정말로 소중한 돈이 사용되는 시
대, 동북아의 평화국가, 한국 경제가 방향을 바꾸면 세계 경제가
바뀝니다. 세계 여러분에게 연대의 정신으로 호소합니다. 돈과 마
음의 전쟁에서 마음이 이길 수 있도록 도와주십시오. 평화 경제로
갚겠습니다. 전쟁 없는 세상, 우리가 같이 만들어갑시다. 저에게
24시간 동안만 돈을 빌려주십시오."

오지환은 비장한 표정으로 말을 이었다.

"1번 룸, 2번 룸, 3번 룸 딜러 여러분, 밤새 수고하셨습니다. 우
리 시대의 마지막 전투입니다. 몇 시간만 더 고생해주시기 바랍니
다. 그리고 한국은행 직원 여러분, 조사팀장 오지환이 동료로서
여러분께 호소합니다. 원화를 지키는 것이 우리의 사명입니다.
'강한 원화', 이게 우리가 국민들로부터 월급을 받는 이유입니다.
모피아 밑에서 수치스럽게 '남대문 출장소' 노릇하던 거, 저나 여
러분이나 다 속 터졌잖아요. 여러분의 월급을 하루만 저 오지환에

게 빌려주십시오. 이자는 월수 이자로, 아니 달러이자로 쳐서 꼭 돌려들겠습니다."

연설을 하던 오지환의 목소리가 가볍게 떨렸다. 트레이더들은 자판을 두드리던 손을 내려놓고, 자신이 촬영한 동영상을 인터넷에 올렸다. 퇴근 후 밤새 잠 못 이루고 모니터를 지켜보던 한국은행 직원들은 동료 오퍼레이터들의 전화를 받고 즉시 개인용 컴퓨터 앞에 앉았다. 그들이 지금 나라를 위해 할 수 있는 유일한 일은 유투브를 비롯한 동영상 사이트에 오지환의 호소를 올리는 것이었다. 어쨌든 한국은행 직원을 1차 배포원으로, 오지환의 동영상은 빠르게 인터넷상으로 퍼져나갔다. 그중에는 영어 자막이 달려 있는 버전도 있고, 중국어 자막이 달려 있는 버전도 있었다.

그로부터 한 시간이 흘렀다. 워싱턴은 이제 밤이 되었다. 컴퓨터에 숫자를 입력하고 엔터를 누르려던 김수진은 잠시 주춤했다. 그녀는 모니터 위의 숫자를 한동안 뚫어지게 쳐다보다가 전화기를 들었다.

"짧게 말할게. 그냥 보내려고 하다가, 아무래도 알고는 있어야 할 것 같아서. 워싱턴에서 1조 원 넘어간 거 있으면 내 전 재산 간 건 줄 알고는 있으라고. 잘해. 꼭, 이겨! 오지환 파이팅!"

12

돈과 마음의 전쟁

2015년 4월 24일 오전 9시 30분, 완연한 봄기운이 가득한 하루가 시작되고 있었다.

"비서실장, 자네는 경제수석을 믿지?"

"네, 저는 믿습니다. 저는 처음부터 믿고 있었습니다."

"그래, 나도 경제수석을 믿어. 그 친구 아니었으면, 우리가 여기까지 올 수나 있었겠나? 오지환에게 연락해. 무조건 이기라고."

대통령은 가슴속에서 사직서를 꺼냈다.

"이걸 쓸 일이 없게 해줘, 오 수석."

집무실 책상에 앉은 대통령은 컴퓨터를 켜 트위터에 접속했다.

저는 대한민국 대통령입니다. 저는 지금부터 대통령의 경제적 결정권을 찾으러 여의도로 갑니다. 국민과 함께 갑니다. 저를 도와주십시오, 국민 여러분.

대통령이 작성한 트윗이 업로드되자, 통일부 장관과 비서실장 등 대통령의 뒤에 서 있는 사람들이 자신의 계정으로 신속하게 리트윗을 했다. 청와대의 전 직원, 심지어는 요리 등 행정 스태프들까지 동시에 리트윗을 시도했다.

100 RT 넘었음.
500 RT 넘었음.

"자, 가자고."

대통령과 그의 측근들은 미리 준비해두었던 어깨띠를 둘렀다. 앞쪽에는 '원화를 지키자' 라고 써 있고, 뒤쪽에는 '경제 민주화' 라는 문구가 새겨져 있었다. 대통령이 집무실을 나섰다. 그의 왼쪽에는 비서실장, 오른쪽에는 통일부 장관이 나란히 섰다.

대통령 일행은 걸어서 청와대 정문을 나섰다. 정문 옆에서는 한국은행 직원들과 각 은행의 노조원들이 기다리고 있었다. 그들도 청와대 직원들이 나누어준 어깨띠를 매고 행렬에 합류했다.

"이렇게 나섰다가 불법시위라고 경찰이 막는 거 아닙니까?

대열 뒤에 선 누군가가 크게 외쳤다.

그러자 대통령이 자신감 넘치는 목소리로 소리쳤다.

"대통령을 누가 막습니까? 걱정하지 마세요. 어이, 경호실장. 경호 좀 잘 부탁해요."

"네, 각하. 걱정 마십시오."

10,000 RT 넘었음.

대통령 일행이 효자동주민센터 옆을 지날 때, 리트윗이 1만 개를 넘어서고 있었다. 20~30대의 젊은 공무원들은 '힘내세요, 대통령님', '마음만은 함께, 대전에서'와 같은 메시지를 남겼다. 같은 시간, 막 문을 연 은행 ATM기에는 평소와 달리 긴 줄이 서 있었다. 지하철이나 편의점의 간이 ATM기에도 줄이 길게 늘어서 있었다.

대통령이 세종로를 지나갈 때 일행의 숫자는 1만 명을 넘어섰다. 방송국에서 급파된 긴급 방송 차량이 광화문 사거리에서 대통령 일행과 맞닥뜨렸다.

"긴급 상황이야, 생중계로 돌려."

방송국마다 대통령의 행진을 생중계를 하기 시작했다. 광화문을 지나 서대문으로 접어들 때, 대통령 일행은 5만 명 이상으로 불어났다. 대통령이 지나가는 곳마다 건물에서 쏟아져 나온 시민들이 속속 대열로 합류했다.

대통령이 청와대를 나선지 20분 후, 다시 대규모 외환 전투가 시작됐다.

"1,950원, 아직 버티고 있습니다."

조 단위로 원화가 투매되고 있지만, 외환은행 구좌에서 그랜드 케이맨 섬으로 돈이 넘어가는 속도도 느리지 않았다.

"1,980원, 밀립니다."

모니터를 지켜보고 있던 오지환은 입이 바싹바싹 타들어갔다. 오지환의 이름으로 외환은행에 돈이 들어오는 속도와 함께, 오지환의 동영상과 대통령의 트윗이 퍼지는 속도가 점점 빨라졌다.

"페소화가 들어왔습니다. 위안화도 들어옵니다. 소액이지만 유로화도 계속 들어오고 있습니다."

"교포들인가?"

"꼭 그렇지만은 않은 것 같습니다. 마이클, 피터, 사무엘, 상카라…… 외국인입니다. 외국인들의 소액 송금입니다."

오지환은 주먹을 불끈 쥐었다.

"상대야, 이길 것 같다. 끝이 보인다."

*

"여기서부터 마포대교까지 그냥 큰길로 가십시오. 대로를 확보했습니다."

경호실장이 대열 앞쪽에 서서 연신 무전기에 대고 상황을 보고했다.

"이거 괜히 국민들에게 민폐 끼치는 거 아닌지 모르겠어요."

"아닙니다, 각하. 저들을 보십시오."

마포경찰서 앞을 지날 때, 외신들은 한국발 뉴스로 대통령의 행진을 긴급 타전하고 있었다.

한국 대통령, 원화를 지키기 위해 시민들과 함께 거리 행진에 나서다.

요구르트를 손에 든 할머니가 대통령 앞에 섰다. 그녀는 요구르트와 함께 꼬깃꼬깃한 만 원짜리 지폐 몇 장을 대통령에게 건넸다.

"이거 받으씨오, 대통령님. 돈이 없어서 대통령 관둔다고 딸이 그럽디다. 그러면 몹써요. 내 돈이라도 받으씨오."

대통령은 걸음을 멈추고 할머니가 건넨 돈을 받았다. 할머니는 그걸로 성에 안 찼는지 손가락에 끼고 있던 금반지를 빼서 건넸다.

"이것도 마저 받으씨고, 힘내랑께요."

대통령은 당선이 확정되던 순간 느꼈던 감격 이상의 기분을 다시는 겪지 못할 줄 알았다. 대통령은 지금 이 순간, 그것과는 전혀 다른 종류의 강한 감동을 느꼈다. 주체할 수 없는 감동을 느끼면서, 대통령은 자신도 모르게 마포대로 한복판에서 할머니를 향해 큰절을 했다. 꼬깃꼬깃한 만 원짜리 몇 장과 금반지 한 개, 지금 오지환이 싸우고 있는 돈과는 비교도 되지 않는 것이다. 그러나 오지환이 가끔 말하던, 마음을 이기는 돈은 없다는 말이 무슨 의미인지 지금에야 이해가 됐다. 대통령이 할머니를 향해 큰절을 하자, 주위에 서 있는 사람들이 박수를 치기 시작했다. 할머니는 큰절을 하고 일어나는 대통령의 등을 두드렸다.

"잘해요, 잘해. 내, 당신 찍었당께. 진작에 요로코롬 했어야제."

"네, 고맙습니다. 앞으로 잘하겠습니다."

"어이. 대통령. 난 당신 안 찍었어. 그래도 원화는 꼭 지켜내시오. 내 환갑반지, 이거라도 받아요."

뒤에 서 있던 한 노인이 반지를 건네며 말했다.

사람들은, 아니 국민들은 지니고 있던 목걸이나 귀걸이, 반지 같은 것을 빼서 대통령에게 건넸다. 대통령은 고개를 숙이며 사람들이 건네는 물건을 받아 양복 주머니에 집어넣었다. 하지만 반지나 목걸이를 건네는 사람들은 좀처럼 줄어들지 않았다. 비서실장이 황급히 자신의 재킷을 벗었다. 그의 재킷은 요긴한 보자기가 되었다.

"지지 마세요. 대통령, 파이팅!"

*

시계가 오전 11시 30분을 알리자, 모피아의 대규모 공격이 다시 시작되었고, 2차 방어선이 무너졌다. 오지환은 대한민국 국민들을 비롯한 전 세계인들의 도움을 받고도 2차 방어선을 유지하지 못했다.

"수석님, 독일 분데스방크 딜러에게 메시지가 왔습니다. 2조 원 빌려줄 테니 내일 꼭 갚으라고요."

각 국의 경제 관료나 중앙은행 집행부 중에도 매파가 있고, 비둘기파가 있다. 그들도 이 싸움을 계속해서 지켜보고 있었다. 분쟁과 패권 그리하여 다시 무기의 시대로 갈 것인가, 아니면 돈은 사람을 위하여, 화폐는 시민을 위한 또 다른 세계 경제의 시대로 갈 것인가, 하는 고민에서 분데스방크는 원화를 돕기로 결정한 것이다. 새로운 유로화가 외환은행의 오지환 구좌로 들어왔다.

"중국 인민은행에서도 1조 원 빌려준답니다. 일본 엔화는 받지 않았으면 좋겠다는 개인적인 메시지가 첨부되어 있습니다."

*

"잠시 기다려. 한번에 쏘자고. 스테디, 스테디, 스테디, 고우!"

이제는 완전히 새벽이 된 케이맨 제도의 학익 홀딩스 지휘관인 박종태는, 5조 원이 모일 때까지 기다리고 있다가 한번에 원화 매입을 시작했다. 단번에 2차 방어선인 2,000원 아래로 내려오고, 그 힘에 탄력이 더해져 1,800원까지 치고 내려갔다.

"와!"

케이맨 제도에서 열두 시간째 교대 없이 물도 제대로 마시지 못하며 버틴 트레이더들의 입에서 함성이 터졌다. 새벽 6시부터 2,000원 근방에서 끊임없이 사투를 벌인 끝에, 여섯 시간 만에 2,000원선 뚫고 다시 밑으로 확 내려간 것이다.

바로 그 순간, 머니세이버 호의 허세연이 마우스에서 손을 뗐다.

"끝났어요. 이젠 더 못 해요."

모니터를 응시하던 한준건이 충혈된 눈으로 말했다. 그는 아직 지치지 않았다.

"아직 22조 원이 남았잖아. 한번은 더 때려서 뚫어버릴 여력이 있어."

순간, 허세연의 눈빛이 번뜩였다. 그는 아주 빠른 속도로 키보드 자판을 두들기면서 말했다.

"팀장님, 지금 이 순간이 오링이에요. 우리 돈은 원래 없잖아요.

원금 빼고 나면, 10원도 없어요. 무기 펀드 원금 날렸다가는, 평생 등에 킬러 달고 살아요. 끝났어요, 끝난 거라구요."

"그럼 내가 할게. 비켜봐!"

한준건은 허세연을 밀치고 자리에 앉았다. 그러나 이미 허세연은 자신의 개인 구좌로 판돈 22조 원을 옮겨놓은 후였다.

"패스워드!"

"이건 우리의 목숨을 부지하기 위해 돌려줄 돈이에요. 게임 오버예요. 분데스방크에서 돈 들어갈 때 이미 게임 끝난 거예요. 모르시겠어요? 여긴 도박판이 아니잖아요. 다 죽자고, 죽을 때까지 하는 거, 그건 아니죠."

"야, 패스워드 내놔!"

한준건이 버럭 소리를 질렀다. 그러나 허세연은 한준건의 말은 들은 채도 하지 않고 선글라스를 쓰면서 트레이딩룸 밖으로 천천히 걸어 나갔다. 그녀는 문을 열다 잠시 뒤를 돌아보면서 말했다.

"의장님이 세우라고 했어요, 게임 오버 순간 오면요."

천천히 계단을 올라 갑판으로 나가는 허세연의 코에 싱그러운 바다 내음이 가득 들어왔다.

*

오지환이 지휘하고 있는 1번 룸에는 쥐 죽은 듯한 정적이 흘렀다. 메인 모니터에서는 환율 수치가 계속해서 떨어지고 있었다. 1,700원에서 잠시 멈췄던 환율이 계속해서 내려갔다. 사람들은

1,600 혹은 1,500에서 정지할 것이라고 생각했지만 잠시 1,500 부근에서 멈칫하던 숫자가 다시 떨어졌다. 그리고 점점 떨어지는 속도가 빨라졌다.

"980원입니다."

최종적으로 수치가 멈춘 지점은 980원이었다. 2007년 대선 이전 수준으로 돌아간 것이다. 국제 금융의 교란 시기를 제외하면, 안정적으로 1,000원 미만의 환율을 기록한 적은 없었다.

"경제수석님, 어서 헬기로."

이상대와 국정원 기획실장은 멍하니 모니터를 바라보고 있는 오지환을 끌고 건물 옥상에서 기다리고 있는 헬리콥터로 달려갔다.

"쿠데타 진압 성공입니다. 어서 대통령 행렬을 세우러 가야죠."

명동의 한국은행에서 마포대로까지는 5분도 채 안 걸렸다. 상공을 날고 있는 헬리콥터 안에서는 대통령과 시민들의 행렬이 한눈에 보였다. 그가 이 순간을 얼마나 간절히 기다렸던가. 오지환은 결국 대통령이 가슴 속에 품고 있는 사직서를 찢어버린 것이다. 마음이 돈을 이겼고, 잔돈이 목돈을 이겼고, 푼돈이 큰돈을 이겼다. 헬리콥터는 마포대로 한가운데에 오지환 일행을 내려놓고 다시 이륙했다.

헬리콥터에서 내린 오지환은 대통령 앞으로 달려갔다.

"980원입니다. 980원까지 갔습니다. 막았습니다. 각하, 우리가 지켜냈습니다."

대통령은 오지환을 껴안았다.

"고맙다, 고마워. 니가 진짜 애국자다."

"각하, 여기서부터는 저희가 모시겠습니다."

마포경찰서 서장이 그제야 허둥지둥 뛰어왔다.

대통령과 국민들은 마포대교를 걸어서 건넜다. 1년 전, 그날도 대통령은 오지환과 둘이서 대통령 전용차를 타고 마포대교를 넘었다. 그날은 대통령의 경제 결정권을 총리에게 넘기는 날이었다. 그러나 오늘은 수십만 명의 시민과 함께 그 길을 걷고 있었다. 그들이 오지환에게 빌려준 돈, 아니 대통령에게 빌려준 돈, 그 마음을 모아서 투기자본과 국민의 세금으로 사람들의 삶을 갈취하고 있던 자들의 쿠데타 시도를 막아내고 당당히 국회로 입성하는 중이었다. 대통령은 지금 그 어느 때보다 당당했다. 지도자의 승리는 개인의 승리가 아니다. 자신을 지도자로 만들어준 국민들이 승리하는 순간, 그때가 비로소 지도자가 승리하는 순간이다.

국회 정문 앞, 대통령은 영등포 경찰서에서 준비한 간이 연단에 올랐다. 연단 주변에 모인 사람들이 열렬히 환호했다. 1년 전, 총리에게 권한을 넘기러 왔던 이곳, 그리고 오늘 아침까지만 해도 사직서를 내러 와야 할지 몰랐던 이곳, 바로 이곳에서 그가 지금과 같은 감격적 연설을 하게 될지는 몰랐다.

"여러분, 오늘 저는 여러분의 마음과 정성에 힘입어 원화를 공격하고 정권을 침탈하려던 쿠데타 세력을 막아냈습니다. 다시는 이런 일이 없을 것임을 지금 이 자리에서 국민 여러분에게 약속합니다. 여러분이 저에게 보내주신 소중한 한 푼 한 푼, 그 힘으로 우리가 이겼습니다. 다시는 모피아 같은 세력들에게, 여러분의 권리와 삶이 빼앗기는 일이 없게 하겠다고, 제가 약속드리겠습니다."

대통령은 감격에 겨워 잠시 말을 멈추고 주위를 둘러보았다.

"긴 밤을 같이 해주신 한국은행 여러분께 국민들을 대신해 다시 한 번 감사드립니다. 앞으로도 각고의 노고를 부탁드립니다. 지난 밤의 싸움으로, 우리에게 소중한 돈 30조 원이 남았습니다. 빌린 돈들 다 돌려주고 나서도 30조 원 정도가 남을 거라는군요. 저는 이 돈으로, 지난밤 싸움에서 한축을 담당한 외환은행을 '원화은행'으로, 우리의 돈을 지키는 공공의 은행으로 전환할까 합니다. 그리고 이번에 희생양이 된 산업은행은 이제 시대의 흐름에 맞춰, '시민은행'으로 전환할까 합니다. 앞으로는 시민을 위한 경제, 시민경제를 받치는 은행이 되도록 하겠습니다."

연단 주변을 둘러싼 국민들의 함성 소리가 여기저기에서 터져나왔다.

"그리고도 돈이 많이 남아요. 다 여러분의 정성입니다. 이 돈은 앞으로 시민경제 기금으로 기부할까 합니다. 시민 여러분 한 분 한 분의 삶이 어렵거나 외로운 순간, 저를 찾으십시오. 아니 시민경제 기금을 찾으십시오. 국가가, 공무원이, 관료들이 시민을 버리더라도, 여러분이 만들어주신 이 돈은 절대 여러분을 버리지 않을 겁니다. 고맙습니다. 지금부터 저는 국회로 가서 잃었던 경제권을 다시 찾을 겁니다. 다시는 이런 불행한 일이 없도록 최선을 다하겠습니다."

대통령은 국회 정문을 열고 천천히 안으로 걸어 들어갔다. 대통령의 뒤를 따라 국민들도 우르르 국회 안으로 들어갔다. 행렬이 국회 본관 주변을 가득 메웠다. 경제쿠데타에서 시작된 쿠데타 그리고 돈들의 치열했던 전투는 이렇게 막을 내렸다.

"통일부 장관님, 이제 총리 취임을 준비해주시죠."

국회 정문을 통과하면서 대통령은 지난 몇 달 동안 묵묵히 그를 지켜준 장관과 직원들에게 진심으로 감사의 마음을 전했다. 통일부는 크게 돈을 벌거나 영광을 볼 일이 없어서, 모피아들이 침투해 들어가지 않은 정부 부처 중 하나였다.

13

정성으로 내리는 차

대통령 안가에는 대통령과 이현도가 차 한 잔을 사이에 두고 마주 앉아 있었다. 한복을 입은 대통령이 말없이 차를 우려내고 있었다. 그의 표정은 편안했다. 이현도는 깔끔하게 양복을 차려입고 있었다. 뜨거운 물로 찻잔의 냉기를 밀어내고, 그렇게 데운 찻잔을 다시 한쪽에 정성스럽게 앉혔다. 그 사이 찻물이 뜨거운 화기를 잠시 가라앉혔다. 대통령은 열기를 한풀 꺾어낸 물을 조심스럽게 다기에 따랐다. 조용하게 차의 색이 우러나왔다.

오랜 침묵을 깨고 이현도가 입을 열었다.

"오늘은 차가 딱 좋습니다."

"정성을 좀 담아봤습니다. 가만히 생각해보니, 의장님 덕분에 제가 진짜 대통령이 된 것 같다는 생각이 들더이다."

이현도는 대답대신 편안한 표정으로 차를 음미했다. 긴 침묵이 이어졌다.

"이제는 정말 선진국이 된 것 같습니다, 각하. 저도 요즘은 맘이 편합니다."

"다행입니다. 맘 편한 게 최고죠. 저도 요즘은 맘이 편하네요."

대통령은 다시 두 번째 차를 우려냈다. 그리고 다시 이현도의 잔을 채웠다.

"이번에 특별 사면으로 내보내드릴 생각입니다. 참모들은 반대합니다만, 한 시대를 보내드려야 할 것 같아서요. 이제 엘리트 몇 명이 좌지우지하는 시대는 정말로 끝난 것 같습니다."

이현도는 대통령이 채워준 두 번째 차를 마시면서 대답했다.

"어쨌든 편안해 보이셔서 제 맘도 좋습니다. 목숨을 걸고 싸워볼 만한 상대가 있었던 게 제일 재미있고, 보람도 있었습니다. 그럼 저는 이만 돌아가 봐야 할 것 같습니다. 차, 고맙습니다."

자리에서 일어나던 이현도가 예의 자신감 있는 표정을 다시 지어 보였다.

"오지환, 그 친구도 엘리트입니다. 평범한 시민은 아니죠. 한국은행 팀장을 평범하다고 할 수는 없죠."

이현도는 안가 응접실 문을 열고 밖으로 나갔다. 대통령은 그런 그를 묵묵히 바라보았다. 이현도가 문을 열고 나서는 순간, 대통령이 입을 열었다.

"푼돈이 결국 큰돈을 이깁디다. 저는 이제 푼돈들이 만든 대통령입니다. 푼돈도 아주 끈적끈적합디다. 저도 아주 끈적끈적한 통치를 한번 해보려구요."

14

보통 강변의 노을

2016년 5월, 엄마는 미국 국적, 아빠는 한국 국적, 누나는 독일 출생, 그리고 자신은 북한 출생인 어느 사내아이가 있었다. 아이라기보다는, 아기에 가까웠다. 아직 첫돌이 안 되었으니 말이다. 아기가 사는 곳은 평양 보통강 기슭에 있는 5층짜리 건물이다. 사람들은 이 건물을 '한국방'이라고 불렀다. 당나라 시절에 신라방이 있었던 것처럼 평양에는 한국방이 생겼다. 몇 개의 정부 부처와 기관이 이곳에서 작은 행정부를 형성했고, 북한과의 크고 작은 논의들을 진행했다. 가족들은 바로 뒤에 있는 작은 아파트에서 다같이 모여 살았다. 아기의 아빠는 이곳에서 한국은행 출장소장을 맡고 있었다. 출장소라고 해봐야 직원 두 명이 있는 초미니 규모이지만, 아빠는 한국방을 만든 사람이었다. 그는 한국의 대통령과 북한의 장군이 전적으로 신뢰하는 몇 사람 중 하나이다. 그리고 그는 대한민국 국민 모두가 아는 경제학자였다. 언제부터인가 한국 사람들은 그가 하는 말이면 팥으로 메주를 쑨다고 해도 믿었다. 물론 그가 무리한 주장을 하는 경우가 전혀 없는 건 아니었다. 예를 들면, 당장 프로야구 구단에서 대기업들이 손을 떼게 하고, 지역구단으로 만들자는 것과 같이……. 그가 이 법안을 당장 만들어내자고 할 때, 여러 사람이 말렸다. 틀린 말은 아니지만, 일에는 우선순위가 있고, 그게 가능한 시점이라는 게 존재한다.

"아니, 그래. 고양이를 키워야 하는 이유에 대해서 설명해봐. 엄마가 양보할 수 있으면 양보할게."

"순서가 그게 아니죠. 하겠다는 사람이 있고, 하지 말라는 사람이 있으면, 하지 말라는 사람이 먼저 이유를 설명해야 하는 거 아닌가요? 하자는 거와 하지 말라는 거, 그게 동일한 게 아니죠. 심리적 무게의 차등, 저는 그런 거 고려해야 한다고 봐요."

"뭐, 심리적 무게? 그런 게 어딨어? 그리고 협상은 이 엄마가 전문가야. 살다 살다, 찬성과 반대에 우선순위가 있다는 얘기는 처음 듣네."

"그러니까 엄마가 협상을 모른다는 거예요. 그럼 당사자에게 애기를 들어보죠. 엄마와 나는 의견이 팽팽하니, 당사자 의견을 한 번 경청해보자구요. 고양아, 엄마는 너한테 나가라는 거고, 나는 같이 있자는 거야. 니 의견은 뭐니?"

며칠 전에 길거리에서 데리고 온 삼색고양이 한 마리를 놓고, 지금 독일 출생의 딸과 미국 국적의 엄마가 팽팽하게 대립각을 세우고 있었다. 그 싸움을 아는지 모르는지, 고양이는 껑충 뛰어서 순식간에 책장 위 높은 곳으로 올라가버렸다.

"봐. 재는 얘기하기 싫다잖아."

"아니, 어떻게 저게 얘기하기 싫다는 표현이에요. 그냥 여기서 살겠다는 거 아녜요? 보고도 몰라요? 저게 나갈 폼이 아니잖아요. 우길 걸 우기세요."

엄마의 이마에 땀방울이 맺히기 시작했다. 올해로 11살이 된 현주는 요즘 엄마에게 지는 법이 없었다. 펜타곤을 배경으로 동아시아 무기 시장을 주름잡던 김수진은 이제 같이 산 지 1년도 안 되는 딸에게 매번 협상에서 밀리고 있었다. 꼭 무슨 중요한 결정이 필요해서인 것은 아니지만, 매번 두 사람은 협상의 형식으로 한판 승부를 벌였다.

"시끄럽게 또 싸운다. 늘 보면 현주 말이 맞는구먼. 언니, 도대체 여기 평양까지 와서 왜 그렇게 딸내미 못 이겨 난리야?"

"그치 이모. 고양이 한 마리 키운다는데, 딸하고 협상하자는 엄마가 멀쩡한 엄마는 아니지?"

"현주, 너도 그래. 엄마가 너한테 못 이겨서가 아니라, 져주는 거야. 아빠가 엄마한테 이기는 거 봤어? 아니면 내가 엄마한테 이기디? 세상에 엄마 이기는 사람은 없다. 너도 어지간히 좀 해라."

딸이 이모라고 부른 여자는 옆집에 살고 있는 한때 경제녀라 불리던 허세연이다. 그녀는 북한의 중앙은행인 조선중앙은행의 금융거래 자문관으로 일하고 있었다. 평양을 벗어나지 못하는 삶이 약간 갑갑하지만, 비록 시뮬레이션이기는 해도 매일 금융거래의 실무기법을 강의하는 일이 아주 따분한 것만은 아니었다. 게다가 결혼하기 전부터 알고 지내던 사람들이 바로 옆집에 있어 지내기도 편했다. 북태평양 날짜변경선 어느 바다에서 그대로 죽는 줄 알고 있었던 순간을 생각하면, 지금 생활은 퍽이나 흡족한 편이라고 생각했다.

"한국방 앞에서 며칠 째 계속 이러고 있어서……."

오지환이 노란색 새끼 고양이를 안고 현관으로 들어왔다.

"와, 고양이다. 아빠 만세."

"저 인간이, 그냥! 연애할 때는 고양이 얘기 전혀 없더니, 완전 속았네. 야, 이 인간아. 결혼하면 밥은 자기가 다 한다고 하더니, 이거 순 사기꾼 아냐!"

분하다는 듯 김수진이 고양이를 안고 있는 오지환을 노려봤다. 그녀는 고양이를 정말로 무서워했다. 이건 협상의 대상이 아니라고 생각하지만, 지금은 여러 가지 형편상 자신이 불리한 상황이었다.

"이거 완전히 부녀 사기단이네, 부녀 사기단."

네 사람, 아니 돌도 안 된 아기까지 다섯 사람은 집 앞에 있는 강변으로 산책을 나왔다. 오지환은 유모차에 탄 아기를 사랑스러운 눈빛으로 쳐다봤다. 대동강 상류에 있는 보통강 근처에는 봄을 맞은 버드나무가 생명의 강인함을 과시하고 있었다. 딸은 고양이를 품에 안고 행복한 표정으로 봄바람을 맞고 있었다. 보통강 저수지가 등 뒤로 보이는 강변의 도로, 눈앞으로 노을이 내리는 모습이 편안했다. 노을에 남북이 따로 있을 리가 없다. 길고양이들에게 남북이 따로 없는 것처럼 말이다.

편안한 마음으로 노을을 바라보던 허세연이 김수진의 손을 잡으면서 말했다.

"진경 언니도 이 노을을 보고 있을까? 선거에서 졌다던데, 비리비리한 녀석한테. 그쪽 당, 이번에 다들 추풍낙엽인가 봐."

"진경이, 걔도 잘될 거야. 걔가 좀 어두워 보여서 그렇지, 사실은 별로 욕심 없는 애야. 변할 거야, 주변 사람들 편하게 해주는 성격으로⋯⋯."

두 아이의 엄마가 된 김수진은 대동강 상류의 보통강 기슭에서 편안한 표정으로 담담하게 허세연을 바라봤다. 그리고 무심한 눈으로 강물을 보면서 지난 시간들을 흘려보냈다. 이 강물은 대동강을 지나 서해로 흘러갈 것이고, 태평양의 난류를 만나 대륙을 크게 휘감은 후, 가끔은 카리브 해를 통과하면서 케이맨 제도의 세븐마일비치를 지나갈 것이다. 자본에 국경이 없듯이, 강물에 무슨 국경이 있겠는가. 오지환과 김수진 그리고 이제는 그녀의 딸이 된 현주가 처음 만났던 세븐마일비치의 그 바닷물, 그 물이 보통강으로부터 흘러나온 것이 아니라고 누가 말할 수 있겠는가.

해적이 되고 싶어 하는 딸과 이미 해적이었던 여자의 만남, 그들의 첫 만남은 이렇게 보통강의 노을 아래 산책까지 이어졌다. 이들의 다음 모험은 무엇이 될 것인가? 해적이 되고 싶은 딸의 꿈은 과연 이루어질 것인가?

모피아